MANFRED THEISEN

Der Pate von Ehrenfeld und der Kardinal in der Wanne

MANFRED THEISEN

Der Pate von Ehrenfeld und der Kardinal in der Wanne

KRIMINALROMAN

Immer informiert

Spannung pur – mit unserem Newsletter informieren wir Sie
regelmäßig über Wissenswertes aus unserer Bücherwelt.

Gefällt mir!

Facebook: @Gmeiner.Verlag
Instagram: @gmeinerverlag

Besuchen Sie uns im Internet:
www.gmeiner-verlag.de

© 2024 – Gmeiner-Verlag GmbH
Im Ehnried 5, 88605 Meßkirch
Telefon 0 75 75 / 20 95 - 0
info@gmeiner-verlag.de
Alle Rechte vorbehalten
1. Auflage 2024

Lektorat: Claudia Senghaas, Kirchardt
Herstellung: Mirjam Hecht
Umschlaggestaltung: U.O.R.G. Lutz Eberle, Stuttgart
unter Verwendung eines Fotos von: © Superbass (https://commons.wikime-
dia.org/wiki/File:Haus-scholzen-07-03-03.jpg), »Haus-scholzen-07-03-03«,
Farbe, Kontrast, Auschnitt, https://creativecommons.org/licenses/by-sa/3.0/
legalcode
Druck: GGP Media GmbH, Pößneck
Printed in Germany
ISBN 978-3-8392-0582-2

Für Jevgenia

1

DER LEBENDE TOD IST
AUSGEBROCHEN

»Du bleibst ruhig, ganz ruhig.«

Kommissar Markus Brandt lag wach. Er redete mit sich selbst, oder besser: Er versuchte, sich selbst zu beruhigen, was ihm schwerfiel. Über ihm tanzten die Schatten an der Decke. »Wenn sie kommt, bleibst du einfach liegen. Du wirst nicht meckern, nicht schreien, nur liegen bleiben.«

Seine Tochter Charlotte war noch nicht daheim, obwohl sie versprochen hatte, spätestens um Mitternacht von der Party nach Hause zu kommen. Gleich war es 3 Uhr. Um 1.13 Uhr hatte sie geschrieben: »Nina will noch nicht nach Hause, aber ich will lieber mit Nina nach Hause fahren. Ist sonst zu gefährlich. Okay?« Er hatte darauf ein »Okay« geantwortet. Um 1.52 Uhr hatte sie geschrieben: »Nina ist weg. Weiß nicht, wann sie gegangen ist. Nehme den Bus um 2.28 Uhr.« Er hatte ihr ein Daumenhoch geschickt, und sie hatte nachgefragt: »Soll ich den Bus nehmen?« Woraufhin er mit schlechtem Gewissen geschrieben hatte: »Ja, nimm den Bus.« Im Klartext hieß das: Charlotte würde erst um circa 3.30 Uhr daheim sein. Das war viel zu spät für ein 16-jähriges Mädchen allein in Köln. Davon war er überzeugt, vor allem, weil das 16-jährige Mädchen seine einzige Tochter war. Er hätte sie am liebsten von der Party abgeholt, doch das ging nicht, denn Charlotte zögerte stets das Nachhausekommen so lange hinaus, dass er am Ende im Auto saß und Taxi spielte.

Sein Diensthandy klingelte. Teamleader Simon Wörner. Bis vor Kurzem war Brandt noch bei der Mordkommission gewesen, nun sorgte er sich in einer eigens geschaffenen Stelle um die Kölner Bandenkriminalität im Auftrag des Bundeskriminalamtes. Das Gute am Jobwechsel war: Endlich musste er nicht mehr mit Kommissar Rolf Gemüth zusammenarbeiten, den er für hochgradig verfilzt hielt. Das Negative: Das organisierte Verbrechen war ein Quell ständiger Morde, verdeckt oder offen. Feierabend gab es selten. Wörner erklärte, ein Anrufer habe mitgeteilt, dass Karl Kühnert sich in einem der Bungalows an der Rochusstraße direkt gegenüber der JVA befinde.

»In welchem Bungalow?«

»Wissen wir nicht.«

»Wie?«

»Ja, was soll ich sagen? Der Anrufer hat aufgelegt, ehe er mit der Hausnummer rausgerückt ist.«

»Merkwürdig.«

»Was sollen wir machen?«

»Die Bungalows abklappern.«

Brandt starrte wieder an die Decke. Immer noch spielten dort die Schatten Fangen. Das Handy hatte er auf seine Brust gelegt und laut gestellt. »Ich frage mich, wer ist denn so irre und versteckt sich im Haus gegenüber vom Gefängnis, aus dem er gerade geflohen ist?« Darauf wusste Wörner keine Antwort.

»Ach, egal. Wir müssen jede Chance nutzen. Falls wir Kühnert vor Albert Nagel und seinen Leuten erwischen, wird er vielleicht als Kronzeuge aussagen – und wir können diesen Mafioso endlich auf Zelle bringen.«

Der Kommissar überlegte, ob er zum Einsatzort fahren sollte. Aber wozu? Für den Zugriff würden sie seine Hilfe nicht benötigen. Sie würden mit oder ohne ihn das gleiche Ergebnis erzielen. So blieb er liegen und wartete lieber auf seine Tochter. Schließlich war sie das Wichtigste, was es in seinem Leben gab.

Draußen setzte ein hörbarer Sommerregen ein.

Brandt erhob sich und schritt zum Fenster. Er liebte solch ein Wetter, es roch nach Kindheit. In seiner Heimatstadt Kiel hatte es oft so geschüttet. Er drückte Charlottes Nummer. Er wollte auf keinen Fall schuldig daran sein, falls seiner Tochter etwas zustieße. Zu seiner Ernüchterung kam sofort die Mailbox. Vermutlich war ihr Handy wieder mal leer. Oder sie war sauer auf ihn, weil er ihr nicht sofort seine Taxidienste angeboten hatte. Die Welt war ungerecht.

Die Küche lag direkt gegenüber von Brandts Schlafzimmer, er machte sich einen Espresso *Fat Cat* – 75 Prozent *Arabica*, 25 Prozent *Robusta*, dunkle Röstung, ein wenig schokoladig. Die Dielen unter seinen Füßen knarzten und fühlten sich kühl an. Er schaltete den Laptop an und loggte sich ins System der Polizei ein.

Es war fast 3 Uhr nachts. Aber er saß auf dem Kanapee im Wohnzimmer in der Erkernische, die Beine hochgelegt, den Blick auf den *Kaffeeröster Benson* gerichtet. Ja, Brandt war ein Kaffeefreak und froh, direkt gegenüber der Rösterei eine Wohnung gefunden zu haben. Bei Besitzer Benjamin Pozsgai brannte noch Licht im Hinterzimmer des Ladens. Der junge Mann war schon zweimal *Deutscher Röstmeister* geworden. Brandt hielt die Tasse hoch, als würde er dem Champion zuprosten, und kippte den Shot hinunter. Genuss pur für die Geschmacksknospen.

Wörner würde den Job an der Rochusstraße schon gut erledigen. Brandt hätte beruhigt schlafen gehen können, stattdessen betrachtete er – der Kontrollfreak – Karl Kühnerts Gesicht auf dem Laptop. Kantig, schmal, den Bart wie vom Nikolaus und Augenringe wie die vom Panda. Er war der lebende Tod. Und der war jetzt ausgebrochen und machte die Gegend unsicher.

2
SCHAUKELMODUS FÜR LORELEY

Eigentlich wohnte Marlon nur wenige Häuser von Brandt entfernt. Und eigentlich hätte er zufrieden neben Smilla im Bett liegen können. Stattdessen saß er gut zwei Kilometer entfernt in seinem Audi TT und tuckerte über die Venloer Straße. Bei *McDonald's* brannte das ewige Licht der Fressbude, genau wie in den Fenstern des Hochhauses hinter der Rochuskapelle, wo die Frauen die Nacht durcharbeiteten. Marlon war übermüdet. Loreley hatte daheim einfach keine Ruhe gegeben. Jetzt lag sie da, frisch gewindelt und stupsnasig, auf dem Beifahrersitz im *Maxi Cosi*. Sie nuckelte friedlich vor sich hin. Autofahren beruhigte sie. 504 PS hatte der TT, und er klebte wie ein Kart auf der Straße, beschleunigte in nullkommanull Sekunden auf 300 Kilometer, aber Marlon hatte ihn in den Schaukelmodus versetzt.

Nur Vanillegeruch, kein Benzinduft.

Loreleys Gesicht war winzig. Schon bei der Geburt hatte sie Haare gehabt, schwarze Haare, die nun blond wurden – dänisch blond. Sah er Loreley, so sah er Smilla vor sich. Okay, der Hals war nicht ganz so schlank wie der von Mama, immerhin hatte Loreley Mamas grüne Augen und die Grübchen neben den Mundwinkeln. Smilla schlief wahrscheinlich schon, und sie war sicherlich froh, dass Marlon mit der Energiediebin Loreley im Auto saß und sie daheim endlich ein wenig Ruhe hatte. Ruhe … ein Wort mit vier Buchstaben, ein Wort wie Urlaub. Nichts mehr als Ruhe ersehnte Marlon. Aber die gab es nicht mehr, nie mehr. »Du hast ein

Kind? Gewöhn dich dran! Es wird immer da sein!« Diese Sätze seiner Oma Rita gingen ihm durch den Kopf, während hinter den Scheibenwischern das Leben eine kühlende Dusche empfing. Was nutzt es, wenn du als Pate Ehrenfeld und halb Nippes beherrschst, aber am Ende Knecht deiner Tochter bist? Mr. Pampers, Chuck Norris an der Wickelkommode. Die Vaterrolle war nicht sein Ding. Theoretisch wollte er ein moderner Papa sein, immer pünktlich zur Krabbelgruppe, Dinkelkekse und Lastenfahrrad, nur war er in Wahrheit zu faul für den Job.

Was er nicht ahnte: Genau in diesem Moment inspizierte Wörner mit seinen Leuten im strömenden Regen den ersten Bungalow an der Rochusstraße. Resultat: Der 73-jährige Doktor Sondermann und seine Frau wurden aus dem Bett geklingelt – keine Spur von Karl Kühnert.

Marlon fuhr rechts ran in die Einbuchtung der Bushaltestelle. Offiziell durfte Loreley keinen Nuckel haben, denn Smilla hatte es verboten. Solch ein Sauger würde die Zähne von Kindern versauen, ehe sie überhaupt Zähne hätten. Seit Loreley auf der Welt war, gab es wieder ernst gemeinte Verbote und Regeln für Marlon. Freiheit war ein Geschmack, den er schon vergessen hatte. Hier im Auto, in seinem Restreich, gab er Loreley heimlich den Beruhigungspfropfen. Ansonsten versteckte er ihn in der Seitentasche der Fahrertür in einem Plastikbeutelchen, sorgsam umwickelt in einem Taschentuch und versteckt vor Smillas Blicken, hinterm Eisschaber. Marlon machte die Scheibenwischer aus, legte die Hände in den Schoß und schloss die Augen. Er musste kurz an Markus denken, der gestern für ihn gleich hier an der Wilhelm-Mauser-Straße abkassiert hatte. Einmal im Jahr gab es dort ein Radrennen – »Beckendorf zesamme« – und Markus fuhr immer mit. Bickendorf gehörte genauso wie Ossendorf zum Stadtbezirk Ehrenfeld. Das hier war alles untrennbar, denn Ehrenfeld hat ein großes Herz. Marlon genoss das Konzert des Regens, der auf die Scheibe tropfte. Doch genauso überraschend, wie der begonnen hatte, endete dieser nun. Es war mit einem Mal still, und das nuckelnde Geräusch von Loreley ließ Marlon abtauchen ins Traumland.

3

50.000 DOLLAR FÜR DIE VORHAUT
VOM HEILAND

Hinter Köln lag im Bergischen Land die kleine Gemeinde Obererde. Dort summte das Handy von Marlons Onkel Albert Nagel. Er war sogleich wach. »Falco« stand auf dem Display.

Albert nahm das Gespräch an und flüsterte: »Moment.« Silke lag neben ihm und schnarchte, obwohl sie angeblich nie schnarchte, sondern höchstens nachts mal schnurrte, wie sie selbst sagte. Er schlich sich die Treppe runter, durchquerte das Wohnzimmer im Dunkeln, stieß an den Couchtisch, fluchte und trat auf die Terrasse. Während es in Köln eben geregnet hatte, war in Obererde wieder kein Tropfen gefallen. Hier oben war es immer ein wenig mehr wie in der Toskana als dort unten im stickigen Köln. Ohne Rasensprenger wäre das Grün im Garten seiner Villa im römischen Stil schnell braun geworden. Er hockte sich auf die Liege am Pool. Von hier aus konnte er auf das nächtliche Köln hinunterschauen.

»Ich habe was für dich, Boss.« Falco nannte Albert »Boss«. Dabei war Albert seit gut 14 Jahren nicht mehr sein Boss. Falco war Ex-DDR-Boxmeister und Stasimitarbeiter gewesen, war nach dem Mauerfall in den Westen nach Köln immigriert, hatte für Albert im Linksrheinischen kassiert und war vor sechs Jahren mit einem russischen Militärfreund von Köln in die USA gezogen. Er arbeitete mit dem russischen Tokarev-Clan in New York zusammen – als Freischaffender.

Falco sprach fließend Russisch, trank Wodka wie Kölsch und schnitt mit dem Messer nicht nur Frühlingszwiebeln.

»Weißt du eigentlich, wie spät es bei uns in Köln ist?«

»Ich weiß nicht mal, wie spät es hier ist. Aber ich weiß, was als Einsatz im Pott liegt …«

Falco machte eine Kunstpause. Er erwartete Alberts Frage. Der ließ sich Zeit, weil er genervt war. Dann sagte er schließlich: »Was liegt denn im Pott?«

»Die Vorhaut von Jesus.«

»Wie?«

»Ja, wenn ich's dir sage«, bezeugte Falco. »Sie ist in einem kleinen Kästchen auf einer Art Kissen. Das ist die echte Vorhaut von Jesus. Eingepackt war sie in ein Kreuz aus Holz.«

»Du hast echt 'ne Macke.« Das Wort »Macke« hatte Albert ein wenig zu hoch, zu tief oder zu laut gesagt. Jedenfalls hörte er Fußgetrappel im Haus, Krallen rutschten über die Holztreppe, dann rannten Dolce und Gabbana quer durchs Wohnzimmer und standen wenige Sekunden später röchelnd und bettelnd vor Alberts Füßen. Dolce war schwarz, Gabbana weiß, beide schon über die Schlachtreife hinweg. Möpse können lieben, und diese beiden liebten Albert und Würstchen. Albert schüttelte den Kopf. Nein, kein Leckerchen. Egal, wie sehr sie auch sabberten, nach 17 Uhr durften sie nichts mehr fressen. Auf der anderen Seite der Gesprächsleitung fragte Falco ungeduldig: »Also, Albert: Willst du die Vorhaut? Oder nicht? Der Typ hat 50.000 Schulden. Ist das Ding 50.000 wert?«

Immer noch konnte Albert den Anruf und das Anliegen kaum glauben. »Du fragst mich, ob ich bereit bin, 50.000 Dollar für die Vorhaut von Jesus zu zahlen.«

»Ja.«

»Der Typ hat Schulden bei dir, nicht bei mir. Warum rufst du mich an? Was habe ich damit zu tun?«

»Du bist katholisch. Und du bist Kölner. Du kannst die Vorhaut doch bestimmt gebrauchen?«

»Und warum? Soll ich sie in Paniermehl wälzen?«

»Überleg doch Mal, Boss. Für die Knochen der Heiligen Drei Könige habt ihr in Köln den Dom gebaut. Für die Vorhaut würde die Kirche garantiert einen Megadom bauen. Du musst sie also nur Kardinal Dähmel verkaufen. Der ist bestimmt hinter dem Ding her wie Dracula hinter der Blutkonserve.«

Albert hörte Stimmen auf Falcos Seite: »Du bist nicht allein?«

»Ich habe doch gesagt, dass wir pokern. Was ist los mit dir, Albert? Schläfst du noch?«

»Wie sieht das Teil aus?«

»Würde ich es nicht besser wissen, würde ich sagen: Das ist 'n schrumpeliger Tintenfischring, der zu lange in der Sonne gelegen hat. Ich schick dir mal ein Foto.« Albert hörte, wie Falco in seinem Sachsenenglisch am Pokertisch redete. Es machte klick.

Kurz darauf summte schon Alberts Handy.

Tatsächlich war auf dem ersten Foto ein offenes Kästchen in Form eines Holzkreuzes auf einem Pokertisch zu sehen. Genau in der Vierung lag ein kleines helles Kissen mit einem schwarzen Punkt darauf. Das sollte wohl die Vorhaut sein. Auf dem zweiten Foto hatte Falco eben diese Vorhaut in den Focus genommen. Das könnte allerdings sowohl eine halb versteinerte Vorhaut als auch ein verkokeltes Haargummi sein oder ein Mikroschokodonut, der an der Seite angeknabbert war.

»Was jetzt?«, hörte er wieder Falcos Stimme. »Euer Jesus hat so gut wie nichts hinterlassen, Nabelschnur, Schweißtuch und …«

»Ich muss nachdenken. Mit so was kenne ich mich nicht aus. Und 50.000 Dollar …«

»Pass auf, Albert. Lanza will das Ding einsetzen. Ich lass den Einsatz nur zu, wenn du mir die Vorhaut garantiert abnimmst. Ich kann damit nichts anfangen. Ich mach das nur für dich.«

»Na klar«, sagte Albert ironisch. Noch nie hatte Falco etwas »nur für Albert« getan. Falco sorgte immer für seinen eigenen Vorteil. »Gib mir ein paar Minuten. Ich ruf dich spätestens in einer Viertelstunde zurück.«

Albert wollte sich bei einer solchen Entscheidung nicht hetzen lassen, schon gar nicht von Schlitzohr Falco.

Zur gleichen Zeit durchforstete Wörner mit seinen Männern und Frauen den vierten Bungalow. Wieder ohne Erfolg, wieder keine Spur von Karl Kühnert. Albert legte das Handy aus der Hand, schubste Dolce ein wenig mit nackten Füßen zur Seite, holte sich eine *Cohiba* aus dem Humidor, nahm sich eine Auflage aus der Kiste, legte sie auf die Pool-Liege und sich selbst darauf. So war es besser. So konnte er denken.

Noch einmal setzte er sich auf die Kante, zündete seine Zigarre an, und dann blickte er, auf dem Rücken liegend, in den unendlichen Sternenhimmel. Köln war seine Stadt, und der Himmel über Köln gefiel ihm tausend Mal besser als der über Berlin. So nah war er der Unendlichkeit, so nah der Schöpfung, und zu seinen Füßen der Dom. Heilig war das alles, so heilig wie der Rauch der *Cohiba*. Er warf erneut einen Blick auf das Foto der Vorhaut. Wer glaubte heutzutage noch an Reliquien? Albert nicht. Allerdings stiegen auch keine Kölner auf den Kölner Dom, sondern nur Chinesen, Brasilianer, Leipziger und Amerikaner. Weltweit gesehen war der Glaube auf dem Vormarsch, selbst wenn in Köln ein paar Katholiken Steuern sparen wollten und die Kirche massiv unter der Triebhaftigkeit einiger ihrer Diener litt. Und natürlich unter Kardinal Dähmel, der seine geistigen Qualitäten schon im Namen trug. Ob die Eltern von Dähmel auch schon so waren? Und was war mit seinen Kindern? Albert schmunzelte in den Rauch hinein.

Vielleicht wäre eine solch popelige Vorhaut kein schlechtes Geschäft für ihn. Er sendete die Fotos weiter an Marlons Smartphone und schrieb: »Was hältst du davon? Das auf dem Kisschen ist die Vorhaut von Jesus. Original. Komm ich dran. 50.000 Dollar. Brauche schnell eine Entscheidung, ob ich sie kaufen soll.« Dann paffte Albert weiter in die Nacht und fühlte sich gut, wie er so zwischen all den Sternen lag und darüber entscheiden konnte, was mit der Vorhaut des Heilands geschehen sollte. Würde er die Vorhaut besitzen, besäße er als einziger Mensch ein Stück vom Heiland. Und das war zudem auch noch ein Stück vom besten Stück.

4

EIS MIT GLÜCKSVITAMINEN

Marlons Smartphone summte in der Mittelkonsole, Foto und Text. Was sollte das? Ehe er einen klaren Gedanken dazu fassen konnte, rief schon Albert an: »Was hältst du davon?«

»Ist das echt die Vorhaut von Jesus? Und sind das Jetons, die da auf dem Tisch neben dem Kreuz liegen?«

»Vergiss die Jetons. Was meinst du?«

»Das Ding erinnert mich ans Ende von der Pelle von 'ner Wurst.«

»Falco hat das Ding im Pokerpott. Soll ich es als Wetteinsatz annehmen?«

»Ich denke, Falco ist in New York?«

»Genau da pokern sie gerade. Ich muss ihm antworten, er ist in der Leitung.«

»Warum haben die überhaupt in New York die Vorhaut von Jesus? So was liegt doch normalerweise im Vatikan in einer Vitrine ... Gibt es ein Zertifikat oder so was?«

Sein Onkel wusste es nicht. Marlon recherchierte auf dem Smartphone: 14 Vorhäute hatte es im Mittelalter von Jesus gegeben. Okay, der Mann war der Sohn Gottes, da reichte vermutlich eine Vorhaut nicht aus. Marlon las laut vor: »Jene Vorhaut – lateinisch Praeputium genannt – die von den Experten als die echte Vorhaut von Jesus eingestuft wird, wurde 1984 in einer Kirche nahe Rom entwendet. Bis heute sind die Diebe nicht gefasst worden.«

»Genau diese Vorhaut muss es sein«, sagte Albert, obwohl

er das so »genau« gar nicht wissen konnte. »Also, ist das Ding 50.000 Dollar wert?«

»Keine Ahnung.«

»Du bist mein Neffe.«

Das war ein schlagendes Argument. Trotzdem fehlte Marlon die Expertise in Sachen Vorhäute. Doch wer kennt sich schon mit Vorhäuten aus und ist kein Rabbi? Er spekulierte: »Ich würde mal sagen, dass sie was wert sein könnte. Reliquien sind halt religiöse Aktien. Hab mal gelesen, dass ein paar Krümel von Marias getrockneter Muttermilch schon 1.000 Dollar bringen. Und vielleicht kann man Jesus wieder aus der Vorhaut klonen. Das haben die Chinesen schon mit Mammuts gemacht.«

Albert war kein religiöser Mensch, aber niemand musste sich über die Kirche oder die Vorhaut von Jesus lustig machen. So fragte er Marlon: »Bist du gläubig?«

»Nur im Dom«, entgegnete dieser, der die Situation nicht ernst nehmen konnte. Er hockte im TT an der Bushaltestelle, hinter ihm der *Mäckes*, neben ihm Loreley, und er redete über Jesus' Präputium.

Sein Onkel meinte: »Dir ist schon klar, dass die Vorhaut vom Heiland nicht irgendein Scheiß ist? Es geht hier um eine heilige Sache. Religion ist – wenn es dir gut geht – nur das Reserverad im Wagen, aber wenn es dir schlecht geht, du einen Platten hast, dann muss das Rad ran, und dann bist du auf Religion angewiesen. Glaub es mir. Da kannst du lange auf den *ADAC* warten.«

In Marlons Ohren klang das alles schräg, aber Albert meinte es offenkundig sehr ernst. Und Streit mit ihm wollte er vermeiden – zumal nachts um 1.45 Uhr. »Entschuldige, bin gestresst. Loreley macht mich fertig. Smilla und ich …«

»Ich verlasse mich auf dich, Marlon«, sagte sein Onkel kurz und knapp. »Damit das klar ist.«

Damit war das Telefonat beendet.

Marlon schaute nachdenklich auf die Fotos und wieder auf sein Smartphone. Sanctum Praeputium, so der offizielle lateinische Name – heilige Vorhaut. Eine Frau soll sie nach dem Tod von Jesus 800 Jahre in Öl eingelegt haben, eine Nonne spürte Jahrhunderte später die Vorhaut auf der Zunge und schluckte sie herunter, aber dann lag sie doch wieder auf ihrer Zunge. Erklärung: Wie der Heiland, so ist auch die Vorhaut auferstanden – so wie Jesus auferstanden ist. Marlon las und konnte das Gelesene kaum glauben. Die Juden begraben die Vorhäute, da sie Teil des menschlichen Körpers sind. Loreley nuckelte wieder unruhig. Er klickte sich von der Vorhaut auf »Der Kot des Palmesels«. Es war die Kacke von jenem Esel, auf dem Jesus in Jerusalem eingeritten war. Auch werde die Muttermilch der Maria verehrt.

Loreley bekam Falten auf der Stirn. Gleich würde sie aufwachen.

Alle redeten von Fake News, aber was Marlon auf seinem Handy über Reliquien las, war kein bisschen besser. Fake News ohne Ende. Marlon legte das Smartphone zur Seite, setzte den Blinker und fuhr aus der Parklücke. Nur die Fahrgeräusche und die Vorwärtsbewegung des TT konnten ihn noch vor ihrem Erwachen retten.

Was sollte er seinem Onkel sagen: kaufen oder nicht kaufen?

Mit Tempo 30 ging es über die Venloer Straße zurück Richtung Neuehrenfeld. Auf den Gehwegen waren noch vereinzelt Gestalten unterwegs, die der Regen nicht hatte wegspülen können. Schließlich landete er auf der Subbelrather Straße an Sankt Peter. Im *Eisladen Liliana* brannte Licht. Oder besser gesagt: In dem Laden neben der Eisdiele brannte hinter der milchigen Scheibe das Licht. Giuseppe rührte gerade frisches Eis für den morgigen Tag. Er hätte bestimmt einen Espresso für Marlon und eine Kugel Eis für Loreley, die gerade erwachte. Sie durfte noch kein Eis, aber Eis war gut, weil es Glückshormone hatte. Davon war Marlon überzeugt.

5
WORTWECHSEL MIT K.O.

Wie durch ein Wunder fand er am *Rewe* einen Parkplatz – direkt schräg gegenüber der Eisdiele. Als er aussteigen wollte, kam eine junge Frau auf High Heels um die Ecke, gefolgt von drei Typen, die weniger hübsch waren. Sie belästigten die Frau und stellten sich ihr in den Weg. Marlon stieg aus, obwohl Loreley das nicht gut fand und ihren Nuckel ausspuckte, als hätte ihn jemand mit Haifischfett eingerieben. Sie war offenkundig dazu entschlossen, sich die 100-prozentige Aufmerksamkeit ihres Papas zurückzuerobern. Marlon hob den Nuckel von der Fußmatte, saugte selbst kurz daran, spürte ein paar Flusen in seinem Mund, schluckte und drückte den Nuckel wieder in den Mund seiner Tochter. Dann schaute er hinüber zu der Frau und den Typen. Durch das offene Fenster spürte er die Schwüle, die Regen hinterlässt.

Die Typen hatten sie umzingelt.

Marlon spürte das Adrenalin. Er drückte die Tür auf. Gefassten Schrittes überquerte er die Straße und lief direkt auf die Eisdiele zu. Noch ahnten die Kerle nicht, was er vorhatte.

Er fragte naiv: »Wisst ihr, wie spät es ist?«

»Was?«, entgegnete einer und machte eine Handbewegung, dass er gehen solle. »Verpiss dich.«

Marlon ging nicht darauf ein, sondern fragte die Frau: »Belästigen die dich?«

Sie hatte Angst und zu lange Wimpern, die zu ihren zu langen Fingernägeln und den aufgemalten Sommersprossen passten. Jetzt erst sah er, wie jung sie noch war. 18? Höchstens! Vermutlich war sie unter all der Schminke und dem künstlichen Kram noch jünger und naiv, was Männer anging. Warum ließen sie ihre Eltern nur so rumlaufen? Wenn seine Loreley in dem Alter war, würde er sie mit einer Pumpgun begleiten.

»Wir belästigen sie nicht«, mischte sich der kleinste der drei Kerle ein, der die Verpiss-dich-Handbewegung gemacht hatte. Er reichte Marlon gerade mal bis zur Schulter. Die drei Männer waren Mitte 20: blond, braun, schwarz. Alle Haarfarben und vermutlich Gene aus aller Welt – inklusive Deutschland. Die Stadt war ein Schmelztiegel. Der Kleine war humorlos und fragte: »Was is los?« Und pflaumte Marlon an: »Geh weiter!«

Marlon ignorierte ihn weiterhin und wiederholte seine Frage über den Kopf des Kleinen hinweg: »Belästigen die dich?«

»Was hat der da?«, fragte der Blonde, der neben Marlon stand und auf Marlons Shirt schaute.

Marlon sagte: »Kinderkotze.«

»Kinderkotze?«, wiederholte der Blonde belustigt.

»Ja, kann nur von dir kommen, die Kinderkotze.« Marlon provozierte ihn, ohne dabei eine Miene zu verziehen. Er war selbst auf Krawall aus. Das Windelwechseln, Friedlichsein, Vatersein war nicht genug.

Und dann geschah es! Drei völlig unterschiedliche Dinge, die die Situation eskalieren ließen:

Erstens: Die Tür zu Giuseppes Eismacherei öffnete sich.

Zweitens: Erschrocken von dem schrappenden Geräusch der ruckelnden Tür, hob der Blondierte seine Faust und holte zum Schlag aus.

Drittens: Das ebenfalls blondierte Mädchen rannte auf seinen Stöckelschuhen schwankend los und knickte dabei um, humpelte aber danach weiter.

Ehe die Faust des Blondierten Marlons Gesicht erreichte, boxte ihm Marlon in die Magengrube, woraufhin der Kurze Marlon in den Magen schlagen wollte, Marlon jedoch dessen Faust zur Seite lenkte. Dann aber spürte er einen Schlag auf seinen Hinterkopf. Der dritte und unscheinbare Kerl, der weder groß noch klein war, hatte ihn fies mit dem Handy erwischt, sodass Marlons System sofort abstürzte.

6
FINGERSPITZENGEFÜHL

Zurück zum Eisladen: Es war Giuseppes Gesicht, das Marlon eine halbe Minute später über sich sah. Schmal, freundlich und sorgenvoll.

»Marlon! Wach auf, Junge. Bist du verletzt?«

Marlon war noch nicht wieder klar im Kopf. Er sah den Kurzen und den Blondierten neben sich auf dem Boden liegen. Der dritte Typ musste geflohen sein. Er setzte sich aufrecht und fuhr sich mit der Rechten über den Schädel. Blut. Doch die Verletzung schien nicht tragisch, als er jetzt auf seine Hand schaute.

»Was ist passiert?«, wollte Marlon wissen.

Giuseppe ballte die Faust, und wenn er seine Faust ballte, glich sie eher einem Medizinball als einer Kirsche. Er hatte mal zu Marlon gesagt: »Wer gutes Eis machen will, braucht Fingerspitzengefühl und kräftige Hände. Wer das beste Eis machen will, der braucht meine Hände und viel Fingerspitzengefühl.« Nun streckte er Marlon die Hand entgegen, half ihm hoch und fragte: »Was machen wir mit denen?«

Eine Antwort erhielt er nicht, denn Loreley hatte sich dazu entschlossen, einen Schrei abzuliefern, der durch das geschlossene Fenster des TTs über die Straße bis hinüber zur Eisdiele zu hören war.

Marlon wollte gleich zu ihr sprinten, da zuckte er zusammen, denn seine Hüfte schmerzte. »Verdammt!« Somit humpelte er nunmehr auf die Sirene zu. Tür auf, Nuckel anfassen, nein, halt, erst das Blut mit dem Feuchttuch mit der Linken von der Rechten waschen, jetzt Nuckel rein in den Mund.

Gerade als Marlon erleichtert aufatmen wollte, spuckte Loreley den Nuckel wieder aus. Wieder Nuckel rein, wieder Gemotze unter dem Schutzschild des Nuckels. Marlon nahm Loreley aus dem *Maxi Cosi*, schaukelte sie im Arm. Er schnupperte kurz an ihrer Windel, doch die roch noch nicht streng, und zog die Fahrertür hinter sich zu. Vermutlich war Loreleys Geschrei bis auf die andere Rheinseite zu hören. Schon flog der Nuckel katapultartig auf den Boden. Loreley war außer sich und Marlon endgültig ratlos. Was er jetzt brauchte, war seine Frau. Wie sollte er seine Tochter sonst beruhigen? Ohne eine Brust ging das offenkundig nicht mehr. Da zog jemand von außen die Tür auf, und Giuseppe hielt eine Eistüte herein – direkt vor Loreleys Lippen. Die schaute erstaunt auf die Schokoladenkugel, nahm Geruch und Kühle wahr und verstummte.

Giuseppe sagte: »Hm, das ist lecker.«

Loreleys Augen waren eiskugelrund, die Tränen versiegten, und Giuseppe grinste: »Das ist die Magie der Kugel.«

»Du verarschst mich«, sagte Marlon.

Doch Loreleys Lippen wurden spitz und … Marlons *Siemens*-Handy klingelte. Das war keine Magie, das war sein Onkel, der endlich eine Antwort von ihm wollte.

Giuseppe drückte Marlon die Eistüte in die Hand. »Ich muss zurück – aufräumen.« Damit meinte er die Kerle, die noch auf dem Bürgersteig lagen.

Unbeachtet von Marlon und Giuseppe hatte Charlotte die Szene von der Straßenecke aus beobachtet. Sie ging schnurstracks über den Lenauplatz, vorbei an *Benson Coffee* und auf das Haus in der Eichendorffstraße zu, in dem schon ihr Vater im dritten Stock wartete. Der Schock steckte ihr noch in den Gliedern.

Marlon hielt das Eis in der Linken. Loreley saugte daran wie die Biene am Nektar. Sein Handy hatte er rechts. Alberts Stimme drang daraus hervor: »Also, Jung. Was's nun?«

»Weiß nicht, Onkel Albert.«

»Ich aber. Und ich sage dir: Du fliegst nach New York und besorgst das Jesusteil. Ich verlasse mich auf dich.«

»Das ist echt Aufwand«, versuchte Marlon, die Reise zu vermeiden.

»Schlaf erst mal. Morgen besprechen wir alles.«

Es knackte in der Leitung.

Marlon fühlte sich von Albert überrumpelt. Der witterte offenkundig ein Geschäft. Vielleicht, so dachte Marlon, wäre es sogar ganz nett, endlich mal New York zu sehen, endlich mal rauszukommen, ein paar Tage raus aus Ehrenfeld, raus aus Köln, raus aus Deutschland. Er sah hinunter auf Loreley und drückte ihr ein wenig stärker das Eis an die Lippen. Sie küsste es. Schokolade. Schleck. Sie lächelte mit geschlossenen Augen.

Giuseppe weckte wenige Meter von ihnen entfernt die beiden Kerle mit einem Eimer Wasser und verscheuchte sie. Loreley schlief mit den Lippen auf der Kugel ein. Marlons Augenlider wurden schwer wie Rolltore. Er legte seine Tochter vorsichtig zurück in den *Maxi Cosi*, warf die Eistüte aus dem Fenster und parkte aus. Er schaltete das Radio an, zappte sich durch die Sender und blieb beim *Domradio* hängen. Nie hörte er diesen Sender, überhaupt hörte er selten Radio. Jetzt schien er bereit für Jesus und seine Vorhaut.

20 Minuten später wurde er von Smilla mit einem Kuss begrüßt.

Sie legte Loreley sanft in ihr Bettchen.

7
MEDITATION ZUM HASS

Karl Kühnert saß wie ein bärtiger Yogi im Schneidersitz vor dem deckenhohen Ofen und schaute durch das Sichtfenster ins Feuer. Wörner und seine Leute befanden sich noch zwei Bungalows entfernt – genervt von ihrer Erfolglosigkeit. Ganz in sich versunken war hingegen Kühnert. Er dachte an die schlechten und die legendär schlechten Tage mit seinem Stiefvater Ceylan Yanar – 76 Jahre alt war der, fett, glatzköpfig, untrainiert und endlich tot. Ceylan blutete den weißen Flokati rot. Er mochte die Farbe. Kühnert sprach zu ihm, als wolle er ihn beschwören: »Nur der Ohnmächtige besitzt die Kraft zu fliehen.« Im *Klingelpütz* hatte er meditiert und beim Bankdrücken Sprüche gelernt. Der Knast hatte ihm Zeit zur Besinnung gegeben. Ganz tief hatte er den Schmerz des Verrats auf sich einwirken lassen, ihn in Hass verwandelt, der ihm die Kraft zur Rache gab. »Meditation zum Hass«, so nannten es die Knastphilosophen *Dieter & Mo*, die einen Podcast aus der JVA Stammheim heraus betrieben. Der fette türkische Glatzkopf auf dem Flokati war nur der Anfang auf dem Pfad von Kühnerts Gerechtigkeit. Er mochte keine dicken Menschen. Schon gar nicht, wenn sie für Albert arbeiteten und seine Mutter ins Grab gebracht hatten.

»Fleischsaft ist rot, und rot ist der Tod.« Er wiederholte die Worte züngelnd wie die Flammen im Kamin. Dann schrie er den leblosen Körper an: »Du fette Sau!« Er hämmerte ihm mit der Faust auf den aufgequollenen Leib. »Leberfett! Fettleber!« Nie hatte er seinem Stiefvater etwas recht machen können. Ceylan war nur dominant gewesen – und Karl ihm gefügig wie ein Hund seinem Herrn. Jetzt lag Ceylan da, die Augen geweitet, der rote Fleischsaft trocknete im Flokati. Faser für Faser. Das ist der Unterschied von Pflanzen zu Tieren und Menschen. »Pflanzen kannst du teilen, ohne sie zu töten, Menschen sterben, wenn du sie teilst«. Knastphilosophen sprachen oft die Wahrheit.

Im Ofen loderte das Feuer, während die warme, schwüle Nacht den Bungalow umgab. Den gusseisernen Ofen hatte Kühnert damals extra für seinen Stiefvater geklaut. Eigentlich hätte er der Pate von Ehrenfeld werden sollen. Stattdessen war es das Omasöhnchen Marlon geworden. Nach all den Jahren, die Kühnert für Albert das Geld in Nippes eingetrieben und die dreckigsten Jobs erledigt hatte, hatten sie ihn geopfert. »Seht, das Lamm Gottes, das die Sünde der Welt hinwegnimmt.« Albert, Ceylan, Marcus und Marlon, alle hatten sie ihn geopfert. 15 Jahre sollte er in der JVA Ossendorf absitzen – minus ein paar Jahre wegen guter Führung. Aber bis dahin wäre er vermodert. Keiner von Alberts Leuten hatte ihn besucht. Den Mord an dem miesen Albaner Malush hatten sie ihm angehängt. Dabei war es Marlon gewesen, der den Kerl durchsiebt hatte, und nicht Karl Kühnert. Sein Herz glühte. »Fürchte dich, denn ich habe dich erlöst. Ich habe dich bei meinem Namen gerufen, auf dass du ihn ewig in der Hölle hören mögest.«

Jetzt war Kühnert raus aus der JVA. Ganz unerwartet. Nicht vorzeitig entlassen, sondern vorzeitig geflohen. Seit fast einem Jahr hatten ihn Mauern, Türen und Schließer davon abgehalten, hierher zurückzukehren, um sich zu rächen. Einen Verräter nach dem anderen würde er sich vorknöpfen.

»Du Wichser!« Ceylan hatte ihn lange genug gedemütigt, jetzt hatte er zurückgestochen, direkt in die Halsschlagader. »Du Wichser, ich zieh dir die Lunge raus! Ich häng dich an deinen eigenen Därmen auf.« Kühnerts wirklicher Vater war Installateur gewesen und kein Arschloch wie dieser: »Wichser!«

Karl würde ab heute in Ceylans Bungalow an der Rochusstraße leben – direkt gegenüber der Haftanstalt, den die Leute im Volksmund »Klingelpütz« nannten. Niemand würde hier einen flüchtigen Häftling vermuten. Die Hitze im Zimmer wurde unerträglich. Kühnert zog sich das Hemd aus, damit er gleich kein Blut darauf haben würde. Ja früher, als kleines Kind, da hatte ihn seine Mutter Sommer wie Winter stets nackt auf dem Tripptrappstuhl essen lassen, damit er nicht seine Kleidung bekleckerte, sondern nur sich selbst. Bis heute aß er am liebsten mit bloßem Oberkörper. Er holte die Axt und eine Plane aus dem Schuppen hinter dem Haus. Letztere schob er unter den Toten. Dann begann er mit seiner Arbeit. Erst schlug er ihm die Gliedmaßen ab, Stück für Stück, Hand für Hand, Fuß für Fuß, und übergab sie dem Feuer. Die Öffnung war sogar groß genug für den Kopf. Es war ein Wunder, wie schnell Fleisch und Knochen brannten, wenn sie nicht über dem Grill, sondern direkt in der Flamme brannten. Kühnert hasste den Geruch verbrannten Fleisches. Er war Vegetarier. Niemals würde er Tiere essen. Das war Mord. Im Gefängnis war er der einzige Vegetarier im Trakt gewesen.

Nach getaner Arbeit rollte Kühnert den Flokati samt Plane zusammen, wickelte zur Sicherheit noch eine Plastikfolie darum, ging ins Bad und duschte und putzte sich mit Ceylans Bürste die Zähne. Nackt wie er war, schritt er durch den Flur. Wo mochte Ceylan seine Waffe versteckt haben? Er ging zurück ins Bad und schaute die Fliesen an. Eine wie die andere. Er hockte sich hin und zog den Schrank unter dem Waschbecken vor, ruckelte ihn hin und her, bis endlich eine Handlänge Platz dahinter war. Direkt neben dem Abflussrohr fehlte eine Fliese, nur eine Plastikkappe war auf die Wand montiert. Wie erhofft war dahinter ein Loch, und hineingestopft lag in einer Plastiktüte eine *PPK* samt Schalldämpfer und drei Magazinen. Er schob das Schränkchen wieder ruckelnd an die Wand und wischte kurz mit dem nassen Duschhandtuch die Schlieren vom Ruckeln auf dem Boden weg. Am Ende wollte er die Wohnung sauber hinterlassen. Sauberkeit war eine Charaktereigenschaft, die er penibel pflegte. Karl Kühnert zog sich wieder an, lief erneut den Flur entlang zum Wohnzimmer und zog die breite Glasscheibe auf. Draußen war es kühler als drinnen, und die Nacht war tief.

Jetzt erst schulterte er den Flokati und warf ihn zwischen die Büsche im Garten. Da würde so schnell keiner hinschauen, auch nicht der Nachbar. Eigentlich hätte er ihn auch verbrennen können, aber er war sich nicht sicher, wie sehr das Plastik und der Teppich stinken würden.

Kühnert wollte schon wieder durch die offene Schiebetür zurück ins Haus, da hörte er Fußgetrappel. Gummi auf Platten. Er schlich sich zur Sichthecke nach vorn: »Scheiße, Cops!« Die waren so dunkel gekleidet, dass nur das Mondlicht und die nahe Straßenlaterne sie verrieten.

Geistesgegenwärtig lief er ins Wohnzimmer, schaute sich noch einmal um. Alles wie vorher, nur das Feuer im Ofen. Das konnte er jetzt nicht mehr löschen. Zudem sah das dort hinter der Sichtscheibe nicht aus wie Knochen, es war alles nur noch ein Haufen zusammengeschmolzenes Zeugs.

Er stieg hinten im Garten auf die Bank an der Hauswand, zog sich am Dachrand hoch und kroch flach wie ein Leguan im fahlen Mondlicht über das Dach des Bungalows. Er fühlte sich wie in seinen Jahren bei der Bundeswehr, fühlte den jungen Rekruten in sich.

Von hier oben konnte er hinüber zum *Klingelpütz* schauen. Die Nacht war ruhig, einzig ein Summen hörte er weit über sich. Was war das? Ein kleiner roter Punkt leuchtete. Flog da etwas? Eine Drohne? Arbeitete die Polizei mit Drohnen? Er hob eine der Dachplatten an und sah in die Kuhle unter sich, während das Einsatzkommando der Polizei die Tür einrammte. Sein Stiefvater hatte das Versteck im Flachdach einst angelegt, weil er Angst vor der Polizei gehabt hatte. Mitten in dieser Spießersiedlung hatte er sich den Bungalow gekauft, um nicht aufzufallen. Aber falls die Polizei käme, wäre er bereit gewesen. Karl legte sich zusammengerollt wie ein Shrimp in die Kuhle. Noch einmal schaute er hinauf zu dem kleinen blinkenden Punkt am Himmel. Dann zog er die Platte über sich.

Augenblicklich war es stockfinster um ihn herum. Er kam sich vor wie in einem Grab. Unter sich hörte er die Stimmen Wörners und der übrigen Beamten, die den Bungalow durchsuchten, aber keine Spur von Karl Kühnert fanden. Sie wunderten sich lediglich über den heißen Ofen, doch den Geruch des verbrannten Fleisches bekamen sie dort unten nicht mit. Einer der Polizisten steckte seinen Kopf durch das Dachfenster. Der Lichtkegel seiner Taschenlampe konnte nichts Ungewöhnliches entdecken – Platte an Platte an Platte und alle in einem schmutzigen Rot. Ihm fiel nicht einmal auf, dass eine der Platten viel größer war als alle anderen. So zog der Polizist mit der Sturmhaube die Luke wieder zu, wunderte sich noch über den fleischigen Geruch, den er jedoch nicht zuzuordnen wusste. Schwein auf dem Grill riecht ähnlich wie Mensch im Ofen. Nicht weit entfernt gab es Schrebergärten. Dass Ceylan so stinken würde, damit hätte er jedenfalls nicht gerechnet.

Kühnerts Handy klingelte. Einsatzleiter Wörner stand direkt unter ihm und wunderte sich über das Klingeln. Er konnte es zu Kühnerts Glück nicht räumlich zuordnen. Stattdessen sagte er laut: »Ich hab' euch gesagt, ihr sollt die Handys in der Wache lassen. Wer war das?«

Keiner seiner Leute meldete sich. Wörner wartete.

Dann beließ er es bei der Ermahnung und ließ das Restfeuer im Ofen löschen. Es folgte der Abmarsch, und Kühnert verharrte noch einige Minuten in seiner Shrimpsstellung. Er hielt sein Handy ganz dicht an seinen Körper. Da war in all der Dunkelheit wieder der Hass, der ihm keine Ruhe ließ. Er schob die Platte über sich zur Seite und atmete tief in die Nacht und die Sterne hinein. Noch immer war da der rote Punkt. Hätte die Drohne der Polizei gehört, so wäre Kühnert längst gefasst worden.

Über Loreley drehte sich zur gleichen Zeit keine Drohne, sondern das Planetenmobile aus Holz, das ihr Albert zur Geburt hatte schnitzen lassen. Marlon war in Smillas Arm eingeschnarcht, endlich ein wenig Schlaf in einer schlaflosen Kölner Nacht.

Kühnert schlich übers Dach. Er sprang hinunter in den Garten.

Vorn am Eingang zum Bungalow hatte die Polizei zwei Beamte zurückgelassen, die in einem Ford in Zivil warteten. Kühnert lief direkt hinter ihnen entlang und zum Parkplatz am kleinen Einkaufszentrum. Dort stand ebenfalls ein Polizeifahrzeug. Er konnte sich nur wundern. Was machten die alle hier? Er jedenfalls wollte sich keine weiteren Gedanken machen, denn er brauchte ein Auto. Darauf musste er sich konzentrieren. Die neueren Modelle konnte er nicht knacken, aber der alte Audi, der direkt an den Schrebergärten parkte, kam ihm gerade zupass. So schloss er ihn kurz und sah oben in der Windschutzscheibe wieder den roten Punkt am Himmel. Er gab Gas und bog nach links Richtung *Ikea*. Wohin sollte er fahren? In Sicherheit und an einen Ort, an dem er erst einmal einen klaren Gedanken fassen könnte? Morschenich kam ihm in den Sinn. Schließlich war der Ofen von Ceylan aus Morschenich – und so lenkte er den Audi über die A1 auf die A4 Richtung Aachen.

8

KÜHNERT WEITER AUF FREIEM FUSS

Es klingelte. Brandt lag im Bett. Es klingelte erneut. Es war 3.27 Uhr. Am liebsten hätte er Charlotte die Tür nicht geöffnet. Aber sie klingelte erneut. Was für eine Frechheit! Nie nahm sie den Schlüssel mit. Schlampigkeit, Ignoranz. All das schwang in dem Geklingel mit und provozierte ihn. Er ging in den Flur und schaute auf den Schlüsselkasten. Charlottes Schlüssel war weg. Vermutlich hatte sie ihn verlegt. Er drückte auf, hörte den Summer und das Klackern der Stöckelschuhe im Treppenhaus.

»Hallo, Papa.«

»Hallo.« Kein Name, kein Schatz, er war sauer, zog die Tür auf.

»Entschuldige, Papa. Ich hab den Schlüssel vergessen.«

»Verloren oder verlegt, willst du wohl sagen.« Er war auf Krawall gebürstet. Sie ging an ihm vorbei und verlor die High Heels neben dem Schuhschrank.

»Eigentlich gehören sie *in* den Schuhschrank«, bemerkte er. Dabei spürte er sofort seine Hilflosigkeit, denn sie ging nicht auf seinen Satz ein, sondern meinte nur: »Ich habe den Schlüssel nicht verloren.«

»Glaubst du?« Es wäre nicht das erste Mal gewesen. Sie sah ihn an. Ohne die Schuhe erschien sie ihm jünger. Hätte sie nun noch die Nägel entfernt, die falschen Wimpern abgerissen und ein nicht so figurbetontes Kleid mit Beinschlitz getragen, hätte sie seiner Tochter ähnlich gesehen, so aber war sie ihm immer noch fremd.

34

»Ich weiß es, Papa. Ich war nur zu faul, um ihn in der Tasche zu suchen.«

Brandt war perplex. Charlottes Handtasche war so klein, da passten höchstens ein kleines Portemonnaie und ein Schlüssel hinein. Aber ihr war es zu anstrengend, den Schlüssel aus dieser Nanotasche zu nehmen. War das ihr Ernst, was sie da sagte?

»Da weckst du mich lieber?«, sagte er vorwurfsvoll.

»Du hast mir doch eben noch eine *WhatsApp* geschickt.«

»Weil du nicht zu Hause warst.«

»Das bin ich jetzt.«

»Und morgen ist Schule«, sagte er.

»Und da trage ich garantiert nicht mehr diese Schuhe. Extrem unbequem. Ich brauche neue.«

Sie wollte ihn provozieren. Da war er sich sicher.

»Du wirst mir nicht mehr so spät nach Hause kommen.«

»Es findet sich immer einer, der mich beschützt.«

»Was soll das nun wieder heißen?«

»Dass ich eben fast vergewaltigt worden wäre. Drei Typen an der Eisdiele. Aber auch ein Ritter, der sofort zur Stelle war.«

»Wie?«

»Sie sind mir ab der Subbelratherstraße gefolgt, direkt als ich aus dem Bus am *Dönerladen Alanya Firini* gestiegen bin.« Brandt schaute offenkundig erstaunt, denn sie sagte erklärend: »Papa, ich war doch auf dem Maarweg bei der Party. Von da aus fährt der Bus. Verstehst du? Ab der Haltestelle sind sie hinter mir hergelaufen wie Hündchen. Als ich bei *Liliana* war, haben sie mich eingekreist.«

»Und dann?«

»Na, was wohl? Die Wichser wollten mich …«

Er schaute sie streng an für das Wort »Wichser«.

Sie hatte sich einen Sprachjargon angewöhnt, der ihm nicht mehr gefiel.

Sie fuhr fort: »Dann kam so ein Mann und hat mir geholfen, zusammen mit dem Besitzer vom Eisladen.«

»Okay. Was dann?«

»Ich bin müde, Papa. Ich muss schlafen. Morgen ist Deutschleistung. Gedichtanalyse.«

»Du schreibst morgen Leistungskurs und bist die halbe Nacht weg. Was soll das?«

Sie ging einen Schritt auf ihn zu: »Ich will mich nicht streiten.«

»Dann solltest du dich anders verhalten.«

Sie drehte sich um, ging den Flur entlang und in ihr Zimmer. Es war nicht die kalte Schulter, die sie ihm zeigte, es war eher pubertäres Gezicke. Darunter speicherte Brandt es jedenfalls ab, um sich nicht weiter aufregen zu müssen. An Charlottes Tür hing der in verschnörkelten Buchstaben geschriebene Spruch: »Wer durch diese Tür tritt, tritt in mein Leben.« Darunter klebte das Foto von Lord Voldemort, der dem Betrachter seinen Zauberstab schreiend entgegenstreckte.

Dabei ging es wenig bezaubernd in ihrem Zimmer zu. Brandt betrat es ohnehin nur noch, wenn die dortigen Essensreste ihr Eigenleben zu entwickeln drohten. Sie machte keinen Abstecher mehr ins Bad. Zumindest hat sie die Stöckelschuhe ausgezogen, dachte Brandt. Sie standen vor seinen Füßen. Er hob sie an und stellte sie in den Schuhschrank. Ob ihre Mutter mit 16 Jahren auch so schlampig gewesen war? Er hatte sie kennengelernt, da war sie gerade mal 20. Doch da war sie schon pedantischer als er gewesen. Aber was sollte er sich mit solch sentimentalen Fragen aufhalten. Er wusste: »Du kannst das Gestern nicht ändern, das Morgen nicht bestimmen, sondern nur das Jetzt genießen.«

Er setzte sich wieder in die Küche, legte die Füße hoch und schaute sich auf dem Laptop Karl Kühnerts Akte weiter an. Der Bungaloweinsatz an der Rochusstraße war fehlgeschlagen, das hatte ihm Wörner auf *Signal* mitgeteilt. Kühnert war also noch irgendwo in der Stadt unterwegs – und das würde Alberts Leute nervös machen. Schließlich hatten sie ihn im Prozess hingehangen. Marlon hätte ins Gefängnis gemusst. Das wusste jeder, aber der Kommissar hatte es ihm nicht nachweisen können. Er sah sich Marlons Akte an. Der junge Mann mit dem vollen Haar gefiel ihm. Das scharf geschnittene Gesicht, die leichten Schlupflider taten das Übrige dazu. Wenn er ihn irgendwo am Lenauplatz oder sonst wo sehen würde, er würde ein Auge auf ihn werfen. Er klickte das Bild weg und verbat sich diese Gedanken.

9

ICH BIN EIN LAMM UND LEBE ...

Die morgendliche Sonne schien über die flache Landschaft, als Karl Kühnert am Tageabbau vorbei rechts Richtung Morschenich auf die Landstraße einbog. Es war bekannte Landschaft für ihn. Auf der einen Seite waren da Felder, so weit das Auge reichte, und auf der anderen Seite arbeiteten die Braunkohlebagger in der Ferne, groß wie der Dom waren sie. Tag und Nacht fraßen sie sich in die Erde. Sie hatten Deutschland reich gemacht, jetzt machte die Braunkohle, die aus aller Herren Länder importiert wurde, das Land arm. Die Energiekosten würden Deutschland in den Abgrund treiben. Der Krieg gegen Russland war für Deutschland längst verloren, selbst wenn die Ukrainer ihre Krim zurückerhielten. Kühnert hatte in der JVA genügend Zeit gehabt, sich das Gerede der Politiker anzuhören. Gerede. Das ganze Loch hier besaß die Ausmaße des Bodensees. Irgendwann würden die Löcher mit Wasser gefüllt, dann hätte Köln eine gigantische Seenlandschaft gleich vor der Haustür.

Karl Kühnert fuhr in Morschenich vorbei an der Kirche mit ihrem ausgebrannten Dachstuhl und rechts in den Geisterort hinein. Bis auf die wenigen Baumbesetzer vom Hambacher Forst, die irgendwo am Ortsrand ihr Camp aufgebaut hatten, sollte der Ort menschenleer sein.

Er fuhr die Straße entlang, bog rechts, links und wieder links ab. Wie seine Westentasche kannte Karl den Ort. Er musste an Marlon denken. Soweit er wusste, lebte der Schnorrer in einer schicken Altbauwohnung in der Eichendorffstraße – und weil ihm die Wohnung in Parterre nicht gepasst hatte, hatte der aus dem dritten Stock nach unten ziehen müssen. Und Marlon war mit Frau und Kind hinaufgewandert. Vermutlich war sein Leben klimatisiert. Karl hingegen hockte in einer geklauten Fordschüssel, die nicht den nächsten TÜV überleben würde. Marlon hatte es gut, und Karl war auf der Suche nach einem Dach über dem Kopf. Da kam ihm eine Frau mit Kopftuch und Doppelkinderwagen entgegen. Was machte die hier um diese Uhrzeit? Karl stoppte und befragte sie. Doch ihre Antwort war arabisch. Da sah er, dass an einigen Haustüren Zettel hingen. Eines der Häuser schien trotz der Räumung noch bewohnt zu sein. Jedenfalls sah er einen Mann mit Rastalocken, der am Küchentisch saß. Ob die Mutter zu ihm gehörte? Unwahrscheinlich. Welcher Syrer hat schon Rastalocken? Oder gab es Araber mit Rastalocken?

Karl parkte den Wagen vor einem Backsteinhaus und schaute in die Fenster. Niemand zu sehen. Es war das Haus, aus dem er einst den Ofen für seinen Stiefvater gestohlen hatte. Die Hintertür hatte damals offen gestanden. Das tat sie auch jetzt. Was ein Glück war, denn *RWE* hatte vermutlich einige Türen alarmgesichert. Und Karl natürlich keinen Schlüssel mehr. Damals hatte Ömer, Mitglied der türkischen Mafia, die Schlüssel von einem bestechlichen Mitarbeiter des Konzerns erhalten.

In der zweiten Etage gab es ein Bett. Das stand auch noch da. Karl legte sich hinein. Die Matratze im Knast war besser gewesen als das Ding hier. Spinnen tummelten sich an der Decke. Im Knast hatte es kaum noch welche gegeben. Das lag nicht an der Sauberkeit, sondern an den fehlenden Fluginsekten. In Köln starb die Fauna. Als Nächstes waren die Singvögel dran. Immerhin sah er keinen Schimmel. Er war müde. Was war das nur für eine Drohne gewesen, die er gesehen hatte? Karl Kühnert schloss die Augen, und sein Zorn hatte nur ein Ziel: Markus. Er war einst nur ein kleiner Bote von Albert gewesen, der in Ehrenfeld für Marlon Botendienste verrichtet hatte. Heute kassierte er in Nippes und Ehrenfeld ab und war der Liebling von Marlon. Karl würde ihn als Nächsten ausbluten lassen wie ein Lamm. Er murmelte: »Ich bin ein Lamm und lebe nur wenige Tage, denn mein Platz ist der Tod und mein Haus die Hölle.«

Karl Kühnert schloss die Augen und wiederholte den Satz. Er liebte solche Sätze aus den großen Büchern. *Dieter & Mo* hatten ihm die Augen geöffnet mit ihrem Podcast. »Wenn du ein Teufel bist, so lebe wie der Teufel. Denn das ist dein richtiges Leben. Das der anderen ist nicht für dich bestimmt. Denn es gibt kein richtiges Leben im falschen.«

Mit diesen traumgeschwängerten Gedanken schlief er ein.

10
»DU HOLST MIR DIESE VORHAUT.«

Wenn sich Marlons Onkel etwas vornahm, zog er es auch durch – zumal sich ein Reliquiensammler schon für die Vorhaut interessierte, ehe sie überhaupt in Köln angekommen war. Zuerst wollte Albert Marlon ein normales Ticket nach New York kaufen. Aber normal war kompliziert, denn die Flugzeiten von Frankfurt, Paris und London waren ungünstig.

So rief er einen Kunden am Flughafen Köln an. Doktor Helge Marshal, der eine Business-Airline sein Eigen nannte.

»Ich brauche den Flug schnell.« Albert schaute auf die Härchen auf seinem Handrücken. Schwarz und lang waren sie. Würde er sie nicht färben, wären sie weiß.

»Nur hin oder auch zurück?«

»Heute«, sagte Albert nüchtern. Normalerweise hatte er nichts mit Marshal zu tun, das Schutzgeld erhielt sein Kassierer in Porz, aber jetzt war es halt dringend.

»In der Regel kostet Köln, London nach New York 62.000.«

»Es geht hier um einen meiner Leute.«

Marshal antwortete nicht gleich. Ihm wurde gerade bewusst, dass er nun Albert Nagel einen Gefallen tun sollte. Ehe er noch etwas sagen konnte, meinte Albert: »Ich bleib in der Leitung und warte auf das Ticket von dir.«

»Auf Ihren Namen?«, fragte Marshal.

Albert verneinte und gab ihm Marlons Daten. »So, ich warte.«

»Ich weiß nicht, wie schnell …«

»Sehr schnell geht so was. Stell dir vor, der TÜV würde ausgerechnet an euren Flugzeugen Defekte finden. Irgendeine Kleinigkeit, die deine Flotte wie Blei auf dem Boden hält.«

»Okay. Ich kümmere mich«, sagte Marshal, der die Drohung verstanden hatte.

Albert stellte das Handy laut. Im Büro war es angenehm kühl. Die Klimaanlage schnurrte leise. Er ging auf die Fotodatei. Wie immer faszinierte ihn, welche neue Fotostrecke ihm *Apple* mit Musik anbot. Heute hieß es »Freunde auf vier Pfoten«. Herrlich, wie die beiden Möpse auf der Badeinsel lagen und im Gras balgten, einfach zu schön, wie sie mit Albert durch den Park liefen. Vermutlich hatte er mehr Fotos von Dolce und Gabbana als von seinen eigenen Kindern.

»Herr Nagel?«

»Ja«, sagte er.

»Ich habe die Tickets. Hin und zurück mit unserer Business-Line. Gleich heute Abend geht es los. Wir haben Glück, dass noch zwei Plätze frei sind, sowohl Köln-Paris, als auch Paris-New York. Falls Sie also zwei Plätze benötigen, wäre das auch möglich.«

»Nein. Aber lass den Platz neben Marlon frei, damit er sich nicht eingeengt fühlt.«

Und so hielt Albert das Ticket für Marlon auf dem Handy bereit, als dieser am Nachmittag in Obererde eintraf. Albert drückte ihm im Flur die Kreditkarte in die Hand und sagte: »Zum Zahlen. Smilla bringt dir die Sachen zum Flughafen, und ab dafür.«

Marlon war erstaunt: »Weiß Smilla Bescheid?«

»Hab' sie angerufen, während du Markus abkassiert hast. Sie packt schon für dich.«

Marlon fühlte sich überrumpelt. Es war nicht das erste Mal, dass Albert so etwas tat. Sein Onkel war dunkel gebräunt und schlagkräftig wie eine Eisenstange, seine Muskeln und Reflexe gut genug, um damit jeden Gegner in die Flucht zu schlagen. Der Brustkorb, der sich wie Satteltaschen unter seinem olivfarbenen Shirt abzeichnete, war fest und widerstandsfähig wie vor 40 Jahren. Es gab niemanden auf der Welt, den Marlon so respektierte wie Onkel Albert. Er und Silke hatten Marlon großgezogen, als sei er ihr leiblicher Sohn, als seien ihre eigenen Kinder Laurenz, David und Maria wirklich seine Geschwister. Hier war seine Familie, und natürlich Oma Rita und Opa Hannes. Ohne Albert säße er heute irgendwo in einem Hörsaal der Universität Köln und würde Betriebswirtschaftslehre studieren. Und wozu? Um Banker zu werden? Um den Menschen Aktien zu verkaufen, Zinsen und Kredite? Was für ein schmutziges Geschäft. Am Ende gewinnt immer die Bank, gewinnen immer die, die schon Geld haben. »Deshalb ist die Bank böse.« Das hatte Albert seinen Kindern eingetrichtert. »Deshalb gehören Banken überfallen, selbst wenn kein Geld mehr drin ist.« Jedenfalls hätte es Albert im Herzen wehgetan, wenn Marlon sein ganzes Leben lang nur an Profit gedacht hätte. Vermutlich glaubte Albert tatsächlich, er beschütze die Menschen, damit sie kein schlimmeres Schicksal ereilen könne.

Marlon sagte: »Ich weiß überhaupt nicht, was und wie und wo ich in New York …«

»Musst du auch nicht. Ein Fahrer wird dich am Kennedy Airport abholen. Du musst nur diesen Knopf in dein Portemonnaie packen. Dann kann er dich auf dem JFK überall orten.« Albert holte aus seiner kurzen Leinenhose einen eurogroßen Knopf und drückte ihn Marlon in die Hand. Jetzt wollte er ihn mit den Worten verabschieden: »Ich bin leider im Stress. Du musst sofort los, Jung.« Doch da rief Silke durchs Haus: »Bist du fertig?«

Nein, Albert war noch nicht fertig. Er hatte nicht einmal seine Jeans an. Zu Marlon sagte er: »Ich muss mit ihr zum Rennstall nach Weidenpesch. Ich habe 200.000 für *Red Jet* bezahlt. Da will ich auch mal sehen, wie die Stute so aussieht.« Das Hobby seiner Frau war zu Alberts Geschäft geworden, denn mit *Prince of Dark Moon* hatten sie bereits den »Prix de l'Arc de Triomphe« mit dreieinhalb Längen Vorsprung gewonnen. Nun gab es eine neue Stute im Stall: *Red Jet*.

»Du musst gar nicht grinsen, Marlon«, sagte Albert. »Pferde sind besser als alle Aktien der Welt.«

Er nahm seinen Ziehsohn in den Arm und drückte ihn. Marlon fühlte sich augenblicklich sicher, und gleichzeitig hatte er keine Luft mehr für eigene Gedanken. Über Alberts Schulter hinweg sah er durch die Terrassentür zum Pool. Dort dümpelten Dolce und Gabbana auf ihren Schwimminseln, jeder für sich auf seiner, jeder direkt an der Plastikpalme, die sich jeweils am Rand der Schwimminseln befanden. Es erinnerte ein wenig an die Skooter auf der Kirmes mit den Stromabnehmern, die hinten aus den Autos wuchsen und bis an das Gitternetz an der Decke reichten. Nur waren die Skooter im Pool eher langsam.

Marlon spürte Alberts Atem in seinem Ohr: »Du holst mir diese Vorhaut. Sie wird uns noch ein bisschen reicher machen. Und vielleicht gibt es doch noch Platz im Himmel für gute Menschen wie dich und mich.« Dann entließ er Marlon aus der Umklammerung und schaute ihm ins Gesicht. Weiße gerade Zähne wie für eine Bewerbung in Hollywood. Albert drückte Marlon einen Kuss auf die Stirn. »Das wird gut, sehr gut werden. Im Namen des Vaters und des Sohnes und des Heiligen Geistes. Amen.« Dann lachte Albert. »Dat ich noch mal mit dem Schniedel vum Zimmermanns Jupp singem Sohn Geld verdienen würde, hätte ich im Leben nicht jejlaubt.«

Für Marlon war das alles nicht so leicht, kölsch und locker. Wer sollte während seiner Abwesenheit die Geschäfte in Ehrenfeld führen? Positiv war, dass im Moment ruhige Zeiten herrschten. Passieren konnte nicht viel. Es kamen nur die Zahlungen rein, Markus hatte alles im Griff, und seit sie sich mit dem Soylu-Clan geeinigt hatten, war auch von türkischer Seite nichts Böses zu erwarten. Einzig die Albaner nervten, aber die nervten immer. Das war ihre Natur. Doch sie waren machtlos gegenüber dem Bündnis Soylu und Albert. Wer würde sich schon mit den beiden mächtigsten Familien der Stadt anlegen? Selbst die Araber schreckten davor zurück. Einzig das Cannabisgeschäft war nicht in trockenen Tüchern. Die Regierung in Berlin bekam es schlicht nicht auf die Reihe, den Verkauf von Marihuana in die Tüte zu bringen – und in Köln wollte jeder was vom künftigen Kuchen abhaben. So spielten Marlons Gedanken in einer Sekunde, in einem Blick in Alberts Augen. Wieder fragte er sich, wer für ihn die Geschäfte führen sollte?

»Unser gelobter Bote Markus«, sagte Albert, als habe er Marlons Gedanken gelesen. »Ein guter Eintreiber ist Gold wert. Du kannst dich 1000 Prozent auf ihn verlassen. Der ist so treu, wie es sonst nur asiatische Stockenten sind. Und er kennt sich blendend mit den Geschäften in Ehrenfeld aus.«

»Das sehe ich auch so«, sagte Marlon. »Was ist eigentlich mit Brandt? Ich habe gestern mit Markus über ihn geredet. Er hat in Nippes den Heidemann angesprochen.«

»Dem die Lebensmittelläden gehören?«

»Genau den. Er wollte ihn davon überzeugen, Markus zu verzinken – und damit auch dich und mich. Bei den Albanern hat er schon einige hochgehen lassen.«

»Alles nur kleine Drogenmäuse, die getickert haben. Ich weiß nicht, dieser Brandt ist gefährlich, so richtig bitter. Der sieht auch so aus als hätte er 'nen Stock im Arsch. Irgendwas läuft falsch mit ihm. Wenn er nicht mehr sein sollte, wird ihn die Menschheit nicht vermissen. Wir sollten ihm einen Unfall bereiten.«

»Sich direkt mit den Polizisten anlegen? Meinst du?«

»Bei denen weint ihm auch keiner eine Träne nach. Der gehört nicht nach Köln, der gehört zum BKA. Ich mag keine Polizisten, die aussehen wie ein Navy Seal, schlank, breite Wangenknochen, Grübchen im Kinn, genau das Gegenteil von dem alten Gemüth ist der.«

»Times are changing. Hat schon Bob Dylan gesungen. Die kölschen Kommissare sind halt auch nicht mehr mit Bierbauch unterwegs.«

»Ich vermisse das«, sagte Albert. »Aber eins nach dem anderen: Erst kommt das Präputium, und dann ist Brandt dran. Und du kümmerst dich um beides.«

Marlon ärgerte sich. Warum hatte er nur das Thema auf Kommissar Brandt gebracht?

Erneut ertönte Silkes Stimme: »Albert? Ist Marlon da?«

Ehe Marlon antworten konnte, rief Albert: »Der Junge muss gleich weiter!« Zu Marlon sagte er: »Ruf Markus an und beeil dich. Du musst nach New York.«

In der nächsten Sekunde stand er schon draußen und stieg in seinen TT. Die Reifen drehten auf dem Kies durch, obwohl es ein Allrad war. Albert schaute ihm von der obersten Stufe des Eingangs zu, wie er sich dem Tor näherte.

»Hoffentlich geht das gut mit der Hochzeit am Hochaltar.«

Albert zuckte zusammen, er hatte Silke gar nicht kommen hören.

»Sicherlich«, beteuerte Albert. »Aber deshalb war unser Jung nicht hier.«

»Gibt es Neuigkeiten?«

»Marlon muss was in New York bei Falco besorgen.«

»Hauptsache, ihr verbummelt das mit der Hochzeit im Dom nicht. Du weißt, wie Rita ist.«

»Keine Sorge. Rita bellt nur, die beißt nicht.«

»Na ja, ich hatte sie heute Vormittag wieder am Telefon. Sie wird ungeduldig. Ihr müsst das langsam hinkriegen, Albert.«

11

MARKUS WIRD'S SCHON RICHTEN

Marlon saß im Stau auf der Zoobrücke fest. Die Radfahrer strampelten an ihm vorbei auf dem Radweg. Gerade wollte er Markus Binder anrufen, da rief Albert an und teilte ihm mit: »Karl ist raus.«

Karl sollte für ihn die Strafe in der JVA absitzen. Albert hatte es damals eine Win-win-Situation genannt und gesagt: »Für Karl ist es eine Chance. Der geht für dich in die JVA, bekommt von uns einen Batzen Geld und kommt wegen guter Führung bald wieder raus aus dem Knast.« Den Batzen Geld hatte Karl Kühnert allerdings nie gesehen. Marlon war damals schon klar gewesen, dass die Sache einen Haken hatte. Aber er hatte sich die Welt und seinen Onkel schöngeredet, und Smilla war schwanger gewesen.

»Er ist raus«, wiederholte Albert mit leicht zittrigem Unterton. Sonst war sein Onkel ruhig wie ein Köbes, aber Karls Flucht machte ihn nervös, denn Karl war ein böser Geist. »Gut, dass du zumindest in New York bist und damit aus der Schusslinie.«

»Und du?«

»Ich habe schon Alarm gegeben und ein paar Jungs angefragt.«

»Wo ist er denn?«

»Wenn ich das wüsste, wäre er tot. Ach, noch was anderes: Rita nervt wegen der Hochzeit. Du musst dich ranhalten.«

»Wie soll ich mich ranhalten? Das entscheidet Kardinal Dähmel persönlich.«

Silke schaltete sich ins Gespräch ein. »Wo ein Wille ist, da ist auch ein Hauptaltar. Ich habe noch keinen Kardinal gesehen, der nicht dem Irdischen zugewandt gewesen wäre. Für deine Oma Rita ist das wichtig. Ihr habt den Antrag doch schon an das Erzbistum gestellt. Oder?«

»Vor einem Monat.«

»Wir verlassen uns auf dich«, sagte Silke und beendete das Gespräch.

Der Himmel über Marlon war wolkenlos, aber in ihm rumorte es. Kaum Schlaf, überall nur Probleme und Stau. Wenn wenigstens ein Klimakleber in der Nähe gewesen wäre, über den er sich hätte aufregen können. Zumindest hatte er Zeit, um Markus anzurufen.

Der war mit dem Rad im Bergischen unterwegs und meinte: »Du weißt schon, dass ich heute frei hab?«

»Keiner hat hier frei. Schon gar nicht mein bester Mann.« Mit dem Knopf im Ohr und dem Handy hinten im Trikot hörte Markus Marlon reden. Eigentlich hatte er nur eins im Kopf: sein Training. In diesem Jahr würde er beim Bickendorfer Radrennen endlich die Nase vorn haben. Straßenrennen sind wie eine Jagd mit dem Küchenmesser. Du musst verdammt hart arbeiten, bis du das Mammut endlich erledigt hast.

Marlon sagte: »Du musst mich für ein paar Tage vertreten.«

»Liefere ich dann direkt an Albert?«, wollte Markus wissen.

»Ja.«

»In die Villa?«

»Nein, an David, Friesenplatz.«

Alberts jüngster Sohn David hatte ein Büro am Friesenplatz angemietet. Erstens lag es damit zentral in Köln, und zweitens war es weit weg von seiner Frau und seiner Tochter in Obererde. Er brauchte Luft zum Atmen. Schließlich war Papa Albert dominant.

Markus sagte: »Okay. Was ist denn los?«

»Geschäftsreise. Ich bin für ein paar Tage weg.« Mehr musste Markus nicht wissen. Denn eines war klar: Markus war nicht nur ein treuer Bote und Eintreiber, sondern auch ganz schön gossip. Wenn irgendwas in Neuehrenfeld, Ehrenfeld oder Nippes passierte, wenn jemand heiratete, fremdging, lästerte oder dumm laberte, wusste Markus sofort Bescheid. Er konnte das Gras wachsen hören und wusste alles über jeden. Das hatte Vorteile, aber wehe, du warst selbst Teil der Erzählung.

»Und falls es Probleme gibt?«, hakte Markus nach.

»Wendest du dich direkt an meinen Onkel. Mich kannst du nicht anrufen. Ich weiß nicht, wie das mit dem *Siemens* in den USA aussieht.«

»Ach, du fliegst nach New York.«

»Wieso New York?«

»Hast du nicht New York gesagt?«

Marlon ärgerte sich, er hatte schon zu viel erzählt.

»Da ist doch Falco. Oder?«

»Ja.«

»Grüß ihn mal von mir.«

Markus hatte Marlon überrumpelt. Sein bester Mann atmete schwer.

»Was ist los? Du klingst wie ein altes IPhone sechs.«

»Ich habe einen Anstieg von acht Prozent vor der Brust.«

»Du bist nicht mehr der Jüngste, solltest langsam mal Jason ranlassen.«

»Ich weiß nicht, was mit dem Jungen los ist. Er hat so viel Hirn wie ein leerer Tank. Und ist auch noch sensibel wie Biene Maja. Die Generation ist echt nicht belastbar.«

»Du weißt, dass ich nicht viel älter als er bin.«

»Dann weißt du, wovon ich rede.«

»Hohoho«, lachte Marlon wie der Nikolaus. »Im Ernst. Jason braucht Zeit und Übung. Er hat vorher noch nie jemanden ...« Er stockte, denn beide wussten, wovon Marlon redete und von Mord sollten sie nicht direkt am Telefon sprechen. Auf Alberts Geheiß hatte Jason einen arabischen Dealer erschossen. Das hatte ihm zugesetzt.

Markus sagte: »Nach meinem ersten Mord habe ich keinen Urlaub auf Lanzarote bekommen.«

»Was redest du da? Ich brauche dich jetzt, und jetzt ist jetzt, egal, was du für einen Anstieg vor der Brust hast.«

So wie Marlon nun voll klimatisiert in seinem TT aus dem Fenster hinüber zum Dom schaute, sah Markus nur auf den schwarzen Asphalt unter sich. Er war im Wiegetritt den Berg angegangen, und Schweißtropfen liefen ihm brennend in die Augen.

»Wann fliegst du denn?«

»Heute. Aber behalt es für dich. Du kennst das mit den Mäusen, die auf dem Tisch tanzen, wenn die Katze aus der Tür ist.«

»Ich kenn nur die Sendung mit der Ratte.«

»Gut ... ach ja, übrigens, Kühnert ist raus. Ausgebrochen.«

»Aus dem *Klingelpütz*?«

»Woraus sonst?«

»Und jetzt?«

»Du weißt, er tritt gerne nach.«

Markus war geschockt. Er ließ die Beine hängen und stieg vom Rad. Die Sonne brannte, und in ihm brannte die Angst. Er setzte sich auf den heißen Asphalt des Radwegs. »Der bringt mich um.«

»Du bist nicht der Erste auf seiner Liste. Vermutlich wird er sich zuerst an seinen Stiefvater halten. Und dann bin ich dran.«

»Fliegst du deshalb nach New York?«

»Nein.«

»Will dich Albert aus der Schusslinie holen?«

»Laber keinen Mist, es geht um die Vorhaut von Jesus.«

»Hä?« Spätestens jetzt fühlte sich Markus verarscht.

»Scherz«, log Marlon. »Ich habe da Geschäfte zu erledigen.«

Markus erhob sich wieder und setzte sich aufs Rad. Schweiß rann ihm über das Gesicht. Er hatte gegen Kühnert ausgesagt und dessen Job übernommen. Im Gerichtssaal hatte Kühnert Markus tief in die Augen geschaut, als würde er ihn morgen auffressen. Und jetzt war morgen.

12

WAFFEN AUF DEM IRRWEG

Brandt war müde, die Nacht hatte er nicht geschlafen und morgens um 7.45 Uhr war er pünktlich im Büro gewesen – erfolglos. Seit Stunden verhörte er einen Lastwagenfahrer, der Waffen Richtung Antwerpen hatte fahren sollen, aber in Köln gefasst worden war.

»Sie wissen also nicht, wer die Waffen in Ihren Laster geschmuggelt hat?«

Der Mann sprach Polnisch und sagte, er habe den Lkw in Frankfurt/Oder übernommen und in Köln zugeladen. Gestern hatte es noch laut Papieren geheißen, er sei aus Magdeburg abgefahren und habe in Essen den Hänger gewechselt. Das passte alles nicht zusammen. Die Papiere stimmten vorn und hinten nicht. Was für Dilettanten? Brandt lehnte sich auf seinem Bürostuhl zurück und fasste die neue Lügengeschichte zusammen: »Sie haben also den Laster in Frankfurt/Oder übernommen, sind nach Dortmund gefahren, haben noch eine Ladung aufgenommen und sind dann nach Köln Eifeltor. Sehe ich das richtig?«

Der Übersetzer übersetzte.

Der Fahrer sagte, dass er Familie mit zwei Jungs und nichts Böses getan habe.

»Doch, das haben Sie. Es ist strafbar, Waffen durch die Gegend zu kutschieren – ohne Sondergenehmigung«, sagte Brandt.

Der Fahrer schaute ihn an, als würde er nichts verstehen. Dabei hätte Brandt schwören können, dass er alles verstand.

Der Kopf seines Gegenübers war rund wie der Bauch. Insgesamt machte er eine Erscheinung wie eine pralle Kugel aus Fleisch ohne Knochen. Nur die Haut schien diesen Menschen zusammenzuhalten. Nichts als Haut und Lügen.

Auf Brandts Bildschirm ploppte endlich die Nachricht der Abteilung Recherche auf:

»Weg des Lasters – Reg. 879287667

Beschlagnahmtes Gut:

10.500 Schuss 155 mm Nebelmunition (englische Bestände)

34 MG5 (deutsche Bestände)

20.000 Erste-Hilfe-Kids (deutsche Bestände)«

Er las den Weg des Gutes, wonach in Polen die Ladung im Container über die Grenze in die Ukraine verbracht wurde. Auf dem Weg zum Munitionslager für die Front wurde der Container abgezweigt – und zurück nach Polen transportiert. Von dort wurde er weiter nach Deutschland gebracht.

Der Rest war Brandt schon bekannt. Er kannte das Waffenproblem, das sich meist auf Munition und leichte Waffen für die Ukraine bezog. Seit Monaten stahlen ukrainische Ganoven Munition und Waffen, die für die Front bestimmt waren, und verkauften sie wieder im Westen.

Waffengeschäfte waren nichts Ungewöhnliches für Brandt. Ungewöhnlich war lediglich der Dilettantismus der Schmuggler. Noch nie war im Güterverkehrszentrum Eifeltor ein Waffenfund gemeldet worden. Hier wurden hauptsächlich Waren umgeschlagen, die auf der Süd-Nord- und Nord-Süd-Route unterwegs waren.

Er sagte zu dem Fahrer: »Wir haben mit den Kameras am Terminal gesehen, dass Sie beim Stapeln der Güter mit Hand angelegt haben. Es gibt Beweise. Ist ihnen das klar? Sie werden Ihre Frau und Ihren Sohn so schnell nicht wiedersehen, falls Sie bei Ihrer Aussage bleiben.«

Der Übersetzer übersetzte, woraufhin der Fahrer laut antwortete, woraufhin der Übersetzer ihm etwas entgegnete, der Fahrer erhob sich und schrie den Übersetzer noch lauter an – und dann schwiegen beide.

»Was ist los?«, wollte Brandt wissen.

»Er will nicht mehr reden. Außer es springt etwas für ihn heraus.«

Brandt erhob sich und sagte erbost: »Was für eine Unverschämtheit. Sofort abführen. Das reicht mir jetzt.«

Zwei Beamte baten den Fahrer mitzukommen. Der weigerte sich.

»Dann reden Sie«, forderte Brandt.

»Was soll er sagen?«, fragte der Übersetzer. »Ich glaube, er hat den Wagen tatsächlich in Frankfurt an der Oder übernommen.«

Brandt war perplex. Der Übersetzer begründete seine Vermutung: »Sonst hätte er eben nicht so reagiert. Er ist verzweifelt und verärgert darüber, was die deutsche Polizei mit ihm tut.«

Brandt blieb hart, sagte, er solle abgeführt werden. Doch als die beiden Polizisten den Fahrer nun mit Nachdruck hinausführten, stoppte dieser und sagte auf Polnisch, dass er reden werde.

Wieder saßen alle am Tisch. Nein, Alkohol würde er keinen bekommen, meinte Brandt. Dann würde seine Aussage nichtig.

»Ohne Bier kein Wort«, übersetzte der Übersetzer.

»Also, wenn Sie ein Bier bekommen, dann reden Sie?«

Der Fahrer nickt, und Brandt ließ eine Flasche alkoholfreies Bier bringen.

Der Fahrer lachte. Er konnte sogar das Wort »alkoholfrei« lesen.

Und er verriet – zu Brandt Erstaunen –, dass sein Kontaktmann ein gewisser Igor sei.

»Nachname?«

Er hatte nur eine Telefonnummer, die er auf einem gefalteten Zettel in seiner Tasche verborgen hatte. Brandt ärgerte sich. Seine Leute hatten das Handy des Verhörten ausgelesen, aber die Hosentaschen nicht ordentlich kontrolliert.

Der Anschluss gehörte zu einer Firma an der Dünnwalder Straße in Köln Mülheim. In den Firmenunterlagen fand sich ein Mitarbeiter mit dem Vornamen Igor. Mehr Information gab es jedoch nicht.

»Dann können Sie jetzt gehen«, sagte Brandt.

Der Übersetzer übersetzte.

»Und zwar in den Gewahrsam«, fügte Brandt hinzu.

Von Igor Neumann wurden die Konten gecheckt sowie sämtliche verfügbaren Metadaten seiner Kommunikationsmittel. Und siehe da: Es führte über einen Mittelsmann eine Spur zu Albert Nagels Sohn David.

Brandt fühlte sich gut. Der Tag war also doch nicht verloren. »Dann werden wir uns mal mit David Nagel unterhalten.«

13

WE HAVE THE DOM

Am Kölner Flughafen war er mit einem Business Charter im Privatjet abgeflogen und dann vom Pariser Charles de Gaulle Airport direkt weiter nach New York. Er hatte sein Handgepäck nicht unbeaufsichtigt gelassen. Jetzt rollte er seinen kleinen Koffer neben sich her über die spiegelglatten Platten im JFK Airport. In Köln war es längst tiefe Nacht, hier aber erst später Abend. Geschlafen hatte er nicht, aber den ersten Teil von *Der Pate von Ehrenfeld* gehört. Es war eine Geschichte, die ihn stark an seine eigene erinnerte. Gerd Köster hatte das Buch vorgelesen, perfektes Kölsch, perfektes Hochdeutsch, sympathische Reibeisenstimme. Genau das Richtige, um sechs Stunden Zeitverschiebung zu überspringen.

Marlon hatte noch Kösters Stimme im Ohr, er selbst sprach immer seltener Kölsch, vermutlich wegen Smilla, weil sie immer Hochdeutsch redete. Das Leben änderte sich schnell wie die Gesichter am JFK. Wie sollte ihn Falcos Bote finden? Warum hatte ihn der Typ nicht mit einem Schild am Ausgang erwartet? Vor knapp einer halben Stunde war er gelandet. Der Chip von Onkel Albert funktionierte offenkundig nicht. Und die einzige Telefonnummer, die Marlon von Falco hatte, war ständig besetzt. So kreiste er nun auf der Geschäfteumlaufbahn des Flughafens zwischen all den Touristen. Hier gab es fast die gleichen Läden wie in Köln und wie in Frankfurt, Mailand oder London. Ketten und Marken, Rollkoffer, *Nike*, *Boss*, *Chanel*, die gleichen Läden, die gerade in der Kölner Innenstadt schlossen, weil alle online shoppten und keiner mehr Lust auf Hohestraße und Schildergasse hatte. Schön war es dort ohnehin nie gewesen, dachte er. *Dolce & Gabbana.* Er musste an Alberts Möpse denken, jung, naiv, verfressen und verpennt. Marlon war genervt, einfach nur genervt. Warum holte ihn keiner ab? Das gefiel ihm nicht. Ebenso wenig wie Smillas *WhatsApp*-Schweigen. Er sah an den beiden blauen Häkchen, dass sie seine Bin-gut-gelandet-Nachricht gesehen hatte, aber geantwortet hatte sie nicht. Ein *McDonald's, Burger King*. Nein, Hunger hatte er keinen. Er musste an seine Aktien denken. *McDonald's.* Es gab so gut wie keine US-Aktie, die weniger Schwankungen unterlag – sie kannte nur einen Weg: nach oben.

Da zog ihm jemand mit einem Ruck den Griff des Rollkoffers aus der Hand. Marlon schrak aus seinen Gedanken auf. Als Nächstes sah er in ein bärtiges Gesicht: »Marlon? Köln?« Der Kerl war der lebendig gewordene Rübezahl, mindestens einen Kopf größer, muskelbepackt, gut gelaunt wie ein Tütchen Brausepulver.

»Charly. Charly Steinhauer.« Dieser Charly streckte Marlon die Hand entgegen. Marlon griff zu, Charly griff zu. 258 Pfund Lebendgewicht, die jedem das Genick brechen konnten. Er wirkte nicht dick, denn er war ein Berg mit Stiernacken. Charly sagte: »Falco hat viel von dir erzählt.«

»Wie bitte?«, fragte Marlon, der jetzt erst merkte, dass seine Ohren noch zu vom Flug waren.

»Falco hat viel von dir erzählt«, wiederholte der Berg stoisch.

»Das freut mich«, entgegnete Marlon.

Offenkundig hatte Charly ihn durch seinen Chip im Portemonnaie geortet, sonst hätte er Marlon wohl kaum von hinten erkennen können.

»Ich bring dich direkt zu Falco. Der freut sich schon op dich.« Das »op« betonte er besonders und deutete auf sein T-Shirt, auf dem fett zu lesen war: »100% Kölsch Bloot«. Wo hatte er das her? Ansonsten trug er Jeans und Mokassins aus Filz. »'ne kölsche Jung is nie allein.« Jetzt legte Charly so richtig los, er schob den Rollkoffer fröhlich wie einen störrischen Hund vor sich her.

Das Yellow Cab musste nicht herangewunken werden, sondern sie stiegen ein. »Die zahlen nichts«, sagte Charly. »Aber das werden wir noch ändern.« Damit meinte er die *Uber*-Fahrer. Vermutlich wurden sie noch nicht von der Mafia zur Ader gelassen. Und deshalb bevorzugte Charly das Taxi. Sie fuhren Richtung Big Apple, der Marlon gar nicht so groß vorkam, was vermutlich an der Entfernung zu den Wolkenkratzern lag. Die Fahrt zog sich entsprechend. Einfamilienhäuser, ungepflegte Vorgärten, noch ungepflegtere Vorgärten, der Big Apple war faul, viel Holz und wenig Luft, veraltete Industrie, die Gegenden hatten schon bessere Zeiten gesehen, ein bisschen Ruhrpott war das, ein wenig Köln-Kalk und ab und an ein Schuss Düsseldorf; sie kamen noch an einem zweiten Flughafen vorbei. Den Menschen auf den Bürgersteigen ging es schlechter als in Köln. In der Domstadt hatten sich die Rentner schon daran gewöhnt, dass sie Flaschen sammeln mussten, in New York stritten sie sich schon um den Müll. Nein, hier würde er nicht wohnen wollen. Auf keinen Fall. Sieben Dollar Mautgebühr, 148 kostete Charly die ganze Fahrt. Dafür stiegen sie direkt vor einem Backsteinhaus in Newark aus. Newark klang zwar wie New York, gehörte aber eindeutig nicht zu New York, sondern zu New Jersey.

»Ich dachte, Falco arbeitet in New York.«

»Er mag New York«, antwortete Charly, der sich aus dem Toyota schälte.

»Okay«, sagte Marlon.

Vermutlich war es das gleiche Phänomen wie mit den Bergheimern, Pulheimern, Bergisch Gladbachern und Bensbergern. Im Ausland behaupteten sie auch, Kölner zu sein. »We come from Cologne. You know Eau de Cologne? We have the Dom.« So oder ähnlich klangen die Einwohner der Nachbargemeinden im Ausland, denn wer kennt schon Hückeswagen, Niederaußem, Siegburg, Bornheim oder Langenfeld? Das Fabrikgebäude, vor dem die beiden die Taxitüren hinter sich zuwarfen, war imposant. Wieder der Rollkoffer. Glatt wie Lakritze war der Asphalt. Es schien, als hätten die Amerikaner zu viel Asphalt übergehabt und ihn überall ausgegossen. In Köln sollte alles *ent*siegelt werden, hier wurde alles *ver*siegelt. Das Backsteingebäude glich dem Hansahochhaus, das in den 20er-Jahren des vergangenen Jahrhunderts immerhin mal das höchste Europas gewesen war.

Ein Bürogebäude in Newark. So hatte sich Marlon den Mafiasitz nicht vorgestellt. Eher als eine Bar und ein Hinterzimmer oder einen Nachtklub und ein Hinterzimmer. Ob es hier überhaupt Hinterzimmer gab? Sie schritten durch das Foyer zum Aufzug. Die Decke war hoch, die Schuhe der beiden schnalzten. Alles war weiß, geleckt wie im *Apple*-Store und frisch renoviert wie die neuen Bundesländer.

Die Tür des Fahrstuhls öffnete sich mit einem Zischen, als sei es der Zutritt zum Holodeck der *Voyager* – und da trat er schon heraus: Falco. Er besaß die Körperfülle eines ausgewachsenen Mastschweins. Fettleber und ein Grinsen, als habe er Plutonium verschluckt. Marlon hätte ihn fast nicht wiedererkannt. Was war aus dem schlanken, sportlichen Typen geworden? Das konnte nicht nur Erdnussbutter angerichtet haben.

Falco breitete die Arme aus: »Ich hatte gedacht, ich komme dir auf halbem Weg entgegen.« Sonnenbrille als Accessoire über der Stirn, hellblaues über dem Bauch spannendes Polohemd und kurze grün-blau karierte Stoffhose, deren Falten am Bund glatt durch die Fülle waren. In der Montur hätte Falco auch im Caddy zum Golfen fahren können. Er schnaubte, obwohl hier alles klimatisiert war.

»Du übernimmst für mich unten«, befahl er Charly.

Er war also gar nicht von oben, sondern von unten mit dem Fahrstuhl gekommen.

»Und bring nachher den Koffer von Marlon in sein Appartement.«

Charly nahm Marlon wieder den Koffer aus der Hand und stellte sich neben die Aufzugtür.

»So, Charly verlässt uns für ein paar Stunden.« Woraufhin der Hüne draußen blieb, während Marlon mit Falco den Fahrstuhl betrat und auf den zwölften Stock drückte.

Aber was hatte er mit *unten* gemeint? Den Keller? Die Tiefgarage?

Die Erklärung folgte auf dem Fuße: »Wir führen unten im Keller Interviews durch.« Falco wischte seine Chipkarte über den Scanner im Fahrstuhl. »Du glaubst gar nicht, was für Aussagen Charly unseren Informanten entlockt. Er ist ein Genie, was die Informationsbeschaffung angeht.«

Marlon wollte sich gar nicht ausmalen, was hinter dem Wort »Interview« stecken mochte. Er wusste von Albert, dass Charly sich bei der Ostküstenmafia aufgrund seiner Verschlagenheit und Brutalität einen Namen gemacht hatte. Die Russen brauchten einen wie Falco in ihren Reihen, und vermutlich war Charly nicht viel anders. Der Aufzug hatte Spiegel an allen vier Wänden und an der Decke, und überall war Falcos Masse zu sehen.

Der fragte: »Hat Charly mit dir Kölsch geredet?«

Marlon nickte.

»Ich habe ihm alles beigebracht, was er wissen muss. Auch das Kölsche Einmaleins.«

Marlon wusste nicht, was das Kölsche Einmaleins sein sollte? Er kannte nur das Kölsche Grundgesetz. Aber er fragte nicht nach, stattdessen bemerkte er: »Charly klingt nicht gerade deutsch.«

»Ist er aber, wenn auch nicht vom Pass her. Die Familie kam ursprünglich aus Andernach. Irgendein GI hat wohl seine viel zu junge Großmutter für ein Paar Strumpfhosen flachgelegt. Soweit ich weiß, soll der Typ schwarz gewesen sein.«

»Aber …«

»Exakt. Und ich frage mich auch, warum Charly nur so weiß ist.«

Der Aufzug brauchte lange, Falco atmete schwer, bedrohlich schwer. Übergewicht, Erdnussbutter und kein Sport. Das waren die drei Höllenreiter von Falco. Stockwerk für Stockwerk fuhren sie seinem Büro entgegen. Als Marlon zur Decke schaute, sah er Falcos Tonsur, und darauf hatte er sich das Brandenburger Tor tätowieren lassen. Der Aufzug hielt ganz oben. Zu Marlons Überraschung lag hinter den sich öffnenden Türen keine Bürolandschaft, sondern ein riesiger Raum. Darin gab es ein schlicht-edel eingerichtetes riesiges Zimmer mit Couchlandschaft und einem überdimensionalen Screen – sogar eine Küche war im Hintergrund zu sehen. »Landschaft« war das richtige Wort, denn der Raum maß sicherlich 300 Quadratmeter. Falco merkte Marlons erstaunten Blick hinüber zum Fernseher und sagte: »Wenn der FC spielt, sehe ich das fast in Originalgröße.«

Er wollte wissen, wie Marlon seinen Malt Whiskey haben wolle.

»Später«, sagte er. »Zu früh für mich.«

»War nur ein Test«, entgegnete Falco und schenkte sich das Glas ein, schwenkte den Whiskey darin, nippte kennerhaft und kippte den Doppelten runter. »Ich teste mich auch immer wieder, aber ich verliere gerne gegen meinen Malt. Rauchen tust du bestimmt auch nicht?«

Marlon versank im Polster wie in einer Welle.

»Hier in der Bude kannst du qualmen. Kein Geruch bleibt. Du glaubst nicht, wie gut die Klima …?«

Marlon schaltete ab. Er hatte Jetlag und er war hierhergekommen, um die Reliquie zu holen, sonst gab es keinen Grund. Das Gerede nervte ihn nur. Zumal er Falco in diesem Fleischberg, der sich Falco nannte, nicht wiedererkennen konnte. Es war, als sei er mit dem falschen Menschen am falschen Ort. Nicht einmal New York war das, sondern nur ein Ort, der ähnlich klingt. Alles Fake.

»Wo ist denn das Präputium?«, wollte Marlon wissen.

»An einem sicheren Ort.« Falco setzte sich in den Sessel gegenüber von Marlon. Das Möbel stöhnte unter ihm. Die Sitzfläche war überbreit.

»An einem sicheren Ort«, wiederholte Marlon. »Und das ist wo?«

»Nicht hier.«

»Sondern?«

»Ich zeig dir erst mal, wo du schläfst.«

»Ich würde gerne zuerst das Ding sehen.«

»Noch hat Albert nicht gezahlt.«

Marlon drückte seinen Rücken ins Kissen. Er wollte mehr Distanz zu Falco. Dieser Mann war früher ein Erwachsener gewesen und Marlon ein Kind. Jetzt war er kein Kind mehr. Er sollte sich auch nicht mehr so von ihm vereinnahmen und behandeln lassen wie ein Kind. »Ware gegen Geld«, sagte Marlon. »Sobald du mir das Kreuz mit der Vorhaut gegeben hast und ich es für okay befunden habe, schickt mein Onkel dir das Geld.«

Falco spürte den neuen Wind, der wehte. Mit einer fließenden Handbewegung strich er sich sein langes Seitenhaar zur Seite, als wolle er es plätten. Dann erklärte er: »Es wurde geklaut.«

»Das Präputium?«

Falco nickte. Sein Kinn drückte sich in sein darunterliegendes Kinn.

Marlon fragte: »Deshalb hast du mich hierher nach Newark fliegen lassen?«

»Es ist weg. Was soll ich tun? Aber ich weiß, wer es hat. Der Typ heißt Lanza.« Falcos Augen funkelten wieder, so als greife er gerade zu Plan B. Lanza habe es im Spiel verloren und sei dann bei ihm eingebrochen. »Aber wir werden es uns zurückholen, Jung. Ich habe deinem Onkel diese Vorhaut schließlich versprochen. Das können wir ihm nicht antun.«

»Das hoffe ich. Es geht meinem Onkel nämlich nicht nur um das Geld, das ist was Religiöses für ihn«, log Marlon. »Wer ist dieser Lanza?«

»Ein Captain der italienischen Mafia in New Jersey. Echt krummer Hund.«

»Bist du sicher, dass dieser Lanza es geklaut hat?«

»Wer sollte sonst noch in der Nacht nach der Pokerrunde in den Raum einbrechen? Aber ich weiß, wo das Präputium ist. Schließlich muss die Vorhaut ruhen. Zurzeit kann sie keiner verticken, das Ding ist zu heiß. Ich würde sofort erfahren, falls sie auf dem Schwarzmarkt auftaucht. Der einzig ruhige Ort für so ein Teil heißt Tresor.«

»Verstehe.« Es fiel Marlon schwer, höflich zu bleiben. Wollte ihn der einst so nette Mann aus der Kindheitserinnerung veralbern? Ständig redete er von »wir«. Es war nicht Marlons Job, die Vorhaut zurückzuholen, es war Falcos Job. Aber Marlon schwieg.

»Der Tresor ist im *Daba Ding*, einem Stripklub der Cannelloni, liegt gleich im Schatten der *Red Bull Arena* in Harrison. Wir werden die Wichser fertigmachen und das Ding einfach zurückholen. Wir …«

»Okay«, stoppte Marlon ihn, erhob sich und platzierte sich in dem Sessel, der neben Falcos Sessel stand. »Wir müssen ruhig bleiben.«

»Ich bin ruhig.«

»Aber ich nicht«, erklärte Marlon. »Ich habe den weiten Weg gemacht, um von dir einen Gegenstand zu erhalten, der meinem Onkel etwas bedeutet. Jetzt bin ich hier und muss von dir hören, dass dieser Gegenstand meinem Onkel gestohlen wurde. Was soll ich davon halten?«

»Ich werde Albert nachher alles erklären.«

»Ich sitze hier bei dir.« Marlon legte die Hand auf Falcos Schulter und drückte ein wenig zu. Halb Massage, halb Drohung. »Du solltest mich nicht verarschen. Du bist ein Freund unserer Familie, mein Vater respektiert dich wie einen Bruder. Für uns bist du nicht irgendwer. Ich will, dass es so bleibt. Verstehst du?«

Falco sagte: »Ja.«

»Und eines ist wichtig unter Freunden: Wahrheit. Vergifte nicht den Brunnen, aus dem die Familie trinkt.« Falco wollte etwas sagen, aber Marlon redete weiter. Das war seine Rolle, die er hier und jetzt spielte. »Ich glaube, mein Onkel, der dein Freund ist, will keine Erklärung. Er will das Präputium, und du willst es ihm geben. Sonst hätte er mich nicht geschickt. Verstehst du das?«

»Ja, Junge. Das verstehe ich. Deshalb ist es so wichtig, dass du hier bist.«

»Gut. Ich würde nun gerne drei Stunden schlafen, und dann hast du einen Plan, wie wir an den Tresor von diesem Lanza kommen. Ich bin hier fremd, du wirst es also alleine mit deinen Leuten planen müssen. Spätestens morgen Abend muss die Sache über den Tisch gehen, denn ich habe ein Rückflugticket. Das Geschäft in Köln läuft nicht von allein.«

»Wer regelt es für dich?«

»Markus.«

Falco nickte. »Wie geht es ihm? Lebt er immer noch im Sattel?«

»Er lässt dich grüßen.«

»Und ist er noch immer mit dieser …?«

»Caroline heißt sie. Ja, die beiden sind schon lange zusammen.«

»Erzähl doch … Bestimmt parmesanblond. Das war doch der Geschmack von …«

»Ich bin müde«, unterbrach ihn Marlon. Er wollte bestimmen, wann das Gespräch endete, deshalb unterbrach er Falco. Der drückte sich wie ein übergewichtiger Barrenturner mühsam aus dem Sessel. »Falls es dir nichts ausmacht, schläfst du in unserer Gästewohnung. Sie ist gleich dort. Er ging zum Panoramafenster und zeigte nach unten zu einem hübschen Backsteinhaus mit vier Stockwerken. »Gehört uns.«

Marlon wusste nicht so recht, was er mit »uns« meinte? Die russische Mafia oder sich selbst. Oder gehörte das Haus ihm und seiner Freundin oder Frau. Ihm wurde bewusst, dass er nichts über Falco wusste.

»Ich habe gehört, dass Karl Kühnert raus ist.«

Woher wusste Falco das?

»Er ist irre. Und er hat ein gutes Gedächtnis.« Falco nahm ihn in den Arm. Immer noch standen sie am Fenster, und Marlon blickte auf den Backsteinbau. In den einzelnen Stockwerken hatten sie Blumenkästen an den Fenstern. Alle sahen gleich aus. Die Pflanzen waren alle rot und blau, die Farben der Demokraten und der Republikaner. Rot und blau.

14
EIN BRIEF FÜR DÄHMEL

Genauso rot und blau wie die Blumen in Ritas Vase. Smilla saß Marlons Oma gegenüber und hatte den Brief auf den Tisch gelegt. Drei Tassen Kaffee, alle schwarz, kein Besteck, kein Kuchen. Die Sache war ernst – und Opa Hannes sagte nichts. Er wusste, wann es Zeit war zu schweigen. Rita las den Brief erneut. Sie hatte extra ihre Lesebrille aufgesetzt.

»Der Kardinal hätt se nimmi all op d'r Pann.«

Smilla verstand kein Wort, aber sie wusste, dass Rita Kardinal Dähmel für blöd hielt. Sie bewunderte die alte Frau, die mehrere Sprachen beherrschte: Deutsch (Grundwortschatz), Kölsch (fließend) und Mimik wie Gestik muttersprachlich. Rita legte ihre Brille hinter dem Schreiben ab, schob sie ein Stück weiter über den Tisch, Hannes nahm daraufhin die Brille, wischte sie mit dem Läppchen sauber und legte sie zurück ins orangefarbene Etui. So geht Ehe.

Rita sagte: »Und jetzt? Was machen mer jetz?«

Das hatte Smilla verstanden. Neben ihr lag Loreley im *Maxi Cosi* auf dem Stuhl. »Marlon hat alles versucht«, sagte sie.

»Männer können nie alles versucht haben.«

»Wie meinen Sie das?«

Wieder einmal siezte Smilla ihre Schwiegeroma. Nicht absichtlich, die Höflichkeit des Siezens älterer Menschen war fest in ihr vertäut.

»Ich habe dem Albert schon gesagt, er soll was spenden. Ich weiß nit, ob er et schon getan hat.« Sie griff zum Handy, und auf der anderen Seite meldete sich Albert schlecht gelaunt. Die Infos aus den USA waren spärlich, Karl Kühnert war hinter ihm her, und die Wachleute, die er von Ömer geliehen hatte, waren nicht gerade die hellsten Kerzen am Leuchter. Sicher fühlte er sich nicht. Falls hier etwas passierte, dann hatte er eine gute Chance, von Friendly Fire erwischt zu werden.

Rita fragte: »Wie sieht et uss? Hät der Dähmel schon ein Anjebot von euch?«

Albert erhob sich von der Couch und knipste den Fernseher aus.

»Marlon und ich …«

Es gab einen Knall, den sogar Smilla durch das Handy hörte.

»Albert! Wat is?! Albert?!«, fragte Rita entsetzt.

Smilla und Hannes schauten sie erstaunt an. Etwas für die beiden unvorstellbar Furchtbares musste dort in Obererde geschehen sein.

»Albert! … Dä säht nix. Ne Knall und dann nichts mehr«, sagte sie in die neugierigen Gesichter. Rita wählte Silkes Nummer. Es meldete sich nur die Mailbox.

»Und?«, wollte Hannes wissen.

»Nix. Jahnix. Silke jeht nit ran.«

Albert rief unerwartet zurück.

Ritas Blick entspannte sich. Tot war er also nicht, sondern knapp einem Anschlag entkommen. Jemand hatte auf ihn von Ferne geschossen – durch die Terrassentür. Vermutlich ein Scharfschütze. Hätte er sich nicht in der entscheidenden Sekunde zur Seite gedreht, wäre die Kugel nicht in die Muranoglas-Statue eingeschlagen, sondern in seinen Schädel. So aber war die Statue mit einem lauten Knall direkt neben ihm auseinandergebrochen.

»Einer wollte Albert kaltmachen«, sagte Rita auf Hochdeutsch.

»Der hat sieben Leben«, meinte Hannes und machte eine abwertende Handbewegung. »Wat soll dem Jung schon passieren?«

Rita fragte Albert: »Is alles jut?«

»Ja, alles gut. Ich glaub', ich muss nur …«

»Warte«, unterbrach sie ihn. »Wie sieht et mit Dähmel us?«

Albert stöhnte auf der anderen Seite der Leitung.

»Ist der willig?«

»Wieso fragst du mich das jetzt, Rita? Mich wollte gerade jemand …«

Manchmal hatte Rita einfach kein Mit- und schon gar kein Fingerspitzengefühl. Vermutlich hätte sie ihm die Frage auch gestellt, wenn er einen Beinschuss gehabt hätte.

Rita sagte: »Man darf doch mal fragen dürfen. Oder? Wir haben hier die Ablehnung vom Bistum gekriegt, und die Smilla ist enttäuscht.«

Smilla war perplex, dass sie so unvermittelt von Rita in die Sache mit hineingezogen wurde. Die fuhr fort: »Ich dachte, es würde dich interessieren, Albert. Dom und Hochzeit finden nicht zueinander. Deshalb frage ich dich hiermit …«

Albert war zur Terassentür gegangen, um das Einschussloch zu begutachten. Trotz des Schocks, trotz Ritas Unverschämtheit sagte er in ruhigem Ton: »Das wird schon. Die beiden werden im Dom heiraten. Da kannst du dich drauf verlassen.«

»Wenn ich tot bin? Oder wann?«, sagte Rita frech.

Er strich mit dem Finger über den Rand des Lochs. Warum war die Scheibe nicht zersprungen? Er überlegte und sagte ruhig zu Rita: »Gedulde dich. Der Dähmel braucht seine Zeit. Ich kümmere mich um die Hochzeit.« Zu niemandem auf dieser Erde wäre er so geduldig wie zu Rita. Die sagte: »Jung, Gott hält die Hand über uns, sonst wärst du eben schon tot gewesen. Lass uns dankbar sein.«

Rita legte auf. Sie ahnte, dass sie etwas grob gewesen war. Hannes schaute sie vorwurfsvoll über den Tisch hinweg an. »Du bist immer so aufbrausend, Liebchen. Ich finde, du hättest dem Albert schon ein bisschen Zeit lassen können. Auf ihn wurde gerade geschossen. Da ist er nervös, der Jung.«

»Dich habe ich nicht gefragt«, entgegnete Rita angesäuert. »Ihm is ja nix passiert. Nur dem scheiß Nippes. Der soll froh sein, dat die Statue endlich …« Sie unterbrach sich selbst. »Ich weiß ja nicht, was du davon hältst, Smilla, aber stell dir vor, wir würden dem Dähmel das Ding vum Jesus vor die Nase halten?«

»Wie meinst du das? … Ich fand es auch nicht gut, wie du eben auf das Attentat gegen Albert reagiert hast.« Noch nie hatte Smilla Rita widersprochen, aber das Verhalten ihrer Schwiegeroma war nicht in Ordnung.

Rita reagierte kölsch. Sie schluckte die Kritik, ohne mit der Wimper zu zucken und fuhr ignorant fort: »Ja, stell dir vor, wir bieten dem Dähmel die Vorhaut an. Der würde uns dafür sogar im Vatikan heiraten lassen.«

Smilla war entsetzt. Kein Kopenhagener hätte so reagiert. Und sie hatte schon geahnt, dass es ein Fehler gewesen war, Rita von Marlons Auftrag in New York zu erzählen. Sie schwieg. Das Dänenschweigen ist eine der härtesten Waffen. Sie ließen ihre Gegner so lange aussprechen, bis die nicht mehr wussten, was sie sagen sollten.

Hannes sagte: »Ich sag mal so: Ich würde dem Dähmel einfach mitteilen, dass ihr das Präputium vom Jesuskind habt und er es kriegen kann. Dann wird der sich schon regen und fragen, was er dafür tun muss.«

Rita nickte: »Genau, Smilla. Du studierst doch Deutsch. Du schreibst uns den Zettel. Mal schauen, was der Dähmel dann macht.«

Jetzt musste Smilla endgültig aus der Deckung kommen.

»Ich weiß nicht, ob wir das tun sollten.« Sie steckte sich mit dem Zeigefinger das Haar hinters Ohr. »Ich würde gerne vorher mit Marlon darüber reden.«

»Dat bringt nichts. Der sagt garantiert Nein. Du darfst in solchen Dingen niemals deinen Mann fragen. Du musst die Kerle vor vollendete Tatsachen stellen. Wenn es dann doch noch Schwierigkeiten gibt, können sie die selbst lösen. Die kommen immer mit Wenns und Abers. Vergiss es. Frauen müssen führen, Männer müssen folgen.«

Jetzt schwieg Hannes, während Rita in Fahrt war: »Smilla, du schreibst den Brief.«

Hannes holte Papier und die *Senator*-Reiseschreibmaschine aus der untersten Schublade des Wohnzimmerschranks. Die Sache wurde ernst und das Farbband war in Ordnung.

Rita erklärte, dass auf der Schreibmaschine Hannes Zehnfingertippen gelernt habe. Smilla traute sich nicht Ritas Idee zu widersprechen, sie hatte auch keine bessere. Sie war erstaunt, wie gut Hannes tippen konnte. Abgesehen davon, dass es in Kopenhagen keinen Kardinal gab, hätte sie sich nicht vorstellen können, dem Bischof von Kopenhagen – falls es den gab – einen Brief zu schreiben. Sie schaute hinunter zu Loreley, die ein wenig im Schlaf zuckte. Hier in diesem Köln mit dieser Urgroßmutter würde sie groß werden. Am liebsten hätte sie ihr Baby hochgenommen und gedrückt. Sie und Marlon waren Familie. Wie aber Rita dort hineinpasste, wusste sie noch nicht.

»Was soll ich schreiben?«, fragte Hannes.

»Nun sag schon«, trieb Rita Smilla an.

»Äh.« Sie musste überlegen. Wie schrieben die Deutschen einen Kardinal an?

»Ja, sag schon«, forderte Rita. »Du hast doch studiert.«

»Ich weiß nicht, wie die Anrede ist.«

»Wie Anrede? Wat meinst du?«

Smilla googelte und las, dass »die formelle Anrede ›Euer Eminenz‹ ist, heute wird aber in der Regel ›Herr Kardinal‹ verwendet«.

»So. Da hast du es doch. Aber wie ist dat bei dem Dähmel?«

Smilla war erstaunt über die Frage.

Dann lachte Rita: »Ist nur ein Scherz, meine liebe Smilla. Ich sag dat nur, weil der Dähmel doch so blöd ist. Ich kann mir gar nicht vorstellen, dass ausgerechnet der so einen hohen Job in der Kirche hat.« Sie legte die Hand auf Smillas Hand, die auf dem Handy lag. »Komm, Smilla, mach dir keine Gedanken. Also, Hannes, dann schreib jetzt einfach: Sehr geehrter Kardinal Dähmel.«

Hannes tippte, und Smilla diktierte den Brief.

Zu Smillas Überraschung hatte Rita auch einen Briefumschlag und die Adresse von Kardinal Dähmel zur Hand. Nur die Briefmarke fehlte noch. »Du gehst am besten zum Obstladen auf der Iltisstraße.«

Der Lebensmittelladen *Iltis-Markt* war gleichzeitig eine gut besuchte Post-Filiale. Auch sonst führte der Laden alles, von Radieschen bis Nudeln, von Eis bis Brötchen. Es war ein richtiges Familienunternehmen, wo Mutter und Tochter abwechselnd an der Kasse standen und sich all jene trafen, die keine Lust auf *Rewe* am Lenauplatz hatten – oder schnell noch etwas besorgen mussten. Sie verkauften alles außer Autoreifen und Tiernahrung.

Eine halbe Stunde nach der Szene an Ritas Küchentisch verließ Smilla mit Kinderwagen und frankiertem Brief das Geschäft. Doch sie warf ihn nicht in den Briefkasten, sondern hielt ihn noch in der Hand, als sie von hinten eine Stimme aufhielt: »Ihr Wechselgeld!« Die Besitzerin vom *Iltis-Markt* war ihr gefolgt. Über acht Euro hatte sie liegen lassen. Komplett verpeilt war Smilla, die jetzt das Geld nahm, nach der

Handtasche im Netz hinter dem Kinderwagen griff, sie öffnete, das Portemonnaie herauszog und alles zusammen wieder ins Netz stopfte. Dabei fiel ihr die Tasche runter. Blitzschnell reagierte die Ladenbesitzerin. Noch bevor die Tasche den Boden berührte, hatte sie diese schon gefangen.

»Reflexe«, sagte die Ladenbesitzerin.

Smilla bedankte sich und ging fort, die Tasche im Netz, die Griffe des Kinderwagens in der Hand und das Herz ein wenig leichter, da sie den unglaublichen Brief an seine Eminenz nicht eingeworfen hatte. Sie lief noch zum Metzger Hollweck, Leberwurst und Emmentaler – und dann steuerte sie Loreley zum Lenauplatz und nach Hause in die Eichendorffstraße. Was sie nicht sah und nicht ahnte, war eine Szene am *Iltis-Markt*. Denn Werner, der Schwiegervater vom Tischler, der für Albert und Marlon arbeitete und ab und an Leichen an einen sicheren Ort brachte, hatte gerade im *Iltis-Markt* Limonen für einen Sommercocktail eingekauft. Als er wieder aus dem Laden kam, sah er Smillas Brief neben dem Briefkasten liegen. Zuerst wollte er ihn einfach in den Laden bringen. Doch dann las er Smillas Namen als Absender. Und rief kurzerhand Rita an, da er deren Nummer im Handy hatte.

Sie sagte: »Da hätt dat Smilla dä Bref doch jlatt neben der Schlitz geworfen. Manchmal is Madam Dänmark e bisje dämlich.«

»Soll ich den Brief einwerfen?«, fragte er.

»Is' Porto drop?«

Werner bejahte.

Im nächsten Moment nahm das Schicksal seinen Lauf, und der Briefschlitz fiel mit einem Klack hinter dem Brief zu – nun war er auf direktem Weg zu Kardinal Dähmel. Und Werner ging zurück nach Hause. Er wunderte sich, warum Smilla einen Brief an Dähmel geschrieben hatte, aber er hätte sich niemals getraut, Rita nach dem Grund zu fragen.

15
BRANDT IST AUCH NUR EIN BULLE

David knipste das Smartphone aus und sah den fragenden Blick seines Vaters. Der stand neben ihm auf der Terrasse der Villa und hatte alles mitgehört. Kommissar Brandt wollte sich mit seinem Sohn unterhalten.

»Eine Vorladung hast du nicht bekommen?«

»Nein«, sagte David. »Du hast doch gehört, es soll nur ein Hintergrundgespräch sein.«

Wäre David nicht zufällig in Obererde gewesen, um mit seinem Vater den Tag zu besprechen, hätte der nichts von dem unerwarteten Telefonat mitbekommen. So aber mischte er sich ein.

»Was mag der von dir wollen?«, überlegte Albert laut.

Sein Sohn zuckte mit der Schulter. David war zurzeit zuständig für den *Klub Sandmann* und die Disco *Flugasche* am Ring – und ein paar kleine Klubs.

Albert sagte: »Du musst da nicht hin.«

David überlegte, denn er ahnte, dass es um die Waffengeschichte gehen könnte, die er hinter dem Rücken seines Vaters angeleiert hatte. Der würde ihn köpfen, falls er Wind von der Geschichte bekäme.

»Hörst du mir zu?«, fragte Albert. »Ich werde dich nicht ins offene Messer laufen lassen. Dieser Brandt ist gefährlich wie eine Hyäne.« Seit Monaten suchte Brandt nach Ansatzpunkten, um Albert ein Bein zu stellen. Warum also bestellte er David aufs Präsidium? Albert schritt voran und sagte: »Komm. Lass uns ins Büro gehen.« Er schaute hinauf in den

Himmel. Eine Wolke hing drohend über Obererde, und der Pool lag wie eine dunkle Träne im Garten. David dackelte hinter seinem Vater her durch die Terrassentür. Er war ein Muskelpaket und voller schlechtem Gewissen. »Papa. Du kannst gerne Doktor Immel benachrichtigen, aber er muss nicht nach Kalk zum Präsidium mitkommen. Ich werde schon allein mit Brandt fertig.«

»Ja, ja. Ich will dir nur was zeigen.«

Im Büro setzte sich Albert in seinen Sessel und sagte zu David: »Hock dich hin. Wir haben doch Zeit. Oder?«

Sein Sohn nickte.

Dann hob Albert an: »Du kennst unseren Laden. Du weißt, dass wir bislang gut mit der Polizei gefahren sind. Nur ist das jetzt vorbei, Gemüth hat nichts mehr zu sagen. Schau dir das mal an.« Er drehte den Monitor zu David. Der las ein Schreiben der staatsanwaltschaftlichen Behörde, die für Korruption zuständig ist. Es ging darin um einen Verdacht, der gegenüber Kommissar Gemüth geäußert wurde. Danach stehe er in einem engen Verhältnis zu Albert Nagel. »Und wer hat dieses Verräterschreiben unterzeichnet? … Genau, Markus Brandt. Der ist jetzt so 'ne Art ›new Sheriff in town‹ – mit der Lizenz uns auf den Sack zu gehen. Wenn du also mit dem Mann redest, so redest du mit dem Teufel, denk immer daran.«

»Woher habt ihr das Schreiben?«

»Dein Bruder hat es abgefangen. Wir haben nicht nur Gemüth in ihren Reihen.«

Davids Stirn schlug Falten. Albert hoffte, sein Sohn würde jetzt doch darum bitten, dass ihn Freund und Rechtsanwalt Doktor Immel mit aufs Revier nehmen würde. Aber David schwieg.

»Na gut«, beendete Albert das Gespräch. »Du willst es so. Deine Suppe.«

»Das weiß ich, Papa.«

David ging zuerst durch die Tür und vor seinem Vater durch den Flur. Er wollte nicht mehr hinterherdackeln. Sein Handy klingelte – Klingelton Julia. Aber er schaltete es stumm – nicht jetzt.

Draußen umarmte er seinen Vater. Es war ein bisschen wie der Abschied des Sohnes, bevor er in einem US-Blockbuster in den Krieg zieht. Übertrieben schmalzig.

David setzte sich ans Steuer seines schwarzen Maserati und gab Gas.

16

EIN KREUZ FORDERT TOTE

»Der Tag ist die Nacht für den ganzen Pornokram. Und umgekehrt. Du musst andersrum denken, wenn du in dem Milieu denkst.« Davon war Falco überzeugt. »Wer in einen Nachtklub wie das *Diba Ding* einbrechen will, muss es am Tag tun.« Es war morgens 8.30 Uhr Ostküstenzeit.

Marlon hatte kaum geschlafen und die übrige Zeit gegrübelt, nichts Wichtiges, nur wach dagelegen hatte er. Eine Ich-ver-misse-dich-*WhatsApp* von Smilla. Herzchen, Kuss, Kussherz-chen. Keine Zeile von Ritas Brief. Nur: Wie geht es Loreley? Wie ist New York? Das Wetter? *WhatsApp*-Belanglosigkei-ten zwischen Mann und Frau, wenn jeder ein Geheimnis hat.

Er hockte in Falcos Porsche Cayenne, vor ihm saß Charly und neben Charly thronte Falco. Er trug ein hellblaues Polo, das über dem Bauch schon einen dunklen Schweißstreifen aufwies. Es war ein Wunder, dass er überhaupt hinters Steuer passte. Direkt neben Marlon hockte ein untersetzter Mexi-kaner mit Schnurbart, der sich angeblich mit Tresoren aus-kannte, aber eine Brille trug, die einem Glasbaustein glich. So stellte er sich keinen Safeknacker vor. Bis auf Charly erschie-nen ihm die Mafiosi in diesem Wagen eher wie Karikaturen. In Köln war das anders. Marlon war nicht wohl bei dem Gedanken, gleich in den Nachtklub einzubrechen. Womög-lich würden sie auf eine Putzfrau treffen oder eine Tänze-rin, die auf dem Billardtisch eingepennt war. Es war zu früh, zu hell, zu frisch am Tag, keine Zeit für Einbruch, sondern Zeit zum Frühstück.

Sie folgten dem Lauf des Passaic River. Wie es wohl Smilla ging? In Köln war es mittags richtig heiß. Die Farbe Grün war auf dem Rückzug, Gelb und Braun übernahmen die Oberhand am Grüngürtel. Hier in Newark war es ebenfalls zu heiß für Frühsommer. Und auch hier regnete es seit Jahren zu wenig. Trotzdem war der Passaic River anders: Das hier war kein Arbeitsfluss, auf dem Tag und Nacht Frachtkähne tuckerten. Vater Rhein war immer schon Malocher gewesen. Der Passaic River mäanderte durch Sümpfe, war hier industrialisiert, aber Vater Rhein hatten sie auf großen Strecken das Rückgrat gebrochen, ihn zum Fließband begradigt. Marlon musste an die Schiffstour mit seinem Onkel denken, an Pfeifen-Schneider und wie er kurz zuvor Malush getötet hatte.

Bang!

Bang!

Bang!

Er hatte nicht aufhören können zu schießen. Das Magazin musste leer werden, ehe sein Zorn versiegen konnte. Augenblicklich sah Marlon Karl Kühnert vor seinem imaginären Auge. Albert hatte heute Nacht angerufen, aber Marlon war nicht ans Handy gegangen. Marlon hatte ihm geschrieben, dass alles in Ordnung sei. Alles Lüge.

Marlon fragte Falco: »Hast du mit meinem Onkel gesprochen?«

»Ne. Du?«

»Warum sollte ich?«, gab er lässig zurück. »Es ist doch alles in Ordnung.«

»Genau. Everything is okay.« Da schwang ein wenig Furcht in Falcos Ironie mit. Trotz all der Abgewichstheit hatte er eine gehörige Portion Respekt vor Albert.

Sie erreichten das *Diba Ding*. Der schlichte Schuhkarton war zweistöckig. Neben all den einstöckigen Schachteln stach er hervor, weil er zumindest aus Backstein war. Vermutlich hatten sie die restlichen Gebäude aus Pressspan zusammengezimmert und einfach mit Farbe überpinselt. Obwohl heller Tag war, leuchtete die Reklame mit dem geschwungenen Neonnamenszug *Diba Ding*. Die beiden i-Punkte waren zu Brustwarzen geformte Punkte.

Marlon wunderte sich. Sie parkten knapp 50 Meter entfernt an der *Jet*-Tankstelle.

Falco nannte den Grund: »Die haben Kameras am *Diba Ding*. Sie beobachten damit komplett die Straße davor. Ihr müsst euch gleich die Dinger überziehen.« Dabei zog er drei Sturmhauben aus der Mittelkonsole. »Wir treffen uns später wieder genau hier.«

Alle nickten und nahmen die Hauben, während Falco nicht hinter dem Steuer hervorkam. Er war endgültig eins mit seinem Sitz geworden.

Es stank hinter dem *DibaDing*, die Mülltonnen waren überfüllt, Säcke standen daneben. Sie schienen schon länger dort zu stehen, einige waren eingerissen, sicherlich kamen nachts Waschbären und Ratten. Die Fenster des Nachtklubs waren vergittert und die Hintertür aus Metall. Marlon schwitzte unter der Maske. Der Tresorknacker öffnete für das Türschloss nicht einmal seine Umhängetasche, in der er das Werkzeug transportierte. Vielmehr holte er eine Art Schweizer Taschenmesser aus der Hosentasche, und schon standen sie im Flur des *DibaDing*. Der Typ konnte also doch was. Charly ging voran, als sei das hier sein Revier. Sofort brannte Licht, wenn sie die jeweilige Lichtschranke übertraten. Der Flur knickte nach rechts ab, sie betraten den Hauptraum des Klubs: Tanzfläche am Rand, eine riesige Theke, vier Tanzinseln mit Stangen. Das *DibaDing* war groß wie eine Turnhalle, und es ging hier nachts sicherlich auch so anstrengend für die Mädchen zu.

Charly schritt hinter die Theke und wollte die Kasse öffnen, aber sie war verschlossen. Der Mexikaner öffnet sie, als habe er einen Schlüssel.

»Fuck. No money«, fluchte Charly.

Marlon fragte sich, wie er auf die Idee gekommen war, dass Geld in der Kasse sein könnte.

Sie liefen weiter, ein weiterer Flur, und schließlich gab es noch eine Tür, die geöffnet werden musste. Marlon hatte ein mieses Gefühl, obwohl bisher alles problemlos ablief. Oder vielleicht war das gerade der Grund. Jedenfalls war Charly immer noch unter seiner Sturmhaube sauer über das »no money« der Registrierkasse, und ehe der Mexikaner sein Werkzeug aus der Hosentasche genommen hatte, drückte Charly schon die Tür ein.

Das war sehr laut.

»Is it a problem?«, fragte er Marlon provozierend. Ob er sein Unverständnis unter der Maske gespürt hatte?

»No, no problem.« Er sagte es möglichst gleichgültig, um Charly nicht weiter in Wallung zu bringen.

»Okay«, sagte Charly, aber Marlon fühlte sich jetzt als Feind. »Dann lass Mateo seine Arbeit tun.« Jetzt wusste Marlon wieder, warum er den Namen vergessen hatte. Mateo. Wer konnte sich schon solch einen Namen merken?

Marlon kannte sich ein wenig mit Tresoren aus – schließlich hatten sie sich selbst im Frühjahr einen in die Wohnung einbauen lassen. Der hier hatte einen Kernbohrschutz und besaß einen Innentresor. Vermutlich war er bis 400.000 Euro versicherbar – nichts Besonderes. Doch Mateo hatte Probleme. So saßen sie am Schreibtisch von Lanza. Marlon schloss die Augen. Die Haube juckte ihn im Gesicht. Es war, als hätte er Brennnesseln im Gesicht. Er versuchte, sich hinter den Augenlidern im Raum zu orientieren: Einen Retro-Flipper *Indiana Jones* gab es, Bildschirm mit *Nintendo Games Con-*

trollern, Sofa davor, ein kariertes Hemd hing über der Lehne. Was hatte es dort zu suchen? Ein Billardtisch ohne Kugeln. Vermutlich waren sie alle im Tisch. Aber irgendwo musste die schwarze Kugel sein. Wären da nicht Tresor, Schreibtisch, gepolsterter Schreibtischstuhl, auf dem gerade Marlon saß, und die drei Sessel vor dem Schreibtisch gewesen, von denen einer Charly ausfüllte, so hätte man den Raum auch durchaus für ein Männerspielzimmer halten können. Jetzt erst fiel Marlon die kleine Bar mit den Weinbränden und dem Whiskey auf dem Tresen ein.

Da gab es einen Knall. Er schlug die Augen auf. Ein schlanker behaarter Kerl mit schwarzem Haar und nacktem Oberkörper platzte aus dem Schrank, rannte auf den Schreibtisch zu, stieß gegen Marlon, der zur Seite kippte, griff in die Schublade des Schreibtischs und hielt nun eine Pistole in der Hand. Mateos Safeknackerbohrer bohrte nicht mehr, und Marlon saß auf dem Boden. Der Jetlag federte die Situation ab, die ganze Aufregung drang nicht so richtig durch diesen Wattebausch in seinem Kopf. Der Mann mit dem textilfreien Oberkörper stand nun mit der Pistole vor der Bar und sagte nichts. Augenscheinlich war er selbst verwirrt von den Typen mit Sturmhauben. Und Marlon war immer noch nicht so wirklich klar, woher der Kerl gekommen war. Hatte er die ganze Zeit im Schrank gehockt? Mit nacktem Oberkörper?

Der Kerl schrie: »Rührt euch nicht.«

Niemand rührte sich.

»Was soll das, Charly?«, schrie er Charly an, den er wohl trotz Maske erkannt hatte, was aufgrund seiner Körperlichkeit auch nicht schwierig war.

Charly zog sich die Sturmhaube ab: »Mal ganz ruhig, Rafail. Lass uns reden.«

Rafail kam auf Charly zu und hielt die Pistole in Bauchhöhe. Dann stieß er zu. Augenblicklich klappte Charly zusammen. Noch während er fiel, trat ihm Rafail ins Gesicht, sodass sein Körper nach hinten flog, der Kopf gegen den Sessel knallte und der ganze Charly mit nach hinten angewinkelten Beinen auf dem Rücken zum Liegen kam. Das sah unnatürlich aus. Jetzt wusste Marlon, an wen ihn Charly erinnerte: an Bud Spencer.

»Wer bist du?«, schwenkte Rafail die Waffe zu Marlon.

»Marlon.«

»Zieh die Maske aus!«

Marlon gehorchte.

»Was willst du hier?«

»Das Präputium.« Marlons Gesicht juckte jetzt noch stärker. Vermutlich, weil endlich Luft an seine Haut kam.

»Was soll der Scheiß sein?«

Das englische Wort für Vorhaut fiel ihm nicht ein.

»The foreskin of Jesus«, mischte sich Mateo ein, der sich sofort ein »Shut up!« von Rafail einfing. Die beiden schienen sich ebenfalls zu kennen.

Marlon erklärte, dass er aus Köln komme und sein Onkel das Präputium von Falco gekauft habe. Und es Falco gestohlen worden sei, nachdem er es beim Poker gewonnen hatte.

»Falco hat es nicht gewonnen.«

Marlon wusste nicht, ob er dem Typen glauben konnte. Aber wenn jemand eine Waffe auf dich richtet, solltest du ihm einfach glauben.

»Falco will dich abziehen«, sagte Rafail. »Er sieht nicht nur so aus wie ein Schwein, er ist ein Schwein – durch und durch.«

»Und jetzt?«, fragte Marlon, der sich trotz der vorgehaltenen Waffe sicher fühlte. Der Italiener schien nicht schießwütig, eher überrascht.

»Mach die Taschen leer«, befahl er Marlon. »Um dich kümmere ich mich gleich. Du hast einen Fehler gemacht, einen großen Fehler.« Er wendete den Lauf gegen Mateo, während Marlon in seine Gesäßtasche griff, um das Portemonnaie herauszuziehen.

Da schlug Mateo überraschend Rafail die Pistole aus der Hand und rammte ihm den Bohrer in den Unterleib. Das Ding bohrte sich in Rafails Lenden. Der schrie auf, und Mateo stach wieder mit dem summenden Bohrer zu. Er musste die Leber erwischt haben, jedenfalls sprudelte dunkelbraune Flüssigkeit aus Rafail heraus. Immer noch war er auf den Beinen, und der Bohrer fiel, bohrte auf dem Boden weiter, scheinbar hatte sich der An-Knopf verklemmt.

Marlon sah alles von Ferne, wie einen Film, ein Splattermovie. Rafail brach zusammen, aber statt einfach zu sterben, gelang es ihm noch, den Bohrer hochzunehmen und ihn Mateo in den Fuß zu rammen. Der schrie jetzt ebenfalls, schaute geschockt auf den Bohrer, dessen Aufsatz in seinem Fuß kreiste. Nur der Lederschuh hielt Mateos Fuß noch zusammen.

Marlon war so voll Adrenalin, dass er sich nicht bewegte. Dann ging er auf Mateo zu, der auf dem Boden saß und seinen Fuß festhielt. Oder besser: den Schuh. Die Bohrmaschine war von *Bosch*. Das sah Marlon jetzt. Er hob sie an, überall war Blut. Er ruckelte den Auslöser locker, schließlich stoppte die Maschine.

»An den Händen hast du nichts«, sagte er trocken zu Mateo.

Der konnte nicht reden.

Marlon befahl: »Gut. Dann mach den Tresor auf.«

Mateo wimmerte, das Blut lief weiter aus dem Loch in seinem Schuh und quoll zwischen den Nähten hervor.

Marlon schrie: »Mach schon!« Er schrie ihn auf Deutsch an. Vermutlich hätte Mateo den Befehl auch auf Mandarin verstanden, denn Marlon hielt ihm die Pistole von oben gegen die Stirn. »Mach!« Und drückte den hockenden Mateo mit dem Lauf ein wenig nach hinten. Dann gab er ihm die Bohrmaschine. »Mach den Schrank auf. Los. Ich will hier raus.«

Dabei war der Tresor bereits offen. Der mexikanische Panzerknacker musste nur noch die Tür aufziehen. Da lag es: ein Kreuz aus Holz, groß wie eine Hand. Marlon schob Mateo zur Seite und schaute in die Holzkiste: Da war es – genau in der Mitte des Kreuzes –, das kleine weiße Kissen mit dem Präputium darauf, und darüber ein feiner gläserner Deckel, der es schützte. Marlon drückte die Schachtel wieder zusammen und steckte sie sich in die Gesäßtasche.

»Ist Charly tot?«, fragte Marlon. Als Mateo nicht sofort reagierte, bat er ihn nachzuschauen.

Mateo kroch jammernd mit seinem blutenden Fuß zu Mateo und fühlte die Halsschlagader: »Muerto.«

Marlon ging in aller Seelenruhe zum Schreibtisch und suchte nach Klebeband. Das Gejammer nervte ihn. »Sei still.« In der untersten Schublade fand er Kabelbinder und Panzerband. Er ging neben Mateo in die Hocke und hob den Fuß des Mexikaners an, um den Schuh zu umwickeln und so dem Fuß Halt zu verleihen. Das Blut strömte immer noch durch die Nähte und die Schürsenkel. Mateo schrie und schrie. Der Bohrer hatte jeden Knochen in seinem Fuß zermalmt. Doch Marlon ertrug die Schreie nicht mehr und schrie ihn an: »Shut up!«

Vergebens. Mateo wimmerte, dass er sterben wolle. Nur sterben, sterben, sterben. Doch als Marlon schließlich die Pistole zur Seite legte, um mit einer letzten Drehung den Schuh mit dem Panzerband ganz fest am Fuß zu fixieren, griff sich Mateo die Waffe und richtete sie gegen Marlon. Geistesgegenwärtig ließ der den Fuß des Mexikaners los und packte die Pistole am Lauf. Ein Schuss fiel, eine Scheibe splitterte, ein zweiter Schuss versiegte in der Rückwand der Couch, ein

dritter traf Mateo im Gesicht, dem der halbe Schädel weg-
flog. Überall Explosion, Knochen, Fleisch und Blut.

»You stupid ass!«, schrie er den Toten an. Marlon war
geschockt.

Er wischte sich kurz mit der Sturmhaube übers Gesicht,
die auf dem Tisch lag, nahm noch die beiden Bündel Dollarnoten aus dem Tresor und schritt Richtung Tür. Er warf
einen kurzen Blick in den Spiegel. Rot. Er war voller Blut,
Jeans, Hemd, selbst der Hals, und immer noch war er rot
im Gesicht. Ein Stück Knochen hing ihm in den Haaren. Er
zupfte es raus, es klackte, als es auf die Dielen im Flur fiel.
Dann griff er kontrollierend an seine Gesäßtasche. Ja, das
Kreuz steckte noch darin.

Wie er nun durch die Hintertür aus dem Klub trat, brannte
die Sonne in seinen Augen. Er hatte keinen Jetlag mehr, keinen Wattebausch, er war trotz all des Chaos' klar in seinem
Kopf. Da traf ihn etwas hart an der Schulter. Marlon knickte
ein. Ein zweiter Schuss folgte, der ihn nur knapp verfehlte.
Er schaute nach links, lief zu einem Müllcontainer und versteckte sich dahinter. Das Herz schlug ihm bis zum Hals.
Die Verletzung an seiner Schulter schmerzte, obwohl die
Kugel ihn nur gestreift hatte. Ein Schwein mit Sturmhaube
hatte auf ihn gelauert. Falco hatte vermutlich schon geahnt,
dass sein Betrug aufgeflogen war. Und nun wollte er Marlon umbringen. Das Metall des Containers war hier auf der
sonnenabgewandten Seite noch recht kühl. Wo war Falco?
Marlon schwitzte. Ob dieses Arschloch gleich um den Container kommen würde? Marlon schlich sich im Schatten des
Containers weiter zu den Sträuchern am Zaun des Geländes.

Nichts passierte, kein Schuss fiel.

Er lief hinter den Büschen entlang und hinüber zu einem
Schuppen. Noch immer kein Zeichen von Falco. Ob er abge-
hauen war? Noch ein paar Meter, gleich hinter dem Schup-

pen war der Zaun zu Ende, und Marlon rannte zu der Seitenstraße, die auf die Vorfahrtstraße führte, über die sie eben gekommen waren. Immer noch hielt er die beiden Geldbündel in der Rechten, als würden sie ihm das Leben retten können. Eine Frau wollte gerade ausparken. Sie sah Marlon, war erschrocken wegen all dem Blut. Marlon schritt auf sie zu, sie schrie, wollte den Wagen verschließen, doch Marlon öffnete schon die Tür und sagte, dass er von der Polizei sei und den Wagen konfiszieren müsse. Die Frau hatte hoch toupiertes lilafarbenes Haar wie seine Tante Silvia. Er schätzte sie auf mindestens 70 Jahre, ebenfalls wie Silvia. Allerdings redete Silvia nur Kölsch. Und diese Silvia, die er aus dem Wagen zerrte, sah nur das Blut auf Marlons Gesicht, und er hörte noch das Wort »but«, und er sagte »please«. Marlon saß, legte das Kreuz auf den Beifahrersitz, weil es ihn hinten in der Hosentasche drückte, und gab Gas, eckte an dem Wagen vor sich an, eckte an dem Wagen hinter sich an, Alarmanlagen ertönten wie die Posaunen von Jericho, und endlich war er aus der Parklücke.

Er legte den zweiten Gang ein, bog auf die Hauptstraße, dritter Gang. Ein Wagen mit Gangschaltung, das war ungewöhnlich in Newark. Er fuhr der Sonne entgegen, die über dem *DibaDing* und seinen beiden leuchtenden Brustwarzen hochstieg. An der Tanke fuhr gerade der Porsche von der Zapfsäule los. Falco, dieser abgewichste Hund, hatte tatsächlich noch in aller Seelenruhe getankt. Marlon konnte es nicht fassen. Er gab Gas. Der Toyota Corolla, den diese Newark-Silvia wahrscheinlich schon seit ihrer Geburt gefahren hatte, schoss jetzt auf die Tanke zu, riss den Eimer mit Frischwasser mit sich. Jetzt hatte Falco auch geschaltet und machte einen Kickstart. Die Räder drehten durch, doch Marlon erwischte ihn von schräg hinten. Es gab einen mächtigen Knall. Eine Chromstoßstange traf auf Plastik. Sicherlich war der Rums im Porsche stärker als im Corolla. Marlon schmerzte kurz der Sicherheitsgurt an seinem Arm, aber er gab sofort wieder Gas im ersten Gang, Falco versuchte wegzukommen.

Ein Auto befuhr die Hauptstraße, Falco musste warten, wieder rammte Marlon den Porsche, und diesmal hatte er ihn böse erwischt, denn der Radkasten war verzogen. Als Falco nun Gas gab, qualmte es sofort. Der Reifen schabte am Blech. Doch er fuhr. Marlon hinterher. Dann bog Falco einfach rechts ab und raste gegen das Tor der örtlichen Feuerwehr.

Im Affekt wollte Marlon aussteigen, um Falco aus dem Wagen zu zerren, doch da kamen die Feuerwehrleute aus der Tür in dem eingefahrenen Tor. Zu spät. Marlon fuhr weiter mit dem dampfenden Corolla.

Er drehte um und fuhr noch einmal an der Feuerwache und der Tankstelle vorbei. Langsam beruhigte er sich. Wäre Marlon jetzt in Köln gewesen, er hätte seinen Onkel angerufen, der hätte den Tischler verständigt, und der hätte sich um all die Leichen gekümmert – und Falco würde nicht so ungeschoren davonkommen. Aber er war nicht in Köln, sondern in Newark.

Zu seinem Appartement konnte er nicht zurück.

Also fuhr er runter an den Passaic River, parkte dort den Wagen, verstaute Kreuz und Geld in seinen Hosentaschen und wusch sich Gesicht, Hals und Hände. Er brauchte neue Kleidung und Klebeband für die Wunde. Den Wagen ließ er stehen und rief einen *Uber*. Fahrer Fesseha Abebe wunderte sich über die blutigen Klamotten seines Gastes, aber er schwieg. Er würde auch weiterhin schweigen, nachdem er Marlon vor einem Bekleidungsladen abgesetzt hatte. Denn Fesseha brauchte die 200 Dollar dringend für sich und seine beiden Kinder. In Newark gab es mindestens doppelt so viele Schwarze wie Weiße. Überall, wo Armut herrscht, ist Amerika schwarz, und Fesseha war schwarz und arabisch.

Eine Schwarze stand hinter dem Tresen. Sie war jung und beäugte Marlon. Der Laden war ein Mix aus *Tedi* und *Kik* – nur halt mit US-Flagge. Die Verkäuferin fragte, ob sie ihm helfen könne – und ob er die Sirenen gehört habe?

»Ja und nein«, sagte er und lächelte. Augenscheinlich ahnte sie, dass er etwas mit dem Lärm der Polizeisirenen zu tun hatte. Aber es schien sie nicht weiter zu stören. Sie stand dort, die Hände in die schlanken Hüfen gestützt.

Er log, dass er gerade Erste Hilfe geleistet habe bei dem Crash an der Kreuzung. Deshalb benötige er neue Kleidung.

Das sei »obvious«, pflichtete sie ihm bei.

Er pickte sich Hose, Hemd und den Rest von den Kleiderstangen, zahlte und hörte noch von ihr, dass er unbedingt zum Arzt solle. Schließlich habe er eine Wunde am Arm. Marlon fragte sie, ob sie einen Wagen besitzen würde.

Das tat sie.

Er parkte direkt hinter dem Laden. Ein Subaru. Das ist die Marke mit den vielen Sternen auf dem Logo. Der Lack des Mittelklassewagens war stumpf, er sah aus wie trockenes Gras.

»Verbandkasten?«

Die Verkäuferin nickte und gab ihm eine Tasche mit rotem Kreuz aus dem Kofferraum. Sein Kreuz mit dem Präputium steckte immer noch in der Gesäßtasche.

Er drückte der Frau ein Bündel Dollarnoten in die Hand, und sie sagte, dass dies zu viel sei. Sie solle den Wagen heute Abend nach Geschäftsschluss als gestohlen melden. Die Polizei würde ihn sicherlich bald unbeschadet wiederfinden – bis auf die eingeschlagene Fensterscheibe. Im selben Augenblick hob er einen Stein auf und schlug damit die Scheibe an der Beifahrertür ein, öffnete diese von innen und kletterte hinüber auf den Fahrersitz.

Die Verkäuferin blieb ruhig. Sie schaute auf das Bündel

Geld in ihrer Hand. Der obere Schein war voll Blut. Aber Dollars dürfen sogar in die Waschmaschine. Marlon versorgte die Wunde und zog sich um: *oka* Hemd, Jeans, No-name-Turnschuhe.

Er steuerte direkt Richtung Kennedy-Airport.

17

DER KARDINAL IN DER WANNE

Kardinal Dähmel lag in seiner mattweißen Wanne im Erzbischöflichen Haus. Stand da wirklich: »Deshalb können wir Ihnen ein Zugriffsrecht auf das Präputium des Heilands anbieten.« Wieder und wieder las der Kardinal das Schreiben von Oma Rita respektive Smilla. Der Geweihte konnte sich nur wundern. Sonst ärgerte er sich stets darüber, dass die Wanne zu klein für ihn war, aber jetzt war ihm alles egal. Dähmel war glücklich, ja geradezu beseelt. Was würde erst der Papst sagen, falls die Überreste des Heilands in den Besitz seiner Kirche übergingen? Die Vorhaut von Gottes Sohn, der Zipfel der Macht. Manchmal besaßen Reliquien etwas Magisches. Ein Zauberstab war es nicht, aber zumindest die Spitze davon. Dähmel hörte wie von Ferne ein Kreischen. Das waren nicht Osterglocken, sondern es war eine der muslimischen Frauen, die unten im Keller im Schwimmbad Freuden empfanden. In den 50er-Jahren des vergangenen Jahrhunderts war das Bad eingebaut worden, damit dort der Priesternachwuchs planschen konnte. Aber wer wird schon noch Priester? Und so diente es heute Schulklassen und jener muslimischen Frauengruppe, die sich darum kümmerte, dass die Koranschülerinnen sich über Wasser halten konnten.

Dähmel lächelte sein frömmstes Engelslächeln. Ja, er würde endlich sein geliebtes Köln zur größten Pilgerstätte der Welt machen, womöglich einen Gigadom bauen. Was heute nicht alles möglich sein könnte mit all den neuen Baustoffen, mit ausgeklügelter Statik und dem Wissen der klügsten Architekten. Gigadom. So würde der Dom heißen, der Dom der Dome. Er legte den Brief zur Seite auf den Wannenrand, entstieg dem Nass und föhnte seinen Körper trocken. Nein, ein Handtuch nahm er nicht. Der Föhn war sein einziger Luxus, ganz leise war er und ganz teuer. Sein Sekretär Joseph sollte sich sofort mit jener Briefschreiberin Smilla in Verbindung setzen. Egal wie voll wieder sein Terminplan sein sollte, er wollte umgehend benachrichtigt werden, wie es in der Sache »Vorhaut« lief.

18

MÄNNER IM BLAUEN BMW

Marlons Maschine war pünktlich gelandet. Jetzt hockte er hinten in Smillas Fiat 500, auf dem Beifahrersitz lag Loreley im *Maxi Cosi* und war ruhig, die Augen zu. Die Klimaanlage wirkte sofort in dem winzigen Raum, es war kühl. Den Streifschuss spürte Marlon nicht mehr. Es war von Anfang an mehr Blut gewesen als Schmerz. Im JFK hatte er noch geduscht und den Verband gewechselt. Seither fühlte er sich gut. Auf dem Rückflug hatte er *Den Paten von Ehrenfeld* zu Ende gehört, nun war seine Laune besser.

»Ich hab dich vermisst«, sagte Smilla erneut. Sie bewunderte ihren Mann. Er hatte ihr erzählt, dass es sich um eine Schnittverletzung handelte. Er habe sich beim Aufstehen an einem scharfen Brett geratscht. Sie schaute Marlon über den Rückspiegel an. »Wir haben dich vermisst. Loreley und ich.«

»Ich euch auch«, sagte er. Sein Handy war noch ausgeschaltet. Alles war sanft, Familie, Frau, Kind … So sollte es vorerst bleiben. Er wollte diese Stunde von der Ankunft bis nach Hause für Smilla und sich. Kein Onkel, kein sonst wer, kein Blut, nur der Kern der Liebe. Er hatte schon vor dem Abflug aus New York Albert von der Katastrophe berichtet. Der war aufgebracht und gleichzeitig stolz auf Marlon. Ein Marlon Wagner lasse sich nicht verarschen! Sein Ziehsohn habe alles »richtig gemacht«. Er – Albert – würde mit Falco noch reden müssen. Marlon wusste nicht, was es da noch zu reden geben sollte? In Alberts Welt war Falco »ein krummer Hund. Krumme Hunde sind in unserem Geschäft ab und an wichtig. Denn sie sind käuflich. Wer in der Familie lügt, der muss bluten. Wer aber nicht mit dir verwandt ist und dich betrügt, der muss sterben oder zahlen, wobei mir zahlen lieber ist. Gut, dass du ihn hast leben lassen. Von einem toten Falco gibt es schließlich nix.« So klang noch das Telefonat mit seinem Onkel in Marlons Gedanken nach, während er hinten im Wagen saß und der Himmel über dem Flughafen blau war. Das Leben war schön.

Smilla regte sich auf, als sie bei der Ausfahrt vom Flughafen durch die Schranke musste: »Elf Euro für eine paar Minuten? Die sind … Haben die keinen Anstand, solch Durchfahrtgebühren zu erheben.«

»Das sind Wegelagerer«, bestärkte Marlon sie in ihrem Zorn. »Aber tröste dich, in New York ist es nicht anders.«

Sie schlängelten sich zur Autobahn. Noch hatte Smilla nicht nach dem Präputium gefragt. Es war ihre Taktik, nicht zu fragen.

»Bist du nicht neugierig?«, fragte er sie stattdessen, denn ein Kölner kann keine Information für sich behalten, er muss sie zumindest mit einer Person teilen, sonst erstickt er innerhalb weniger Minuten an den Worten, die in ihm stecken. »Willst du nicht wissen, wo das Präputium ist?«

Sie schwieg weiter.

»Im Handgepäck habe ich es transportiert, einfach so, als Kreuz mit komischem Inhalt. Schließlich ist es nicht aus Metall, also weder das Kreuz noch die Vorhaut.«

»Hm.«

»Ich hatte auch keine Zeit für kompliziert. Ich musste schnell weg.«

Sie bog auf die A59 und schwieg. Nicht einmal Loreley meldete sich, als habe sie die Taktik ihrer Mama übernommen.

»Ich musste weg, weil Falco ein Verräter ist. Er wollte Albert übers Ohr hauen. Da hab ich ihn übers Ohr gehauen.«

»Lebt er noch?«

»Schon.«

»Wie hast du ihn übers Ohr gehauen?«

Marlon sagte nichts von den Leichen, er sagte auch nichts von den 18.000 Dollar im Tresor, er sagte nur, dass er das Präputium gestohlen habe. Er wollte Smilla allerdings nicht mit Details belasten. Die lächelte ihn wieder über den Rückspiegel an. Die Grübchen, die vollen Lippen, Sommersprossen, er konnte sich nicht satt an ihr sehen. Kurz blitzte allerdings das Gesicht der Verkäuferin in ihm auf. Sie war scharf auf ihn gewesen, ob wegen des ganzen Blutes, ob seines Geldes oder seines verschmitzten Lächelns wegen. Egal, er hatte sie mit einem Blick erobert. Smilla sagte, dass sie ihn liebe. Er wiederholte die gleichen Worte über den Spiegel hinweg. Doch die Liebe hatte sich verändert. Vor einem Jahr hätte kein Blatt zwischen Smilla und ihn gepasst, jetzt aber lag dort Loreley. Kinder sind wie Büstenhalter, sie trennen und halten auseinander. Aus ihrer Zweierbeziehung war eine Dreierbeziehung plus Oma Rita geworden.

Smilla fragte: »Kennst du die Männer im Wagen hinter uns?«

Marlon schaute sich um. Ein BMW folgte ihnen, himmelblau, das Blau der italienischen Nationalmannschaft.

»Das ist doch die Mafia?«, spekulierte Smilla.

»Woher weißt du das?«, wollte Marlon wissen.

»Weil du und Rita schon mal darüber geredet habt. Nur in Gangsterfilmen fahren sie schwarze Limousinen, in Wirklichkeit aber entweder Ferrari, Maserati oder einen himmelblauen BMW – matte Lackierung. Die *Gli Azzuri*, die Azurblauen. Acht Stück gibt es von den Siebenern in Köln. So in etwa habt ihr geredet.«

Er sagte: »Vor dir ist man auch nie sicher. Blink bitte rechts.« Das wollte sie ohnehin, denn es ging nun hinter der Autobahntankstelle nach rechts zur A3. Als sie jedoch gerade hinüberziehen wollte, sagte Marlon: »Links. Schnell. Fahr!« Sie tat es, und der Mafia-BMW fuhr ebenfalls über die Trennspur hinweg nach links.

»Was wollen die von uns?«

»Keine Ahnung«, antwortete Marlon. Dabei ahnte er, was passiert war. Schließlich hatte er der italienischen Mafia in Newark geschadet und ihr das Präputium geklaut. Und sie hatten sein Gesicht in den Überwachungskameras im *Diba-Ding* gesehen – und ein Gesicht gibt dir im Netz mehr Auskunft als der beste Fingerabdruck. Von da an war es nicht mehr weit bis zum Handy und der italienischen Mafia von Köln und dem BMW hinter ihnen.

Marlon lehnte sich nach vorne und stellte den Mittelspiegel so ein, dass er durch ihn die Straße hinter sich sehen konnte. Es waren nur zwei Typen, die ihnen folgten. Die Gesichter konnte er schlecht erkennen. Die Italiener in Ehrenfeld hatten viele Gesichter, nette wie Giuseppe und seine Familie, weniger nette wie die Kerle hinter ihm, obwohl all ihre Vornamen auf einen Vokal endeten.

»Was sollen wir machen?«, fragte Smilla.

»Gib Gas.«

Smilla gehorchte und gab Gas.

»Jetzt fahr auf den Seitenstreifen und brems direkt.«

Sie tat es. Der BMW fuhr an ihnen vorbei, bremste ebenfalls, fuhr ebenfalls auf den Seitenstreifen und setzte zurück, direkt auf den Fiat 500 zu.

»Los weiter!«

Smilla legte den Gang ein und raste an den Italienern vorbei.

»Wir haben Loreley dabei«, sagte Smilla. »Ich riskiere nichts. Das ist dir hoffentlich klar.«

Was sollte diese Bemerkung? Hatte er eine Wahl, etwas zu riskieren oder nicht zu riskieren? Smilla trat aufs Gaspedal und fuhr mit 150 Sachen im Fiat 500 über die Brücke Richtung Köln-Arena, hatte Grün und raste durch den Tunnel. Der BMW war nicht mehr hinter ihnen, er hatte es nicht über Grün geschafft. Doch an der Ampel hinter der Arena-Unterführung tauchte der blaue Wagen einen Golf hinter ihnen entfernt wieder auf.

»Ich habe eine Idee«, sagte Marlon.

»Ich habe eine bessere«, erklärte Smilla.

»Und die wäre?«

Sie schwieg, fuhr an der Messe vorbei, Zoobrücke und über die A4 ins Bergische Land. Es war klar, sie steuerte Alberts Wohnsitz an – stumm. Loreley war jetzt munter. Smilla suchte in der Playlist und fand Rolf Zuckowski. Er sang von der Weihnachtsbäckerei, und Smilla summte mit, was Loreley Glück ins Gesicht zauberte. Marlon hielt sich innerlich die Ohren zu. Zuckowski war die Stimme der Kinder, nicht die Stimme von Marlon. Und dann noch die Weihnachtsbäckerei. Wollte Smilla ihn veralbern? Oder so die Italiener vertreiben? Marlon wollte nicht zu seinem Onkel. Allerdings war der blaue BMW hartnäckig. So rief er Albert an, um ihm mitzuteilen, dass sie auf dem Weg seien.

Als sie in Obererde zur Toreinfahrt kamen, stand diese schon offen und schloss sich automatisch hinter ihnen. Schwarz gekleidete Männer mit Schusswesten patrouillierten auf dem Gelände, nicht wegen den Italienern, sondern wegen Karl Kühnert. Schließlich hatte der Anschlag Albert noch mehr in Alarmbereitschaft versetzt. Während Loreley, Smilla und Marlon nun von Silke herzlich empfangen wurden, während der blaue BMW sich einen Parkplatz vor dem Anwesen Alberts suchte wie der Saugroboter seine Andockstation, während Rita sich ein Spezialparfum in der *Parfü-*

merie Meller an der Landmannstraße kaufte und ein Tütchen *Assam Herrentee* im nahegelegenen Teeladen *Tee de Cologne* aussuchte, während all dies geschah, klingelte es bei Markus in der Gottfried-Daniels-Straße in Neuehrenfeld.

19

SCHÜSSE IM TREPPENHAUS

Markus war daheim und müde. Denn es war Vormittag, und vormittags war Markus nur ungern wach, nachmittags begann sein Leben, vor 17 Uhr machte er nie seine Runde zum Kassieren, egal ob Marlon in den USA war oder in Ehrenfeld. Die Wohnung war eine zweistöckige Junggesellenwohnung unterm Dach, so richtig mit Schräge und Bett unter den Sternen. Aber seit Jahren war Markus mit einer Frau zusammen, die immer häufiger bei ihm übernachtete, die er immer mehr liebte. Endlich wurde es mal nicht weniger mit der Liebe, sondern mehr. Doch gestern war sie nicht zu ihm gekommen, denn gestern hatte Caroline Mädelsabend gehabt. So stieg er die Treppe von der Empore hinab wie der Papst vom Balkon, schaute kurz zum Fenster hinaus in den begrünten Innenhof, durchquerte die Küche und schaute durch den Spion. Keiner da, nur die Tür von gegenüber. Wieder das Klingeln. Er nahm den Hörer der Gegensprechanlage.

»Wer da?«

»Pahaketpost.«

Hätte der Mann an der Gegensprechanlage nicht diesen albanischen Unterton gehabt, Markus hätte nicht spontan aufgedrückt. So aber war er sich sicher, dass es ein echter Postbote war. Denn echte Postboten sprachen gebrochenes Deutsch. Das schien Einstellungskriterium zu sein. Er ging ins Wohnzimmer, zog sich die Unterhose an und wollte so den Paketmann empfangen. Sein Handy klingelte. Caroline war dran. Sie hatte eine Idee für seinen Geburtstag. Wie er zu feiern sei. Wo er zu feiern sei. Im *Dag's* zum Beispiel – Bar, Café, Weinstube, Restaurant. Markus wollte es lieber klein und bescheiden, sie wollte es groß für ihn. Sein Geburtstag sei wichtig. Immerhin würden ihn auch die Geschäftsleute im Viertel kennen. Ein Geldeintreiber sei in Köln eine wichtige Person. Für sich selbst hätte sie nicht in die Tasche gegriffen, aber für ihn. Zudem könne er eine solche Veranstaltung womöglich von der Steuer absetzen. Und so hatten sie diskutiert. Und Markus sollte ihr jetzt seinen Entschluss mitteilen. Ausgerechnet jetzt, zwischen Paketboten und Sand in den Augen. Vermutlich wartete der Typ vor der Tür und wunderte sich. Markus schaute durch den Spion. Niemand zu sehen. Wer Mansarde wohnt, weiß, dass der Aufstieg manchmal länger braucht, aber Paketpostboten waren sportlich, deshalb erklommen sie die vier Stockwerke bis hoch zu ihm normalerweise in weniger als 30 Sekunden.

Es klingelte erneut.

»Warte bitte, Caroline. Ich muss nur ein Paket annehmen. Der …«

»Ich finde, du solltest deinen Geburtstag so richtig …«

»Warte«, unterbrach er. Markus sah, dass an der Wand etwas fehlte: das gepunktete Bergtrikot. Es war nicht irgendein rot gepunktetes Trikot, sondern das seines Idols Marcel Wüst. Der war nicht nur ein Weltklassefahrer, sondern auch nett und wortgewandt. Und er kam aus Köln-Klettenberg – genau wie Markus. 'ne Klettenberger Jung. Marcel Wüst hatte das Trikot bei der Tour de France übergestreift und aus Dankbarkeit seinem Masseur geschenkt. Markus wiederum hatte es von einem Freund, der einen Freund kannte, der einen Freund hatte und der bei einem Einbruch in das Haus von Wüsts Masseur das Trikot hatte mitgehen lassen. Und wenn Markus in diesem Jahr das Bickendorfer Rennen gewinnen würde, dann würde ihm eben jener Marcel zu seinem Sieg glückwunschen. Dabei wusste der nichts davon, dass Markus sein Trikot hier im Flur hängen hatte. Dieses Trikot war für Markus' ein Glücksbringer. Nun hing dort auch ein gepunktetes Trikot an der Wand, aber die Unterschrift darauf war gefälscht, das Schwarz des Permanentmarkers einfach zu frisch. Das fiel Markus jetzt auf.

»Nun sag schon: Was ist los?«, wollte Caroline wissen.

»Das Trikot ist ...«

Es klopfte an die Tür.

»Warte, Caroline. Der Paketbote.«

Da spürte er einen Schmerz. Er sah hinunter auf sein Bein, Blut floss aus seinem Oberschenkel. Ehe er noch einen Gedanken fassen konnte, splitterte erneut das Holz, durchbrach wieder eine Kugel die Tür und schlug in seinen Unterleib ein, eine dritte in seine Schulter. Schalldämpfer. Der Typ musste mit Schalldämpfer vor der Tür stehen. Das Handy fiel, Markus sank neben die Tür und biss die Zähne zusammen. Er durfte nicht schreien, sonst wüsste der Schütze, wo er sich genau befand. Er blutete ohnehin schon laut genug.

»Markus! Markus?« Caroline rief durch den Hörer.

Wieder ein Schuss. Die nächste Kugel durchbohrte die Tür und schlug knapp neben dem *iPhone* in die Bodenfliesen ein.

»Was geht denn da ab?«, rief jemand durchs Treppenhaus.

Das konnte nur der Blockwart aus dem zweiten Stock sein, immer gepflegt, immer aufgeregt, immer schlecht gelaunt, mehrmals schon zum Schöffen am Gericht gelost und immer schon Rentner. Er hatte kein Kind und keine Frau, keinen Freund und keine Freundin, und er kannte nur ein Gesetz: die Hausordnung! Deshalb stieg er voller Recht im Blick die Treppe hoch. Das Zersplittern des Türholzes hatte ihn aufgeschreckt, obwohl es kaum hörbar gewesen war. Nun wollte er der Sache auf den Grund gehen. Kurz darauf hörte

Markus, wie im Treppenhaus der Nachbar nachdrücklich sagte: »Was machen Sie denn hier? Verschwinden Sie aus diesem ...«

Dann hörte Markus einen Körper, der die Treppe hinunterfiel, und dann war es ruhig.

Alle Übrigen im Haus waren arbeiten.

Markus war nun allein mit Karl Kühnert. Der musste der Killer im Flur sein, ein Killer mit Schalldämpfer, der seinen Job gerne macht.

Wieder und wieder hörte er Carolines Stimme.

Es klingelte. Den Telefonhörer der Gegensprechanlage hatte Markus nicht wieder zurückgelegt, daher konnte er nun alles hören, was unten vor der Haustür gesagt wurde – und das war ein paketbotenmäßiges »Haaaallo! Haaaaallo!?«, was da aus der Gegensprechanlage drang.

»Hallo«, stöhnte Markus zurück in den Hörer. Ihm wurde schummerig.

»Paketdienst. Ich habe ...«

»Ruf die Polizei. Hilfe ...!« Und es wurde ihm schwarz vor Augen.

»Polizei?«, fragte Caroline durch den Hörer. »Ich soll die Polizei rufen?«

Der Paketbote, der die gleichen Worte wie Caroline gehört hatte, rief keine Polizei, sondern ging zum nächsten Hauseingang und fragte, ob er das Paket für Markus dort abgeben könne. Er warf Markus noch eine Erinnerung in den Briefkasten. Caroline jedoch rief die Polizei und die Feuerwehr. Sie hätte auch Supermann gerufen, wenn sie von ihm die Nummer gehabt hätte.

Fünf Minuten später waren Polizei und Rettungswagen vor Ort. Markus wurde ins nahegelegene Sankt-Franziskus-Hospital transportiert. Ein Leichenwagen kam später, und im zweiten Stock wurde eine Wohnung frei.

Sie operierten Markus fünf Kugeln aus dem Körper. Es war eine mehr, als er gedacht hatte. In der Narkose lief kein Traum in ihm ab, kein Film, sondern es war ein Standbild. Es zeigte einen Mann mit kräftigen Oberschenkeln, der ein enganliegendes gepunktetes Trikot trug. Sprinterbeine. Und wie Markus so an ihm hinaufschaute, so war da nicht das freundliche Gesicht von Marcel Wüst, sondern jenes von Karl Kühnert – und er erschrak in all seiner Bewusstlosigkeit – wieder und wieder.

20
DIE VORHAUT IM HAUSE NAGEL

Noch wusste weder Marlon noch Albert von der Schießerei in der Gottfried-Daniels-Straße. Sie hatten sich nach einem späten Frühstück alle auf der Terrasse versammelt. Albert versicherte, dass sie hier sicher seien wie im Trump-Tower. Noch einmal würde ihn Kühnert nicht überraschen. Loreley lag im *Maxi Cosi* auf der Terrassenliege und döste. Dabei schürzte sie ständig die Lippen, als würde sie an der Brust saugen. Der Grund: In ihrem Traum ging es wild zu. Jemand klaute ihr den Nuckel. Und der Nuckeldieb war niemand anderes als Mama. Panisch erwachte Loreley, sah das Gesicht ihrer Mutter und schrie. Smilla kniete sich zu ihr hin und versuchte, sie mit Worten zu beruhigen, was es noch schlimmer machte.

Albert wurde ungehalten. Ständig dieser Tanz ums Kind. Früher hatten die Menschen Kinder bekommen, und die Kinder hatten gehorcht. Das war jedenfalls seine Erinnerung an Früher.

Dolce erspürte instinktiv die Unruhe seines Herrchens und ergriff die Initiative: Er sprang zu Smilla auf die Liege und schleckte Loreley quer übers Gesicht – augenblicklich war Ruhe.

Smilla war entsetzt.

Albert hingegen lobte seinen Dolce, der zu ihm gelaufen kam. »Gut hast du das gemacht. Du bist ein ganz ein Braver.« Er nahm ihn auf den Arm.

»Findest du das nicht ekelig?«, zischte Smilla Marlon zu. »Wer weiß, was der Hund vorher abgeleckt hat?«

»Der Köter hätt et Hätz om rechte Fleck«, sagte Albert. »Hören kann ich noch ganz gut.«

Marlon wollte keinen Streit, Marlon wollte das Problem lösen, Marlon überlegte. Dann zog er ein Feuchttuch aus der Babytasche und fuhr Loreley damit übers Gesicht, was Smilla auch nicht gefiel. All ihre nordische Ruhe war dahin, wenn es um ihr Mädchen ging. »Die sind nicht fürs Gesicht.«

Albert räusperte sich. »Ich glaube, wir sollten uns auf die wichtigen Dinge konzentrieren.« Das sah Dolce genauso, schwang sich von Alberts Arm direkt auf die Liege und blieb neben Loreley liegen.

»Was sind denn die wichtigen Dinge?«, fragte Silke vorwurfsvoll und angriffslustig. Sie würde zu ihrer Schwiegertochter halten. Viel zu lange hatte sie sich in ihrem Leben von Albert sagen lassen, was wichtig ist: nämlich Ehre und Geld. Sie sagte: »Das ist immerhin dein Enkelchen.«

Albert schwieg ob der schwerwiegenden Vorwürfe. Gegen Silke hätte er ohnehin keine Chance. Die ging zum Gartenschlauch und hielt ein Taschentuch gegen das Wasser. Damit wischte sie nun ihrem Enkelchen, das ja eigentlich nicht ihr Enkelchen war, das Gesicht sauber von Feuchttuch und Restschleim. »So. Jetzt ist unsere Loreley wieder wirklich ganz richtig sauber und kann den Schiffern auf dem Rhein den Kopf verdrehen.«

Marlon schaute Albert an, Albert schaute Marlon an.

Silke sagte zu Albert: »Jetzt rede. Das tust du doch so gerne.«

Er erhob die Stimme. »Also, wir werden jetzt so vorgehen …«

Wieder kam er nicht weit, weil Sohn David samt Frau Julia und Tochter Marie durch die Terrassentür spazierte. Letztere spazierte nicht, sondern stürmte auf Dolce zu, umklammerte ihn und wollte ihn direkt vor Alberts Füßen küssen. Der wehrte sich mit einem gigantischen Schlecker quer durchs Gesicht. Er hatte offenkundig gelernt, dass er bei brenzligen Situationen schlecken musste. Marie fand das schön und drückte Dolce vor lauter Liebe die Luft aus dem Leib.

»Lass das«, sagte Julia und schritt mit ihren langen Fingernägeln auf Dolce zu, der sofort zurückwich wie ein schwarzer Geist. Das alles spielte sich unmittelbar vor Alberts nackten Füßen bei über 30 Grad im Schatten ab.

Was für ein Elend, dachte Marlon. Hier war die Zentrale der Kölner Mafia, und genau in der Zentrale hatten weder Albert noch seine Söhne etwas zu melden. Er hatte in Newark das Präputium erkämpft, Leute ermordet, aber hier ging es um Möpse und Kleinkinder, um Feuchttücher und Liebe. Hier schien alles zu interessieren, nur nicht die Reliquie. Dabei war die Terrasse stets der Platz für Zigarren, Whisky und geschäftliche Gespräche gewesen.

Albert ging hinter Loreleys Liege und versuchte erneut sein Glück: »Wenn ich etwas vorschlagen dürfte.« Zu seiner Überraschung hörten alle zu. »Jeder weiß, warum Marlon in New York gewesen ist. Und wir alle wollen sehen, was er mitgebracht hat.«

Da zog Marlon das Kreuz aus der Wickeltasche und legte es auf die Schneidefläche für Orangen und Zitronen des Cocktailwagens. Er hob das obere Teil der Holzschachtel vorsichtig an wie der Pfarrer den Deckel des Messweinkelches.

»Das ist es«, sagte Albert, und ehe noch jemand etwas sagen konnte, betonte er: »Das ist die Vorhaut des Heilands.« Albert ließ eine Pause. Dann sagte er: »Eine Reise von über 2000 Jahren hat diese Reliquie hinter sich, um heute hier bei uns in Obererde zu sein.« Wieder eine Pause. Alle waren ergriffen.

Egal wie aufgeregt die Gesellschaft noch eine Minute vorher gewesen war, egal wie die Spannung in der Luft geknistert hatte, jetzt herrschte Ruhe, Windstille, Einkehr, und Dolces Zunge blieb im Maul. Selbst Smilla fühlte sich katholisch. Dann erinnerte sie sich daran, dass die Juden doch die Vorhäute begraben und nicht aufbewahren. Sie überlegte, ob sie es sagen sollte, und sagte es laut.

Alle waren verdutzt. Keiner hatte sich je darüber Gedanken gemacht.

»Und wie ist das bei den Moslems?«, wollte Silke wissen. Am liebsten hätte Smilla sie auf Muslime korrigiert. Das Wort Moslem schmeckte fürchterlich falsch. Aber sie sagte nur: »Das weiß ich nicht. Ich weiß nur, dass die Juden die Vorhaut ihrer Jungen begraben.«

»Das ist was anderes in diesem Fall«, konterte Albert. »Jesus ist kein Jude in dem Sinne gewesen. Schon bei seiner Geburt war gleich klar, was er draufhat. Sonst wären wohl kaum Könige zu seiner Geburt gekommen.«

Das war einleuchtend.

Albert war tatsächlich ergriffen von dem schwarzen eingetrockneten Fleischring, schließlich war er Messdiener in Sankt Rochus gewesen als Kind und immer noch ein bisschen gläubig. »Dass ich so was mal haben darf. So was Heiliges. Eigentlich müssten wir es in der Familie behalten und die Reliquie von Generation zu Generation weitergeben.«

Keiner traute sich, etwas dagegen zu sagen. Er hob das schrumpelige Stück Haut samt Kissen und Glasdeckel auf und hielt es hoch.

Wie hatten sie es nur auf dem Samtkissen befestigt, ohne es zu beschädigen? Marlon stellte sich die Frage nur innerlich, denn jetzt war Zeit für Gefühl und nicht für Logik. Je älter Onkel Albert wurde, desto sentimentaler wurde er. Marlon hatte ihn früher als Kind nie weinen sehen. Und jetzt – so hatte ihm Silke gesteckt –, verdrückte er selbst bei traurigdramatischen Filmchen ein Patentränchen.

Doch in der nächsten Sekunde war Albert wieder realistisch: »Also gut. Es ist zu wertvoll, um es zu behalten. Das wäre Verschwendung, sowohl vom idealistischen Standpunkt als auch rein pekuniär gesehen. Und wir wissen alle: Verschwendung ist eine Sucht und zutiefst unchristlich. Das hätte der Heiland nicht gewollt.«

Marlon war erstaunt über die beiden Worte »idealistisch« und »pekuniär«. Wo hatte er sie aufgeschnappt?

»Ich habe schon einen Reliquiensammler, der uns gutes Geld fürs Lümmelende gibt.«

»Wer?«, wollte David wissen.

»Ein Sammler.« Das war keine Antwort, doch David fragte nicht weiter nach.

Albert sagte: »Aber er will erst die Ware sehen und dann zahlen.« Er nahm sein Funktelefon, das er für seine Wachmannschaft hatte, und fragte jemanden, den er Abdul nannte, ob der Mafia-BMW noch vor der Tür stehe.

Die Antwort war nicht in Alberts Sinne, jedenfalls sagte er: »Hurensöhne. Italienische Hurensöhne.« Und zu Marlon gewandt: »Du musst dat Ding erst mal wieder mitnehmen.«

»Wieso?«

»Weil die doch glauben, dass du mir das Präputium gebracht hast.«

»Was ich ja auch habe.«

»Deshalb musst du es wieder mitnehmen. Denn dann können wir von dir daheim aus mit dem Teil handeln, weil es ja dann bei dir ist. Aber alle glauben, es ist hier.«

Marlon schaute Smilla an, die ihn anschaute, der jetzt David anschaute, der wieder seine Frau ansah, und am Ende nickten die beiden Frauen einander zu. Ja, so sollte es sein, so würden die Italiener auf die falsche Fährte gelenkt. Irgendwie kam Marlon sich ein wenig vor wie bei den Planbesprechungen in *Mission Impossible*, wo von Tom Cruise & Co.

auch so viel hin und her gedacht wurde, bis Marlon im Kino immer völlig verwirrt war, was überhaupt Sache sein sollte. Hauptsache, die beiden Frauen hatten alles begriffen.

Albert hielt Marlon das Kissen mit dem Präputium hin, und der legte es zurück in die Schachtel. Noch einmal erinnerte sich Marlon an *Mission Impossible*. In der Reihe gab es immer einen Satelliten, der mitschaute, eine Wanze, die mithörte, oder einen Verräter im Raum. Was wäre, wenn sie genau hier und gerade jetzt auch vom Weltraum aus beobachtet würden? Was wäre, wenn über Smillas Handys das Gespräch abgehört wurde?

Sein Handy lag im Wagen – und alle anderen hatten es bestimmt an einem sicheren Ort. Nur Smilla trug es bei sich.

»Gottvertrauen«, sagte Albert, als habe er Marlons Gedanken gelesen. »Wir brauchen ein wenig Gottvertrauen, dann wird alles gut – und unser Käufer wird sein Portemonnaie weit öffnen wie der Pfarrer sein Herz für die Jugend.« So spielte er ein Schmunzeln in die Gesichter der Umstehenden.

Vielleicht hatte sein Onkel recht. Jeder braucht Gottvertrauen.

»Gottvertrauen«, wiederholte Marlon und ging, das Kreuz in der Hand, voran ins Wohnzimmer. »Wir sollten es an einen sicheren Ort bringen. Wer weiß, welcher Satellit uns gerade beobachtet.«

»*Mission Impossible*«, sagte Smilla. Sie wusste, was in seinem Kopf vor sich ging.

Albert lachte, jetzt hatten alle *Mission Impossible* im Kopf. David zog die Terrassentür hinter sich zu. Die Gesellschaft nahm in den Sesseln und auf der Couch Platz. Lediglich Dolce und Gabbana mussten draußen bleiben.

»Glaubt ihr echt, dass es die Spitze von Jesus' Lümmel ist?«, fragte Silke. »Und will jemand was trinken?«

Keiner wollte trinken, und die erste Frage beantwortete
Albert kurz und keinen Widerspruch duldend mit einem: »Ja,
ich glaube es. Wenn wir es nicht glauben, wird es uns keiner
glauben. Nur darum geht es, um Glauben. Die Menschen
zahlen alles, wenn sie nur daran glauben.«

Das war einleuchtend. »Die Bibel ist ohnehin der größte
Fake der Geschichte«, meinte David und erhielt prompt ein
Gegenwort von seiner Mutter Silke, die das ganze Gespräch
nicht gerade erbaulich fand: »Dafür hab ich dich nicht katholisch erzogen, damit du so einen Blödsinn denkst.«

»Aber stimmt doch. Da haben sich irgendwelche Leute
eine Geschichte ausgedacht. Und nur weil so viele Leute
daran glauben, bekommt sie eine Bedeutung und alle glauben daran.«

Marlon war erstaunt. So viel Religionsphilosophie hätte er
seinem Bruder nicht zugetraut. Überhaupt schien von dieser Vorhaut etwas Magisches auszugehen. Wann, bitte sehr,
hatten sie schon jemals solche Gespräche über Gefühle und
Gedanken, die Welt und Religion geführt? Alberts Welt war
einfach, es war eine Welt der Zahlen, des Geldes, der Investi-
tionen. Lohnt sich etwas oder lohnt es sich nicht. Einzig die
Ehre und die Familie bildeten die Ausnahme.

»Sie braucht ihr Essen«, sagte Smilla. »Kannst du bitte?«

Marlon erhob sich und ging in die Küche. Silke folgte ihm
und zog das Ökogläschen mit dem Möhren-Apfel-Gemüse
aus dem Schrank über der Spüle. Sie waren perfekt auf Enkel-
kinder eingerichtet.

»Ich mach das schon«, sagte sie. »Ich füttere unsere Loreley gleich. Falls du möchtest, kannst du schon zurück zu den
anderen ins Wohnzimmer.«

Noch lag Loreley engelsgleich im *Maxi Cosi*.

Im Wohnzimmer hatte sich die religiöse Diskussion wei-
terentwickelt, denn Albert hatte zur Überraschung aller ein

kleines Waldstück gekauft. Dort sollte künftig die Familie zur Ruhe kommen. »Waldfriedhof ist die eine Sache, aber wir haben unseren eigenen Wald – gleich am Märchenwald Altenberg. Da wo ihr früher immer gewesen seid, ehe der Borkenkäfer jede Fichte totgeknabbert hat.«

»Ob Oma das mit dem Waldfriedhof gut findet?«, fragte Marlon. »Ich dachte, du und Oma hättet euch auf Melaten geeinigt.« Marlon saß auf der Couch neben Smilla, vor ihm das Kreuz auf dem niedrigen rosafarbenen Marmortisch mit der Glasplatte, und auf der anderen Seite im Sessel sein Onkel. Albert entgegnete ihm: »Melaten war mal, jetzt ist bescheiden und ökologisch angesagt in Köln. Melaten war – Wald ist das neue Melaten.«

»Ich finde das auch gut«, meinte Smilla, die sich ihr Haar hochband. Sie hatte Marlon schon gedroht, es kürzer schneiden zu lassen. »Wir haben in der Nähe von Kopenhagen eine ganze Reihe solcher Friedhöfe. Wir Menschen nehmen uns schon im Leben wichtig, da können wir zumindest im Jenseits bescheiden sein und uns der Natur überlassen.«

Silke betrat den Raum. Sie hatte Loreley im Arm und ein Gläschen mit einem Löffelchen darin in der anderen Hand.

Marlon sprach sie an: »Hast du gehört, was Albert getan hat?«

Ja, das hatte sie und war darüber wenig erfreut: »Dein Onkel hat einen kompletten Wald gekauft, nicht nur einen Baum. Oder besser: Er hat sich einen Mischwald andrehen lassen. Du willst gar nicht wissen, wie teuer das war.«

Offenkundig hatte es schon vor diesem Gespräch einen Streit zwischen Silke und Albert wegen der letzten Ruhestätten gegeben. Sonst wäre seine Tante jetzt nicht aus der Küche bis hierher geschossen, um Albert über den Mund zu fahren. Silke fuhr mit ihren Vorwürfen fort: »Für das Geld hätten wir uns auf Melaten 'ne Gruft für den ganzen FC kaufen können. Ach, was sag ich, ne' ganze ...« Sie setzte sich auf den Hocker neben dem Fernseher und begann mit Loreleys Fütterung. »Ich muss mich echt zusammenreißen, wenn ich dich so höre, Albert.« Dabei sah sie ihren Mann nicht an, sondern nur Loreley, und schon verschwand ein Löffel hellbrauner Hipp in der Ladeluke.

»Eigentlich ist ja alles gesagt«, meinte Marlon. Er wollte von keinem Streit zwischen den beiden hören, ihm taten die Streitereien zwischen seinen Eltern nicht gut. Die beiden waren der sichere Pol in seinem Leben– und er wollte nicht, dass der Pol auseinanderfiel. »Wir fahren jetzt nach Köln und nehmen das Kreuz mit, und ihr ...«

»Finde ich auch«, stimmte ihm Smilla zu. »Es war schön, euch zu sehen.«

»Aber Silke darf Loreley doch zumindest noch zu Ende füttern. Oder?« Diese vorwurfsvolle Bemerkung kam von Albert. Plötzlich waren das Kreuz und das Präputium nicht mehr so wichtig, irgendwie war dicke Luft im Wohnzimmer, trotz Marmor, teuren Vasen und einem Teppich, der mehr kostete als ein Mittelklassewagen.

»Klar«, sagte Marlon. »Klar kann sie Loreley füttern.«

Silke sah nun Albert freundlicher an, seine Bemerkung war wichtig für sie, schließlich sah sie Loreley viel zu selten.

»Ihr wollt uns doch nicht schon verlassen?«, versuchte David, die beiden ebenfalls zurückzuhalten. Und so war von Aufbruch erst einmal keine Rede mehr.

»Die Karotten kriegst du nicht mehr aus der Kleidung. Deshalb musst du immer ein Tuch dabeihaben«, sagte Silke mütterlich zu Smilla.

»Das tue ich«, versicherte Smilla. »Dank dir für den Rat.« Alle schwiegen. Über was sollte geredet werden?

Zur Erlösung klingelte Smillas Handy. Es war Dähmels Sekretär, der mit ihr sprechen wollte. Er wolle die Sache auf keinen Fall schriftlich machen, sondern lieber telefonisch. Smilla verließ das Wohnzimmer und stand kurz darauf wieder auf der Terrasse. Dolce und Gabbana lagen jetzt auf einer Badeinsel, weil die am Beckenrand dümpelte und die beiden Möpse daher fußläufig und trockenen Fußes darauf hatten hüpfen können. Smilla schaute hinunter auf Köln. Hätte sie durch den Triangle-Tower und den Dom schauen können, so hätte sie jetzt direkt auf Dähmels Anwesen blicken können – und Joseph gesehen. Der war noch hagerer als Dähmel und immer nervös. Schließlich war Dähmel zwar ein einfältiger, aber sicherlich kein nachsichtiger Herr. Joseph sagte: »Der Kardinal sieht kein Problem darin, wenn Sie am Hauptaltar heiraten möchten. Ihr Vorschlag gefällt ihm gut.«

Smilla wunderte sich. Was war geschehen? Sie hatte den Brief doch gar nicht eingeworfen. Daheim hatte sie noch danach gesucht, aber er war weg gewesen. Jemand musste ihn gefunden und eingeworfen haben. Das war die einzige Erklärung, die sie sich vorstellen konnte. Wie sonst hätte der Kardinal von Ritas oder besser von Smillas Angebot wissen können? Und wie sollte sie reagieren? Also sagte sie möglichst wenig, während Dähmels Sekretär fragte: »Wie sieht denn das Sanctum Praeputium aus? Ist es gut erhalten?«

»Gut erhalten, aber winzig. Es ist in einem Holzkreuz, und sehr unscheinbar liegt es da auf einem weißen Kissen.«

»Haben Sie das Angebot auch schon anderen gemacht?«

»Gibt es einen zweiten Dom mit einem zweiten Hochaltar?«

Der Sekretär lachte das einzige Lachen, das er hatte: spitztönig. Dann sagte er: »Natürlich nicht.« Und fragte ernst: »Wie verfahren wir nun? Der Kardinal möchte die Reliquie alsbald sehen.«

»Ihre Nummer ist unterdrückt«, teilte Smilla dem Sekretär mit. »Können Sie mir bitte Ihre Rufnummer geben? Ich melde mich dann. Wenn Sie meine Nummer auf Ihrem Display sehen, wissen Sie, dass es wichtig ist.«

Der Sekretär daraufhin: »Wir wissen sehr wohl, mit wem wir es zu tun haben.«

»Dann wissen Sie, dass Sie mit ehrlichen Menschen Geschäfte machen.«

»Die katholische Kirche und die Ehrlichkeit sind brüderlich verbunden. Die Menschen in Ihrem Kreis stehen unserer Gemeinschaft sehr nahe.«

Kurz darauf schickte ihr der Sekretär seinen Kontakt aufs Handy.

Marlon betrat die Terrasse mit Loreley im *Maxi Cosi*, den Babybeutel über die Schulter gehängt und im Babybeutel das Kreuz mit dem Präputium. »Wir wollten doch los. Wer war denn dran?«

»Muss ich dir später erzählen.« Smilla sagte es und war sich sicher, dass er später nicht mehr nachfragen würde. Wie sollte sie ihm nur die Sache mit dem Brief an Dähmel klarmachen? Smilla nahm ihm mit einem Lächeln den Babybeutel ab, und sie verabschiedeten sich von der Familie.

Der Tag war noch jung, dennoch war schon mehr passiert als sonst in einer ganzen Woche. Heute Nacht war Marlon in den USA gewesen, über den Atlantik geflogen, war angeschossen worden, und nun fuhr er mit Frau und Kind an dem blauen BMW vorbei, der ihnen nicht folgte. Die Italiener hatten den Köder geschluckt.

21

DACHDECKERMEISTER HAGE RUFT
ZUR REVOLUTION

Der stets energiegeladene Dachdeckermeister Hage stand auf der Terrasse seines Hauses und steuerte mit herausgefahrenen Ellbogen die elegante Drohne über die Dächer von Neuehrenfeld. Es war ein gutes Gefühl, wenn er mit der *DJI Mavic 3* darüber hinwegflog. Zusammengeklappt sah sie mit ihren Kameraaugen und Sensoren aus wie ein schwarzer Frosch, im Flug wirkte sie wie ein fieser schwarzer Frosch, stylisch und gefährlich zugleich. Schon als Kind hatte Hage davon geträumt zu fliegen. Und jetzt flog er über sein Revier hinweg. Hier war er geboren, groß geworden, hier war sein Netzwerk, hatte er seinen großen Drohnenführerschein C1 absolviert, kannte er jeden und jeder kannte ihn, denn jeder braucht ein Dach über dem Kopf. Das war menschlich. Auf seinem Firmenwagen, der direkt vor dem Unterstand parkte, stand fett in schwarzen Lettern: »Keine Frage, die besten Dächer gibt's bei Hage.« Für ihn war die Welt der Dächer eine Welt über der Welt der Idioten. Jedes Dach war anders, hatte seine Geschichte, seine Eigenarten. Die Laien und Ignoranten unterteilten die Dächer in jene mit Giebeln und jene, die sie Flachdächer nannten, aber für Hage war jedes Dach anders, besonders, egal ob Kaltdach, Umkehrdach, Zwerchdach, Warmkehldach, Schleppdach, Paralleldach, bis zur letzten Pfanne kannte er sich aus. Seine Drohne war eine getunte *DJI Mavic 3*, mit Transportkästchen, sensibleren Kameras, die selbst nachts gute Bilder übertrugen.

So war ihm auch vorgestern auf einem seiner nächtlichen Drohnenflüge aufgefallen, wie die Polizei in die Bungalows am *Klingelpütz* eingedrungen war und sich ein Mann ins Dach eines der Bungalows gelegt hatte. Hages *DJI Mavic 3* hatte gestochen scharfe Aufnahmen davon gemacht, weil Kühnert einmal zu nah unter der Laterne gegangen war und nach oben direkt ins Auge von Hages Drohne geschaut hatte. Für Hage war es kein Problem gewesen, mit der Gesichtserkennung herauszufinden, wer der Kerl war, den die Polizei suchte. Er hatte Karl Kühnert mit der Drohne verfolgt, hatte sie hochsteigen lassen, gesehen, wie Kühnert den Wagen vor der Nase der Polizei gestohlen hatte und zur A1 gefahren war. Doch irgendwann hatte selbst seine Drohne in der Nacht den Mörder aus dem Blick verloren.

»Meinst du, der Albert hat Interesse an den Aufnahmen?«, fragte Hage seine Freundin. Gemeinsam mit ihr hatte er sich eben erst den Film und die Fotos auf dem Bildschirm des Rechners angeschaut.

»Ganz sicher.«

»Und die Polizei?«

»Genauso sicher, Schatz.«

Seine Freundin stand neben ihm und massierte ihm die rechte Schulter von hinten, während er die Drohne flog. Er hatte sich gestern beim Gewichtheben leicht verzogen. Er war mit den Jahren etwas schmerzempfindlich geworden.

»Ich denke, wir sollten ehrlich bleiben«, sagte Hage und fuhr sich über seinen kahlen Schädel, mit dem er manchmal gegen die Wand lief. »Ehrlich währt am längsten.«

»Also schickst du Albert die Bilder«, ergänzte sie mit einem Schmunzeln, denn sie kannte ihren Hage, und fügte hinzu: »Weil der ja ehrlich ist. Garantiert.«

Hage blieb ernst, nickte und gab ihr einen flüchtigen Kuss. So geht Liebe.

»Exakt«, sagte er. »Der Albert zahlt, die Polizei zahlt nix. Wer ist also ehrlicher? Natürlich der Albert, weil der bezahlt.« So verschickte er über eine *Hidden ID* die Fotos an Albert.

Der saß kurz darauf nickend in seinem Arbeitszimmer, er war begeistert von Hages Arbeit. Dann erhielt Hage eine Anfrage von Albert, ob er auch sein Haus mit einer Drohne kontrollieren könne? Das seien unglaubliche Aufnahmen. Vor lauter Aufregung hatte Albert schon fast vergessen, was auf den Aufnahmen zu sehen gewesen war.

Hage war ein guter Dachdeckermeister, und er war ein Meister darin, Geschäfte zu machen. Genau in diesem Moment witterte er ein Geschäft, ein sehr gutes Geschäft. So rief er sofort seinen Freund Ralf an. Ein eher ruhiger Typ, gelassen und mit guten Kontakten, der nur ein paar Dächer entfernt wohnte und sein Leben lang bei *Ford* seine Kugel geschoben hatte.

Gerade erst hatte Marlon das Präputium im Tresor hinter dem Barbie-Poster in Loreleys Kinderzimmer eingeschlossen, da saßen schon Ralf und Hage im Skoda und fuhren über die Venloer Straße.

»Ich müsste Klaus fragen, wie so was zu managen ist. Du willst also von dir zu Hause aus wie in einer Art Basisstation mehrere Drohnen irgendwo in Köln ansteuern und die Gegend – also die Dächer – observieren.«

»Es muss nicht nur Köln sein«, ergänzte Hage. Als Albert ihn gefragt hatte, ob er sein Haus von Drohnen beobachten lassen könne, da hatte Hage schon längst weitergedacht. Schließlich gab es viele Reiche, die für eine solche Luftüberwachung zahlen würden. »Ich hab' gesehen, wie die Ukrainer ihre Drohnen steuern. Die haben zig von den Dingern in der Luft, und da sitzt einer und hat alles im Blick. Also nehmen wir an, ich sitze in Ossendorf, und die Drohne ist irgendwo in Bergisch Gladbach unterwegs und eine zweite in Nippes oder irgendwo in München. Dann will ich sie über einen Bildschirm sehen und von hier aus starten und dort fliegen können. Am besten über zig Bildschirme zig Drohnen steuern, egal ob in Bergisch Gladbach, Köln oder Berlin, egal wo. Wie klingt das?«

»Kompliziert, aber Klaus würde auch die Amerikaner sicher auf die dunkle Seite des Mondes bringen, wenn du ihm dafür eine Fender-Gitarre *Rory Gallagher* schenkst.«

»Okay«, zog Hage das »y« lang wie eine Steinschleuder. Er hatte keine Ahnung, was so eine Gitarre kosten könnte, und schob ein »Kein Problem!« hinterher. »Du kannst ihm sagen, das mit der Klampfe geht in Ordnung.«

Die beiden Freunde fuhren noch am Ring entlang, rauf und runter. Sie saßen gerne im Auto. Schon früher hatten sie es getan, Hage hatte immer schon Autos geliebt, und Ralf hatte nichts dagegen. Die Klimaanlage machte obendrein die Welt angenehm im Auto, überhaupt gab es nichts, was Hage oder Ralf jetzt hätte die Stimmung versauen können. So versanken sie in Drohnenträumen, mit denen Hage bald ganze Regionen überwachen und Geld scheffeln würde. »Ich sehe dich schon als der Drohnenbaron«, sagte Ralf. »Oder besser noch: der *Google* der Drohnen, der alles über dich und mich ...«

»Jaja, is jut«, unterbrach ihn Hage, denn mit seinem Freund ging es ab und an durch, wenn ihm ein Gedanke gefiel.

22

RITA IM BANN DER RELIQUIE

Smilla hatte ein Problem, denn Rita stand vor der Tür und wollte etwas besprechen. Gerade so, als hätte sie das Präputium im Tresor gerochen, ging Oma ins Kinderzimmer und setzte sich auf die kleine Bank in Loreleys Sitzgruppe – direkt vor das Barbie-Poster. Loreley lag derweil im Wohnzimmer in ihrem Zweitbettchen, und Marlon trank in der Küche ein Glas Wasser. Er war müde.

Rita bat Smilla, die Tür hinter sich zu schließen, schließlich müsse Marlon nicht alles mitbekommen. »Der Junge ist belastet genug. Die ganze Sache mit dem Schutzgeld macht ihn mürbe. Und auch noch das mit dem Jesusding. Und die Überraschung ...«

»Ich weiß.«

Die Rede war von der Hochzeit im Dom.

Smilla saß auf dem Stühlchen der Sitzgruppe und zog ihren Rock über die Knie. Ahnte Rita, dass sie schon Kontakt mit dem Erzbistum gehabt hatte?

»Dähmel wird sich melden, so blöd kann sogar der nicht sein«, fuhr Rita fort. »Schließlich können sich die Scheinheiligen die Schniedelspitze vom Heiland nicht entgehen lassen. Was glaubst du, was die im Vatikan mit Dähmel machen, wenn der dat versaut.«

Smilla hörte ihre Schwiegeroma reden, laut und siegessicher war sie. Was sollte Smilla tun? Einfach mit der Wahrheit rausplatzen und ihr erzählen, dass Dähmels Sekretär Joseph sich schon bei ihr gemeldet hatte? Nein. Stattdessen sagte sie: »Wir können dem Kardinal das Präputium nicht geben.«

»Wieso?«

»Weil Albert schon einen Käufer hat.«

»Albert hat wat?« Ritas Blutdruck stieg. »Wie kommt der darauf? So was verkauft man doch nicht. Entweder stiftet man es dem Dom oder es bleibt im Familienbesitz – für ewig.«

»Soweit ich weiß …«

Weiter kam Smilla nicht. Sie hatte in Rita eine Lawine losgetreten: »Hier wird nichts ohne mich entschieden. Ihr habt doch wohl Albert nicht das Kreuz überlassen? Wo ist dat Kreuz mit dem Ding überhaupt?«

»Äh …« Die Sommersprossen auf Smillas Nase glühten vor Aufregung, Rita setzte sie unter Druck. Ihre übergewichtige Schwiegeroma stützte die Hände fest auf den blauen Kindertisch und beugte sich hinüber zu Smilla, die höchstens zwei Drittel von ihr wog, aber gut einen Kopf größer war. »Wo habt ihr das Teil? Ich würde et gerne mal sehen.«

»Ich …«

Es klopfte. Marlon stand mit dem Glas Wasser im Türrahmen und sagte, dass Loreley fest eingeschlafen sei und er noch einmal wegmüsse, um alles mit Markus zu klären. Schließlich wisse der noch gar nicht, dass er schon aus den USA zurückgekehrt sei.

»Zeisch mir dat jute Stück vum hilije Mann«, befahl Rita. »Smilla hat jesacht, ihr hättet et hier.«

Smilla verstand nicht genau, was ihre Schwiegeroma sagte – und ihre Schwiegeroma wusste das genau. So konnte sie heimlich in Kölsch Marlon vorgaukeln, Smilla habe ihr schon alles erzählt. »Wo is et?«

»Im Safe.«

»Un wo is der Safe? Muss ich dir denn jede Information aus der Nase ziehen?«

Marlon wollte es nicht sagen, Smilla wollte es nicht sagen, aber da hatte schon Marlon ein wenig zu lange auf das gerahmte Barbie-Poster geschaut, und Oma Rita war forsch wie eine 17-Jährige vom Kinderbänkchen aufgestanden, hatte sich herumgedreht und zog das Poster einfach im Bilderrahmen nach vorn wie eine Tür, so als habe sie gewusst, wie das ging. Da war der Tresor in der Wand.

»Ach, ein Klümpchen. Daran hat der Opa oft geübt.« Ja, sie hatte sofort die Marke des Tresors erkannt. Zucker hieß der Hersteller, aber in Kölner Kriminellenkreisen wurde er nur »Klümpchen« genannt, was so viel hieß wie Zuckerwürfel. »Und? Wie ist die Kombination? Oder muss ich erst meinen Lover holen?«

»Schon gut«, sagte Marlon, der nicht auch noch wollte, dass Hannes mit hinzugezogen würde.

»Wie is dann die Kombination?«

»Ich mach ihn schon auf.«

»Und die Kombination, falls du mal nicht daheim bist und ich an den Tresor muss. Oder dir was zustößt, sonst muss Opa das alte Werkzeug wieder rausholen und das Ding aufmachen.«

Opa Hannes war gelernter Schlosser. Gelernt hatte er bei *Ford* wie so viele hier in Neuehrenfeld, aber auch ein paar Tresore in seinem Leben hatte er bereits geöffnet. Nichts Wildes, schließlich war er wenig kriminell, eher Rente vom Staat und *Ford*-Werksrente.

Marlon schwieg und zog die Tresortür mit einem leisen Klick auf.

»Da ist es, Oma. Das Kreuz mit dem Präputium vom Heiland drin.«

Kaum, dass Marlon es hochgenommen hatte, griff Rita schon danach und sagte: »Darin ist jetzt der Zipfel? Hat der Albert den schon gesehen?«

Marlon nickte.

»Und warum ist dat Kreuz bei dir und nit bei Albert?«

»Wegen der Italiener, die sind auch hinter dem Ding her.«

Sie zog die Schachtel vorsichtig auseinander und schaute auf das verschrumpelte Häutchen. »Dat is ja nix, so nix wie janix. So klein hab' ich mir das nicht vorgestellt. Woher weißt du, das es echt is?«

»Genetik«, log er. »Das wurde genetisch durchgecheckt.«

»Dann is ja gut. Da könnte man also den Heiland rausklonen?«

»Weiß nicht, es wäre dann ja nicht wirklich der Heiland. Er würde nur so aussehen.«

»Ja, dat da keine Latschen in der Genetik vom Heiland sind, is mir auch klar.«

Marlon bat Rita, ihm die Schachtel wieder zu geben. »Der Zipfel darf nicht so lange dem Tageslicht ausgesetzt werden«, log er. Er sagte es, um irgendein Argument zu haben. Ritas Blicke waren einfach zu begehrlich.

»Das soll jetzt ein Reliquiensammler kriegen?«

Marlon war erstaunt. Hatte Smilla Rita schon alles erzählt?

»Das ist noch nicht sicher.«

»Ich glaube nicht, dass man genetisch nachweisen kann, dass das Stückchen Vorhaut vom Heiland is. Dafür müsste man ja wissen, was der Heiland für eine Genetik gehabt hat. Könnte ja sonst auch die Vorhaut vom Caligula oder dem Napoleon sin.«

Das war logisch und Marlon blöd aufgefallen mit seiner Lüge.

Rita meinte: »Ich mach mal ein Foto davon.«

»Nicht jetzt. Ich muss weg, bin im Druck.« Marlon legte das Kreuz wieder in den Tresor.

»Dat darf doch nicht wahr sein. Warum soll ich das Dingelchen denn nicht fotografieren dürfen?«

Er wollte auf keinen Fall, dass Rita ein Foto machte. Womöglich würde sie es in ihrer Rentnergruppe verbreiten. Oma war lieb und nett, aber zu temperamentvoll für *WhatsApp* & Co. Leicht beleidigt verließ sie das Zimmer unter dem Vorwand, sich ein Glas Wasser in der Küche holen zu wollen. Marlon schaute Smilla an, Smilla lächelte Marlon an, und beide wussten, dass Marlons Härte richtig gewesen war.

23

EIN SOMMERNACHTSTRAUM

Da hörten sie Rita rufen: »Guckt euch das an!«

»Geh du«, sagte Smilla. »Ich bleib bei Loreley, die wird gleich wach.«

Dann gab sie Marlon einen Kuss.

Seine Oma hatte kein Wasser in der Hand, sondern zeigte aus dem Fenster. Schräg gegenüber stand ein Maserati – ein ungewöhnlich schmutziges Braun. Rita waren sofort die blauen Nabenkappen ins Auge gefallen. »Wat sucht die italienische Mafia hier?«

Er nickte. Sie hatten also mehrere Wagen im Einsatz.

»Das Ding in eurem Tresor ist gefährlich. Ich sag es dir. Unterschätz nicht die Magie der Reliquien. Nicht umsonst haben die einen goldenen Sarg für die Knochen von den Heiligen Königen geschmiedet. Eine Tresorwand hält das Böse nicht auf. Du brauchst Gold, um die Magie des Heilands im Zaum zu halten. Gerade wenn du selbst nicht immer gottgefällige Taten vollbracht hast.«

Marlon schaute seine Oma von der Seite an. Die Ohrläppchen waren in den vergangenen Jahren am stärksten von all ihren Körperteilen gewachsen. Sie schien die Sache mit der Magie ernst zu nehmen.

»Das ist Aberglaube, Oma. Wir sind doch katholisch.«

»Eben. Reliquien sind katholisch und kein Aberglaube. Reliquien gehören zu uns wie Myrrhe und Weihrauch und die gebenedeite Maria. Wieso wissen die überhaupt vun dem Ding?«

»Weil …« Marlon schluckte die Erklärung herunter. Seine Oma musste nichts davon wissen, dass er das Präputium der italienischen Mafia von New York gestohlen hatte. »Ach nichts, Oma. Du hast recht. So ein Ding ist magisch.«

»Wie ein weißer Tiger.«

»Wieso, weißer äh …« Das mit dem Tiger verwirrte Marlon. Rita blieb dabei: »Ihr müsst das Ding der Kirche spenden, nur so werdet ihr die bösen Dämonen los.«

»Oma?«

»Ja, du hast keine Verbindung mehr zur Kirche und der Magie. Die Italiener haben das. Denk an der Geruch vun Weihrauch. Der Duft ist entscheidend, wenn es darum geht, das Böse in Gut zu verwandeln und die Dinge in jene Ordnung zu versetzen, die sie brauchen.«

Lange schon hatte Marlon keinen Weihrauch mehr gerochen. Er ging ohnehin kaum in die Kirche, eigentlich nie – außer an Weihnachten. Jetzt mit Loreley müsste das anders werden. Zumindest war sie schon in Sankt Anna getauft worden. Seine Tochter schrie jetzt, als habe sie seine Gedanken gehört. Ja, er müsste sich ändern.

Seine Oma fragte: »Was würdest du tun, damit du und deine Smilla im Dom am Hauptaltar heiraten könnt?«

»Alles. Das habe ich dir doch schon gesagt, Oma.«

Da griff sich Rita Marlons Kopf und zog ihn ein wenig zu ihrem Mund herunter. »So ganz ist deine Seele noch nicht verloren.«

»Was redest du da?«

Sie drückte ihm einen Kuss auf die Stirn. »Die Ehe ist der wichtigste Bund, den du eingehst im Leben. Auch wenn der Albert immer von Ganovenehre träumt.« Niemand sonst benutzte noch ein Wort wie Ganove, nur Rita. »Ihr müsst das Präputium dem Dähmel geben, dann wird alles gut, die Seele gesund, und eurer Ehe steht nichts mehr im Weg.«

»Wir sind schon verheiratet.«

»Nein. Ihr wart auf dem Standesamt. Das ist keine Ehe, das ist ein Vertrag. Und du weißt es.«

Wieder bekam er einen Kuss.

»Wir haben uns noch einmal an Dähmel gewandt«, erklärte Rita.

»Wieso? Ich hab' doch gesagt, dass Albert und ich …«

»Ja, ihr habt das gesagt, aber passiert ist nichts. Meinst du, deine Oma schaut einfach nur zu, wie die Zeit vergeht? Das Kind wird ungeheiratet älter.« Ob sie nun damit Smilla oder Loreley meinte oder beide, war Marlon nicht klar. Er sah ohnehin nur noch den Maserati dort unten auf der Eichendorffstraße. Von hier oben konnte er nicht erkennen, ob jemand drinsaß.

Er sagte: »Sie sind hinter dem Präputium her.«

Seine Oma bejahte. »So sicher wie der Teufel hinter deiner Seele her ist. Aber sie kriegen deine Seele nicht und auch nicht den Zipfel.«

»Ich bleib hier«, sagte Marlon entschlossen.

»Nix bleibst du. Hier kommt keiner durch die Tür, solange ich noch kräftig genug bin, irgendeine Bank davorzuschieben. Aber wer weiß, wie lange das noch geht.«

»Du bist verrückt … Du wirst immer kräftig genug für eine Bank sein.«

»Die Bank vorm *Tee de Cologne* ist auch weg.«

»Was für eine Bank?«

»Ja, siehst du eigentlich gar nichts, wenn du durch die Landmannstraße gehst? Da saßen doch früher die Leute vor *Silvias Teeladen* und haben gequatscht. Auch deine Smilla. Dann kam das Ordnungsamt, und weg war die Bank.«

»Warum?«

»Weil die bekloppt sind. Die Bank würde verhindern, dass die Leute mit Rollstuhl oder Kinderwagen genug Platz auf dem Bürgersteig haben.«

»Das ist doch Quatsch. Da muss es noch andere Gründe geben.«

»Das ist Köln, Junge. Unser Bezirksbürgermeister hat die Sache mit in den Rat genommen. Da wird entschieden, ob die Bank bei Silvia wieder stehen darf, damit sich deine Oma auf der Landmannstraße ausruhen kann.«

»Warst du schon beim Inder auf der Landmannstraße?«, fragte Marlon, um vom Thema abzulenken.

»War ich, war scharf, aber scharf macht glücklich. Wat is jetzt wegen der Bank?«

»Ich …«

»Du kümmerst dich, Jung. Die Bank kommt wieder dahin, wo sie hingehört, unter meinen Hintern und vor Silvias Laden. Kannst du dir das merken, oder … Ich habe dem Smilla Tee mitgebracht.«

»Welchen?«

»Spezial, *Sommernachtstraum*. Habe ich selbst parfümiert.«

Jetzt verwirrte sie Marlon vollends. Seine Oma warf alles zusammen in ihrem Gulasch aus Gedanken und Gerede. Selbst parfümierter Tee? Was sollte das heißen?

Ehe er einen klaren Gedanken fassen konnte, redete seine Oma schon weiter. »Mit dem Duft vum Meller: *Sommernachtstraum*. Der Tee ist ein Zaubertrank. Wenn du den trinkst, vergeht die Zeit anders, und die Welt verändert sich. Der Meller kredenzt nur alle acht Jahre seinen Spezialduft. Zusammen mit dem *Assam* vum Silvia wird die Geschichte mephistophelisch mit Engelsglocken. Liebe und Verwirrung. Herz und Hand. Kölsch und Kaviar.«

Marlon schmunzeln. Seine Oma rieb den Daumen über den Zeigefinger. »Ich habe den Tee eben in der Hand gehalten. Schnupper mal. Ein bisschen Duft ist noch da.« Er wollte nicht riechen, aber er konnte nicht anders und war sofort betört.

Da unten saßen die Leute von Marco, dem Chef der italienischen Mafia in Köln, im Wagen und warteten nur darauf, endlich zuschlagen zu können, und Oma redete von Magie und Tee.

»Der Duft vum Meller und das leicht malzige Aroma vum *Assam* gehen eine Ehe ein. Hartes Wasser hat Köln. Und der Honig sind die Kölschen. Duft trifft auf Tee und wird zum Zauber, der alles ins rechte Lot bringt. Ich weiß, du glaubst mir nicht.« Rita dachte: Ein Kind, das ohne Eltern groß wird, muss sich an die reale Welt halten, sonst verliert es die Leitplanken fürs Leben. »Du wirst es noch spüren.« Dann küsste sie ihn auf die Wange.

»Und was machen wir mit den Leuten im Auto?«

»Wir lassen sie sitzen. Vertrau mir und dem Tee. Und jetzt mach dich auf.«

Er ging noch einmal zu Smilla, die es sich mit Loreley in der Kissenecke bequem gemacht hatte und stillte. Sie warf ihm einen Kuss zu und sagte liebevoll: »Bis gleich.« Marlon liebte diesen Anblick, wie Loreley ganz zufrieden an Smillas Brust lag. Dieser eine Augenblick ist mehr wert als alles Geld auf der Erde, dachte er. Marlon glaubte, schon den Bannkreis seiner Oma verlassen zu haben, als er auf halber Treppe vor der Wohnungstür war und gerade überlegte, wie er gleich auf den Maserati vor der Tür reagieren sollte. Doch da rief Rita durch das Fensterchen der Wohnungstür: »Dreh dich mal um zu mir.«

Er gehorchte und sah ihr Gesicht, das oben durch das Fensterchen schaute. »Ist dir schon mal aufgefallen, was hier nicht stimmt.«

»Ja. Ich reparier es.«

»Das sagst du schon, seit ihr hier eingezogen seid.«

Nun warf Marlon seiner Oma einen Kuss zu. Ja, er hatte noch nicht den Verschluss des Fensterchens von innen repariert. Jeder, der wollte, konnte es von außen aufdrücken. Aber wer käme schon auf die Idee, das Fenster in einer Tür aufzudrücken. Ein Einbrecher würde ganz einfach das Schloss öffnen oder die Scheibe einschlagen. Aber Oma störte der kaputte Verschluss, und im Nerven hatte sie sich ihre Eins verdient.

24

KLONE AUS DER MAFIAFABRIK

Er schritt direkt auf den Maserati zu, stand nun davor und schaute auf das Nummernschild. Die Buchstaben SCV und eine fünfstellige Nummer. Welche italienische Stadt war das? Er klopfte an die verspiegelte Scheibe. Sie senkte sich. Das Gesicht dahinter kannte er nicht, auch nicht das Gesicht des Beifahrers daneben. Beide Gesichter waren hager und hell, ihre Haare schwarz, kurz geschnitten, und beide trugen graue Stoffhose und weißes Hemd. Das war ungewöhnlich für Marcos Leute. Irgendwelche Klone aus einer Mafiafabrik in Sizilien mussten das sein. Auf ihren Schößen lagen Plastikschüsseln mit Deckeln.

»Was wollt ihr hier?«, fragte Marlon.

»Geht dich das was an?«, sagte Klon Nummer 1.

Die Sprache war gröber als die Kleidung und der italienische Akzent stark.

»Ich wohne hier. Ich mag es nicht, wenn Marco mich beschatten lässt.«

»Wir essen hier.« Die beiden öffneten ihre Schüsselchen, darin dampften Spaghetti Carbonara, als habe ihnen Mama alles vorbereitet. Sogar Servietten – in azurblau – und Löffel zogen sie aus der Mittelkonsole hervor.

»Kein Wein?«, fragte er ironisch.

Der Beifahrer griff wieder in die Konsole und hob eine Flasche an. Nero d'Avola. Das verstärkte in Marlon die Vermutung, die beiden könnten aus Sizilien sein.

»Ich hab' das Teil nicht, das ihr sucht. Ihr müsst hier nicht mehr parken.«

Klon Nummer 2 sagte daraufhin einen Satz auf Italienisch, den Marlon nicht verstand. Der Fahrer übersetzte: »Keiner weiß, was unter dem Hütchen ist, solange er nicht darunter geschaut hat.« Und Klon 2 fragte überraschend in fließendem Deutsch: »Wo ist die Erbse?« Dabei grinste er. Seine Haut war glatt wie lackiert.

»Na ja, ist eure Zeit, die ihr hier verzockt. Grüßt mir Marco.«

Die beiden sagten, er solle weitergehen. Und dass sie keinen Marco grüßen würden.

Keine Goldkette, keine fette Uhr, alles war so schlicht an ihnen gewesen. Nein, Sizilianer waren das auch nicht. Nein, irgendwie wirkten sie zu vornehm.

Marlon lief zu seinem Audi und versuchte, Markus zu erreichen.

Dessen Handy war aus.

»Was soll der Mist?«, fluchte Marlon vor sich hin, während er auf den Gürtel bog und sich von Ampel zu Ampel hangelte. In Köln gab es pro Einwohner die meisten Ampeln auf der ganzen Welt – und diese Ampeln schienen auf dem Gürtel zur roten Welle geschaltet. So staute sich der Berufsverkehr. Noch einmal versuchte er es bei Markus auf dem *Siemens* – vergebens.

Albert rief an und erzählte von der Idee mit der Drohne.

»So was könnte ich auch gebrauchen. Bei uns steht ein Maserati mit zwei Typen vor dem Haus. Ich kenne sie nicht, müssen neue Leute von Marco sein.«

Albert ignorierte die Information und sagte, er werde Hage ein bisschen Druck machen, damit er auf Touren komme. So machte Albert Hage Druck und Hage Ralf Druck und Ralf Klaus Druck, und kurz darauf hatte Klaus schon ein Programm von einem Freund, der einen Freund hatte, der einen Ukrainer kannte, der einen Ukrainer in der Ost-Ukraine an der Front kannte, der für seine Familie auf Mallorca dringend Geld brauchte. Alles lief wie am Schnürchen. Bis an die Front hatte Elon Musk für schnelles Internet gesorgt, doch am Ende traf das Datenpaket aus der Ukraine auf das deutsche Internet und wurde abrupt ausgebremst. Knapp zwei Stunden brauchte es, bis endlich Klaus bei Hage die Daten auf dem Rechner einspeisen konnte. Noch am selben Abend – so Klaus' Versprechen – würde er die Bildschirme installiert haben und der Chef der Dächer seine Drohnen ausschwärmen lassen können. So saß Hage in Vorfreude in seiner Werkstatt. Um ihn herum schraubten vier seiner Dachdeckergesellen die Drohnen zusammen.

25

INTENSIVE STUNDEN FÜR MARKUS

Kurz darauf erfuhr Marlon von Markus' Schussverletzungen. Und noch kürzer danach saß er schon bei ihm am Krankenhausbett im Sankt Franziskus-Hospital. Markus lag auf Intensiv. Im Zimmer gab es mehr Apparate als Mensch. Sein bester Mann war gefesselt an Schläuche und sabberte wie Loreley, wenn sie Muttis Brust sah.

Die Ärztin beruhigte ihn. Es sehe schlimmer aus als es sei. Ihm gehe es schon wieder ganz gut. Die Kugeln hätten nichts Lebenswichtiges getroffen und seien nicht tief eingedrungen. Markus habe Glück gehabt, das Holz der Tür sei wohl sehr stabil gewesen.

»Genossenschaftstür«, sagte Marlon. »Das ist keine Pappe, sondern noch solide.«

Das verstand die Ärztin nicht. Woher sollte sie wissen, dass Markus in der Ehrenfelder Genossenschaft wohnte? Sie sagte nur schlicht: »Eben war er schon wach. Aber jetzt schläft er wieder.« Dann ging sie.

Marlon rückte den Stuhl näher an Markus' Bett heran. Wecken wollte er ihn nicht. Stattdessen flüsterte er ihm zu: »Wir werden uns um Kühnert kümmern. Er wird dir nichts mehr tun.«

Dann ging er. Am liebsten hätte er sich auch in ein Bett gelegt und erst einmal geschlafen. Der Flug in die USA, der Rückflug, Jetlag hin, Jetlag her, Präputium, blauer BMW, Kühnert und Markus und seine Oma und die Hochzeit im Dom. Das hätte selbst »The Rock« Johnson nicht verkraftet.

Marlon trat vor das Hospital. Das Parkhaus gegenüber sah so einladend aus wie ein Beutel Beton. Sein TT stand auf dem obersten Deck. Ein paar Jugendliche, vier Jungen, drei Mädchen, alle so um die Volljährigkeit, hingen hier ab, hörten gedämpft *Apache*, tranken und rauchten, kurze Hosen, kurze Röcke, es roch nach Amsterdam und Gras. Ein leichter Wind verteilte den süßen Duft über das Parkdeck hinweg in Ehrenfeld. Marlon musste an seine Oma denken. *Sommernachtstraum*. Das war ein Duft gewesen, mit dem Marlon das Viertel lieber parfümiert hätte.

Er stieg ein und fuhr zu nah an den Jungen und Mädchen vorbei, sodass Glas unter seinen Reifen knirschte. Es war Glas von Flaschen, die sie zerdeppert hatten.

Marlon stieg aus und schaute auf die Reifen. Besser jetzt gucken, vielleicht könnte er ja noch eine Scherbe davon abhalten, sich ins Profil zu bohren. Die Jugendlichen lachten. Besonders fies und auffällig war ein Junge mit Tüte. Seine Zähne waren groß wie *Ytong*-Bausteine.

»Das ist nicht nett«, sagte Marlon. »Gar nicht nett. Bierflaschen müsst ihr nicht zerschlagen.«

Sie wiesen ihn darauf hin, dass es eine Wodkaflasche gewesen sei, die ihnen gestern aus der Hand gerutscht sei, und die Scherben habe der Hausmeister vom Krankenhaus nicht weggekehrt. Daher sei es nicht ihre Schuld, sondern … Sie lachten wie die Paviane auf dem Hügel im Zoo. Auf der Realschule hatte er die Mobber gehasst. An ihn hatte sich keiner herangetraut, aber über die Wehrlosen und Angeschossenen waren sie hergefallen. Am liebsten hätte er sich diesen Typen mit seinem *Ytong*-Lachen und der Kappe geschnappt und ihn über die Brüstung des Parkdecks in die Tiefe geschleudert. Das wildeste Tier kennt Mitleid, doch solche Jugendliche sind schlimmer als Tiere. Marlon ging auf Mister *Ytong* zu. Der zog an seinem Joint.

Und dann ging alles ganz schnell: Marlon trat ihm wie aus dem Nichts den Joint aus dem Mund. Der flog über den Kopf eines der Mädchen hinweg und landete kurz vor dem Eingang zum Treppenhaus.

Sie waren geschockt.

Zu *Ytong* sagte er: »Der nächste Tritt trifft dein Gesicht, falls es weiter so blöde lacht.«

Nein, nach Lachen war keinem von ihnen mehr zumute.

Marlon stieg in seinen TT und schlängelte sich nach unten. Er musste an die Tiefgarage des *Kauflands* denken, wo er vor gut einem Jahr eine Leiche im Cayenne gesehen hatte. Das letzte Jahr war eine einzige ständige Veränderung in seinem Leben gewesen. Er hatte sich ein kleines Imperium in Ehrenfeld und halb Nippes aufgebaut und kassierte Geld, als plane er den Bau einer Villa, dabei wollte er das gar nicht. Er wollte in der Eichendorffstraße bleiben, große Altbauwohnung, Frau, Kind und Zeit zum Leben. Doch wenn du so nah an deinem Arbeitsplatz lebst, hast du keine Ruhe, du kannst immer was tun. Und jetzt musste er einen Ersatz für Markus finden – oder morgen selbst abkassieren.

Er gelangte an die Schranke. Der TT war so flach, dass er fast darunter gepasst hätte. Was wäre, wenn er sich einfach mal ein Wohnmobil zulegen würde und mit der Familie abhauen würde, ohne Rita und ohne Albert und ohne Handy?

Ganz in Gedanken hätte er fast die Frauenstimme überhört, die »Marlon!« rief. Er stoppte, drehte sich zur Seite. Es war Dominiks Mutter. Marlon hatte ihren Namen vergessen, genauso wie den Namen von Dominiks Vater, genauso wie den Namen von dem Lehrerpärchen, das gleich daneben wohnte. Und den Namen von – doch, der eine Mann hieß André und seine Frau …? Warum hatte er nur so ein schlechtes Namensgedächtnis? Wie riesig der Blumenstrauß war, den Dominiks Vater im Arm hielt. Wollten sie Markus' Zimmer damit bepflanzen?

»Marlon!« Sie kannten jedenfalls seinen Namen. »Warst du bei Markus?«

»Intensivstation. Es geht ihm schlecht«, log er. Schließlich sollte sein bester Mann Ruhe haben.

Dominiks Mutter nickte: »Was sagen die Ärzte?«

»Die Ärztin sagt, dass er zwar zäh ist, aber er hat viel Blut verloren«, log er weiter. Ärztinnen würden niemals sagen, dass ein Patient »zäh« sei, aber es machte einen Helden aus Markus, und Helden sind immer gut fürs Geschäft, dachte Marlon. »Okay. Ich muss dann weiter.«

»Warst du auch bei Caroline?«

»Wieso?«

»Die hat alles am Handy mitgehört, als Markus angeschossen wurde. Sie ist völlig fertig, die Ärzte haben sie zur Beobachtung heute auch auf Station gelegt.«

»Dann grüßt sie von mir.«

Die Blumen waren also für Markus' Freundin Caroline und gar nicht für Markus gewesen.

Er sollte Smilla auch ein paar Blumen kaufen. Da knallte eine Wodkaflasche direkt neben seinem Wagen auf die Parkhauszufahrt. Sie explodierte wie eine Granate. Für eine Sekunde war er geschockt. Er hatte die Jugendlichen auf dem Dach schon vergessen. Das Adrenalin schoss zurück in seinen Körper. Marlon kämpfte dagegen an. Er ließ die Scheibe hoch, klickte die Klimaanlage auf 16 Grad und fuhr los. Er wollte einen kühlen Kopf in der Hitze der Stadt. Nicht aufregen, nur nicht an die Mobber aus der Schule denken. Er schaltete die Automatik auf Sport und drückte stärker aufs Gas. Der Motor schrie auf, und wenige Sekunden später fuhr Marlon die Venloer entlang, bog in die Senefelder, vorbei an der Rückseite des Krankenhauses und dann auf die Subbelrather, blickte kurz nach links zu *Giuseppes Eisladen,* vor dem eine Schlange wie bei der Teilung des Meeres wartete, und fuhr rechts ab. Jetzt hatte er das Krankenhaus endgültig umrundet und war innerlich frei. Er ließ die Landmannstraße links liegen. Dann fiel sein Blick auf den Dönerladen *Alanya Firini.* Marlon drehte und parkte in zweiter Reihe, das Warnblinklicht sprang an. Niemand hupte. Ehrenfeld halt.

Er holte sich Fladenbrot aus der hauseigenen Bäckerei und einen kleinen Vorspeisenteller. Der Dönerladen war neben der Eisdiele von Giuseppe einer der wenigen Läden, die nicht auf Marlons Liste standen. Albert hatte Marlon verboten, von *Alanya Firini* Schutzgeld zu verlangen. Als junger Mann war Albert, wenn ihn nachts nach der Disco der Hunger überkommen hatte, hierhergekommen. Damals hatte noch Hikmet hinter der Theke gestanden. Gefühlt hatte der Mann mit dem Schnäuzer und dem Bäuchlein sein ganzes Leben im Dönerladen verbracht.

»Ist der Papa in Köln?«, fragte Marlon den Mann hinter der Theke, der seinem Vater ähnelte wie ein Tropfen dem anderen.

»Ne, er ist in der Türkei. Aber er kommt bald wieder.«

Marlon setzte sich in den Wagen, dann stieg er noch einmal aus, holte sich am Kiosk ein *Nolte,* kreiste zweimal erfolglos um den Block auf der Suche nach einem regulären Parkplatz. Der Volksmund sagt: Der Ehrenfelder braucht keine Parkplätze, denn er sitzt Tag und Nacht im Auto, weil das Veedel so schön ist und er sich nicht sattsehen kann. Marlon fuhr den Gürtel entlang, an der neuen Helios-Schule vorbei, wendete, und es ging zurück zur Venloer Straße. Die *Bunt-Buchhandlung lag schon hinter ihm,* und dann hatte er eine Idee, er bog scharf links ab und fuhr im Bogen zum Parkplatz vom *Balloni* am Gürtel. Der war überdacht. Er ließ die Scheiben runter, riss sich Brot ab und tunkte es in eine der hellen Vorspeisen – sie war mit Spinat. So ging entspanntes

Leben, ohne Rita, ohne Albert, nur Smilla und Loreley fehlten ihm zum Glück. Sein Handy klingelte. Es war Albert, aber Marlon ging nicht ran. Er wollte abschalten, runterkommen, denn eigentlich war er noch gar nicht in Köln angekommen. Marlon atmete tief ein und aus – Leerlauf. Er dippte wieder ein Stück Brot in die Vorspeise. Herrlich! Dazu nahm er das *Nolte*. Eigentlich trank er außer Cocktails – und da speziell den *Green Mile* des Tischlers – keinen Alkohol mehr, aber das *Nolte Cristal* war was Neues, ein untergäriges Bier, anders als *Kölsch* und lecker. So fand er Brotstück für Brotstück und Schluck für Schluck seine innere Parkposition.

Schließlich legte er entspannt den Vorspeisenteller auf den Beifahrersitz, deckte ihn mit der Silberfolie ab und schob ihn waagerecht in die Plastiktüte.

Der Polizeireporter von *Radio Köln* spekulierte über den Mord in der Gottfried-Daniels-Straße und den Anschlag auf Markus. Kein Wort von organisierter Kriminalität, kein Wort von Karl Kühnert. Marlon checkte im Handy, was es sonst noch darüber gab. Die *Bild-Zeitung* spekulierte, dass es sich um Bandenkriminalität handeln könne, da Markus Kontakte zu Abdul Hafiz habe, einem Clanmitglied der Hamsas aus Bochum. Was für ein Blödsinn! Er schaute in den *Express*, der hielt sich mit Spekulationen zurück und lieber an die Fakten, wie es auch *Rundschau* und *Stadtanzeiger* taten. Alle waren auf der falschen Fährte. Sie hatten zwar über die Flucht Kühnerts berichtet, aber sie sahen keinerlei Zusammenhang zwischen dem Ausbruch und dem Mord.

Marlon ließ den Sitz ein wenig nach hinten gleiten. Waagerecht entspannen. Obwohl die Probleme überbordend waren, schlief er ein und hörte nichts mehr.

26

THREE AND A HALF MEN

In Morschenich wurde es Abend, und eine Gruppe junger Männer in Trainingsanzügen, die nach Karls Auffassung gut und gerne als Ureinwohner des Kongos durchgehen könnten, liefen durch die verödeten Straßen. Karl Kühnert hatte sich den Bart rasiert. Er sah zehn Jahre jünger aus und fühlte sich auch so in seinem Häuschen. Die Aknegräben, die er stets unter dem Bart versteckt hatte, waren fast zugewachsen. Die Zeit heilt, du musst den Hass immer wieder schüren. Das dachte Karl. Es war ein Abend zum Götterzeugen in dem Kaff, das nicht einmal mehr ein Kaff war, sondern nur ein Kadaver. Bald schon würde es sich der Bagger holen. Karl war gut gelaunt, obwohl der Anschlag auf Albert schiefgelaufen war, genauso wie der Anschlag auf Markus – zumindest Ceylan war tot. Er saß hinter den vergilbten Gardinen und überlegte mit der Pistole in der Hand, was zu tun sei. Ein Biss in den Pfefferbeißer und dann ins Brötchen.

»Scheiß Kanacken«, sagte er zu sich selbst. Und schrie: »Scheiß Kanaken!«

Damit meinte er die dreieinhalb jungen Männer – einer von ihnen mochte gerade mal 16 Jahre alt sein. Sie zogen in Trainingsanzügen direkt an seiner Nase vorbei und hatten eine handgroße Box dabei, aus der »Trommelmusik, dreckige Trommelmusik« klang. Es gibt verschiedene Formen von Rassismus, Karl Kühnert hatte sie alle drauf. Rassismus war seine Religion. Er hätte die Kerle vor seinem Haus am liebsten direkt abgeschossen. Was suchten sie hier? Das war nicht ihr Land, das war nicht ihre Heimat. Kamen sie, um sein Land zu besetzen? Sein Deutschland? Wie oft musste er noch die AfD wählen, bis endlich der Stall ausgemistet würde?

Der Trupp zog weiter. Kein Auto, nichts. Er hatte den Wagen in die Garage neben dem Haus gestellt. Einen besseren Unterschlupf für einen Flüchtigen als Morschenich gab es nicht. Kühnert schraubte den Schalldämpfer ab und wieder auf. Er würde Markus wieder besuchen.

Da erschien ein Gesicht direkt vor ihm am Fenster. Es war dunkel und machte rhythmische Bewegungen vor seiner Scheibe mit dem Kopf, vor und zurück, vor und zurück. Dann klopfte der Mann mit der Kappe und dem Trainingsanzug an die Scheibe. Ein zweiter erschien, genau wie der dritte und das Halbkind. »Three and a half men.« Sie hatten Kühnert offenkundig schon eben beim Vorübergehen gesehen und sich angeschlichen. Er zog die Gardine zur Seite. Das erste Gesicht sah auf die *PPK* mit dem Schalldämpfer, genau wie die übrigen. Karl legte die Pistole ab und zog das Fenster auf.

Was los sei?, wollte er wissen.

Three and a half men schwiegen. Ob sie Deutsch sprachen? Karl sah, dass ihre Blicke halb ihm und halb der Pistole galten.

»Was machst du hier?«, fragte der half man.

»Geht euch das was an?«

»Nein.«

Er konnte auf alle Fälle Deutsch. Und sagte seinen Namen: »Maurice.«

Kühnert war überrascht. Seine Muttersprache schien Französisch zu sein. »Und ihr? Könnt ihr nur gucken oder auch reden?«

Alle nickten. Was nun? Reden oder gucken? Kühnert war verwirrt.

Maurice sagte: »Sie sprechen ein bisschen.« Das Wort »Sprachkurs« fiel.

»Ist das dein Haus?«, fragte Maurice.

»Ist das deine Straße?«, konterte Karl. »Woher kommt ihr?«

Maurice zeigte zur Antwort die Straße entlang und fragte Karl: »Hast du Hunger?«

»Hab schon ...« Er schaute auf den Rest seines Pfefferbeißers.

»Das ist kein Essen, das ist ein Snack«, bemerkte einer der Männer. Offenkundig konnte er besser Deutsch, als Karl geglaubt hatte. Der Kerl hieß Ayo, was in Karls Ohren nicht Französisch klang. Der dritte hieß Tayo und Nummer vier Albert – halt nur französisch betont.

»Schöner Name«, meinte Karl und legte seine Hand auf die Pistole.

Da packte Tayo durchs Fenster Karls Arm. Der spürte den Griff seines Gegenübers, blickte in das bittere schmale Gesicht und verpasste ihm eine Ohrfeige, dass sein Kopf zur Seite schwang. Das hatte gesessen und tat garantiert weh.

»Stop!«, schrie Maurice. »Stop it! It's crazy!«

Vermutlich wusste Maurice selbst nicht, warum er jetzt Englisch sprach, aber er tat es, und es wirkte, denn Tayo ging zumindest nicht auf Karl los, sondern sagte nur: »It's okay.« Und noch einmal ruhig »Okay. Wir sind Frieden.« Dabei hielt er sich die Wange.

Das Wort Frieden war zwar ein Fremdwort für Karl, aber hier und jetzt wollte er keinen der Männer erschießen. Vermutlich lauerten überall Ohren und Menschen in dem Kaff. Vielleicht sogar die Leute der Black-Security. So nannte sich die Sicherheitsfirma, die für den Energieriesen das Gebiet überwachte.

Wichtig war, dass er nicht auffiel. Also nahm er die Hand von der Waffe und sagte: »Ich wollte sie nur zur Seite legen, mehr nicht. Ich bin auch friedlich.«

»Gut«, sagte Maurice und bekräftigte seine Einladung zum Essen. »Gleich am Ende der Straße. Wir warten auf dich.«

Karl fragte: »Wollt ihr Geld verdienen?« Er stellte die Frage nicht, weil er wirklich einen Job für sie gehabt hätte. Er wollte ihnen lediglich etwas in Aussicht stellen, damit sie nicht auf die Idee kämen, ihn zu verraten. Zu viel hatte er in den vergangenen Minuten falsch gemacht, hatte nicht seine Pistole verborgen und Tayo auch noch eine Ohrfeige gegeben. Three and a half men hatten also genug Grund, ihn zu verraten. Es wäre gefährlich, sie nun einfach so abziehen zu lassen. »Also, wie sieht es aus? Es geht um viel Geld. Wollt ihr das Geld?«

»Wie viel?«, wollte Tayo wissen.

»Für dich wird es sich lohnen.« Er streckte dem jungen Mann, der die schallende Ohrfeige scheinbar richtig gut weggesteckt hatte, die Hand entgegen. »Peace«, sagte Karl.

»Ja«, sagte Tayo.

Karl hielt dessen Hand weiter fest: »Ich will dir und deinen Leuten nicht nur ein bisschen Geld geben, sondern viel Geld, dauerhaft Geld.«

Sie nickten. Sie hatten angebissen. Tayo bekam seine Hand zurück.

»Ich kann leider gleich nicht zum Essen kommen. Aber morgen sehen wir uns gegen 10 Uhr wieder – genau hier. Dann erfahrt ihr mehr.«

Three and a half men sagten: »Um 10 Uhr ist Deutschkurs.«

»Dann müsst ihr halt mal schwänzen.«

Sie blieben stur.

Idioten, dachte Karl.

Sie einigten sich auf morgen, auf den frühen Nachmittag. Karl versprach, dass er was zum Trinken mitbringen würde.

Die vier gingen weg, die Lautsprecherbox in Maurice' Hand wurde eingeschaltet, und die Musik war noch genauso vom Rhythmus getragen wie zuvor. Dünn waren alle vier. Karl hatte Durst und nahm Sprudel. Tag für Tag liefen sie zum Deutschkurs, um Heimat zu finden. Er grinste. Was für eine Heimat sollte das hier sein? Die Trainingsanzüge waren *Adidas* und *Nike* und zu bunt. Vermutlich Altkleidersammlung.

Karl Kühnert legte die Pistole auf die Fensterbank und Three and a half men drehten sich noch einmal zu ihm um.

Maurice hob den Daumen, und Karl winkte.

27
BITTE KEIN TANZENDES PAAR AUF TORTE

»Hallo, wir schließen gleich.«

Es war ein *Balloni*-Mitarbeiter, der zu den Mülltonnen unterwegs gewesen war und Marlons Schnarchen gehört hatte. Marlon wischte sich den Schweiß von der Stirn. Neben ihm lag die weiße Tüte mit dem Rest Vorspeiseteller, auf der Fußmatte die Bierflasche. Daher kam der Geschmack im Mund. Langsam kehrte er zurück in die Welt.

»Okay, okay«, sagte er. »Kann ich noch etwas einkaufen?«

»Wenn Sie sich beeilen.«

»Können Sie meinen Müll mit wegschmeißen?«, fragte Marlon.

Der Angestellte fühlte sich überrumpelt, nahm aber den Plastikbeutel und die Bierflasche. Marlon schaute in den Schminkspiegel und wischte sich den Sabber aus dem Mundwinkel. Er musste an Loreley denken und Smilla. Sie wollte alles 100-prozentig richtig machen in der Erziehung, ihm würden 80 Prozent reichen. Marlon sah sich selbst in die Augen. Blau. Keine Ringe. Er wollte zu Smilla und zu Loreley, aber nur mit Geschenk. Er wollte was Liebes tun. Auf seinem Handy hatte er zig Nachrichten. Ein Türsteher aus der Innenstadt, der für ihn am *Flamingo* arbeitete, wollte sich mit ihm treffen.

Er sagte ins Handy: »Nächste Woche. Bin zurzeit beschäftigt.«

Marlon stieg aus. *Balloni* ist ein Laden für Träume jeder Art. Ausgefallene Vasen, ausgefallene Postkarten, ausgefallenes Spielzeug, ausgefallenes Briefpapier, alles in höchster Qualität und nichts preiswert. Und vor allem gab es im *Balloni* Luftballons. Marlon durchstreifte den Laden wie der Tiger seinen Dschungel, aber nichts schmeckte ihm. Dann fiel sein Blick auf die Karten an der Tür: Hochzeitskarten. Braut und Bräutigam auf Moped, er vorne, sie hinten. Die waren zu klassisch für Smilla. Bräutigam trägt Braut im Sauseschritt, zu sehr Klischee für Smilla. Ein tanzendes Paar auf einer Torte, langweilig; zwei goldene Herzen, unglaublich langweilig. Es brauchte etwas Besonderes. Er googelte: Zeichner mieten. Eine Zeichnerin warb mit sehr schlichten Zeichnungen, nur aus wenigen Strichen, kein Schnickschnack, kühl und trotzdem pfiffig. Er klickte sie an, meldete sich an, und nach wenigen Minuten sprach er, noch im *Balloni* vor den Karten stehend, mit der Illustratorin Jennifer. Eine Vespa sollte es sein, Smilla im Brautkleid vorne, blondes Haar, er im Anzug hinten, blondes Haar, und zwischen ihnen Loreley mit Nuckel, auf dem »Vespa« steht, genau wie auf dem Schutzschild des Motorrads. Ach ja, und wohin rauschen die drei? Zum Kölner Dom.

Zwei Wochen habe sie Zeit, sagt er.

Eine Skizze habe sie schon nebenher jetzt gerade beim Gespräch angefertigt, sagt sie.

Ja, sie könne ihm diese Skizze schicken – und kaum dass Marlon die Luftballons in den TT gequetscht hatte, war auch schon der Entwurf auf seinem Handy.

»That's it!«, schrieb er zurück.

»Guter Kunde, gute Zeichnung. Lassen Sie mir bitte trotzdem zwei Wochen, damit ich alles fertigmachen kann. Das ist nur ein Entwurf.«

»Ein Weitwurf«, spaßte Marlon. Er drückte den Anlasser.

An der Schranke merkte er, dass er vergessen hatte, die Parkkarte abzustempeln.

28
VON TASCHENTÜCHERN UND WANZEN

Markus wurde auf die Innere verlegt. Das hatte er nicht nur der massiven Genossenschaftstür zu verdanken, sondern die Ärzte brauchten das Intensivbett für einen Patienten, der mit einem schweren Schädel-Hirn-Trauma eingeliefert worden war. Caroline beschwerte sich zwar, aber die leitende Ärztin beruhigte sie: »Ihr Freund wird gut versorgt. Machen Sie sich keine Sorgen.«

»Ist er stabil?«

»Sonst würden wir ihn nicht verlegen.«

Die Lebensgeister waren tatsächlich schon mit Sack und Pack in Markus zurückgekehrt. Alle Verbände saßen fest wie getaped. Ein Stockwerk tiefer konnte er zwar nicht mehr die Domspitzen sehen, dafür hatte er ein Einzelzimmer. Keine halbe Stunde später protzte er vor Caroline, dass er fit wie *Tour de France*-Sieger Jonas Vingegaard sei: »Ich weiß nicht, warum ich hier noch länger liegen soll? Ich muss raus aufs Rad.«

»Du bist bekloppt«, sagte Caroline. »Bleib noch ein bisschen. Denk an die Krankenhaustagegeldversicherung.« Caroline war praktisch veranlagt, und sie fand es praktisch, dass ihr Markus mit Nichtstun Geld verdiente und sie ihn ganz für sich allein hatte.

»Übrigens …« Von einer auf die andere Sekunde klang er nicht mehr so positiv. »Ich glaube, jemand hat mir das Trikot von Marcel Wüst geklaut – und es gegen ein Imitat ausgetauscht.«

»Ne«, sagte Caroline erstaunt. »Das kann doch nicht sein. Wer tut denn so was – und klaut ein Trikot?«

»Weiß nicht. Ich hatte keine Zeit, es zu prüfen. Das Arschloch von Kühnert hat ja gleich durch die Tür geballert. Vielleicht hab ich mich getäuscht. Aber falls das Trikot weg ist, ist auch mein Glück weg.«

»So ein Blödsinn«, sagte sie. »Seit wann ...«

Es klopfte an der Tür.

Während Marlon noch bei *Balloni* auf dem Parkplatz im Wagen schlief, trat Oberkommissar Markus Brandt in Markus' Zimmer. Caroline hatte schon von ihm gehört, ihn aber noch nie gesehen. Sie hatte ihn sich noch dünner vorgestellt, wie einen Marabu oder so – nur halt drahtig.

Brandts Händedruck war fest.

»Soll ich lieber rausgehen?«, fragte Caroline.

»Nein, nein. Ich habe nur ein paar kurze Fragen.«

Brandt war nicht gut drauf. Die Befragung Davids war schlecht gelaufen. Er hatte alles geleugnet. Brandt hatte nicht mehr gegen ihn in der Hand als Davids Namen, der in den Unterlagen eines Mittelmannes einer dubiosen Firma auftauchte, die womöglich mit Waffenschmuggel in Verbindung stand. Brandt hatte gehofft, dass David sich verplapperte. Doch das war nicht geschehen.

Jetzt stand er vor Markus' Bett: »Haben Sie einen Verdacht, wer der Attentäter gewesen sein könnte?«

»Wie soll ich dat wissen? Ich hab' nix gesehen und hab mit ihr telefoniert.« Dabei schaute er zu Caroline, die nickte. Markus spielte den einfachen Kölschen. »Der Einzige, der hinter der Sache stecken könnte, ist ...«

»Kühnert«, ergänzte Brandt.

»Wie gesagt: Ich kann nicht durch Türen sehen, aber ich kann denken. Und Sie können hören. Sie waren vor einem Jahr bei der Gerichtsverhandlung von Kühnert mit dabei. Er fühlte sich als Bauernopfer.«

»Was er nicht wahr«, sagte Brandt ironisch.

»Eben. Vor Gericht sagen die Leute nur die Wahrheit, nichts als die Wahrheit. Is ja klar.« Dann winkte Markus den Kommissar näher zu sich heran. »Wenn Sie was über Kühnert wissen, sagen Sie es mir. Wir werden ihn finden und bringen Ihnen diesen Verbrecher bis zur Zelle.«

In nur zwei Sätzen hatte Markus die Offensive übernommen. Fast schien es, als verhöre er nun Brandt und nicht umgekehrt, als sei er das Gesetz und der Kommissar nur der Informant.

Brandt machte einen Schritt zurück und fragte: »Wissen Sie zufällig etwas über den Verbleib von Ceylan Yanar?«

»Was ist mit ihm? Ist der nicht in seinem Bungalow?«

»Nein. Aber wir haben DNA von Kühnert im Bungalow gefunden, Yanar selbst ist wie vom Erdboden verschluckt.«

»Das ist schön gesagt. Irgendwann werden wir alle vom Erdboden verschluckt.«

Während Markus das sagte, saß Albert in seinem Arbeitszimmer und hatte auf seinem Rechner gestochen scharfe Fotos von Karl Kühnert, wie er auf Ceylans Dach gerobbt war und wie er den Wagen gestohlen hatte. Er konnte es nicht glauben, wie genau Hage arbeitete und murmelte: »Der Hage ist wie 'ne Breitling. Da passt ein Rädchen ins andere.«

Die Stationsschwester kam und sagte, dass die Besuchszeit vorbei sei.

Caroline verließ das Zimmer, aber Brandt wollte noch kurz bleiben. Er drückte die Tür hinter ihr ins Schloss, nahm sich den Stuhl von der Sitzgruppe aus der Ecke des Zimmers, setzte sich direkt vor Markus' Bett und wechselte ins Du: »Dir ist klar, dass wir früher oder später Karl Kühnert fassen werden. Dann spätestens wird er Namen nennen. Und deiner wird dazugehören.« Brandt machte eine Pause. »Hier und jetzt gebe ich dir die Chance. Wenn du mir Namen lieferst, lass ich dich vom Haken. Ich weiß von euren Waffengeschäften.«

Markus wunderte sich: Was für Waffengeschäfte?

Brandt fuhr fort: »Ich weiß, dass die Nagels darin verwickelt sind.«

»Marlon auch?«

Brandt war erstaunt. Die Gegenfrage von Markus kam so schnell, dass sie kaum gespielt sein konnte. »Auf alle Fälle steckt David Nagel mit drin. Und Marlon Wagner sicherlich auch.« Er wollte auf keinen Fall Marlon verschonen. Nur, weil er ihn attraktiv fand, durfte er ihm keinen Bonus geben.

Markus nahm Brandts Aufregung wahr, seine leicht hellere Stimme, das Anheben des Kinns. Der Kommissar meinte es ernst.

Markus sagte: »Marlon und Waffen, das kann ich mir nicht vorstellen. Waffenhandel ist wie Serienmord. Das sind ganz üble Gestalten, die sowas durchziehen. Die sitzen bei Rheinmetall und ThyssenKrupp in der Chefetage.«

Brandt lachte, Zähne, Zahnfleisch, alles gepflegt. »Es gibt vieles zwischen Himmel und Erde, das wir uns nicht vorstellen können.«

»Sie garantieren mir Straffreiheit?«

»Soweit ich kann. Und ich kann viel. Es dürfte sich bis zu dir herumgesprochen haben, dass ich direkt mit dem BKA arbeite.«

»Können Caroline und ich ganz aussteigen? Ich meine …«

»Wir sind hier nicht in Texas mit Zeugenschutzprogramm und neuer Identität in Arizona oder Missouri. Da musst du ins Kino gehen. Wenn du uns hilfst, wanderst du garantiert nicht für lange Zeit ins Gefängnis. So weit reicht mein Arm.«

»Und im Gefängnis machen sie mich dann kalt.«

»Ich hab schon gesagt, wir sind hier nicht in Texas. Hier wird keiner im Gefängnis getötet. Oder hast du schon mal davon gehört?«

»In den nächsten Tagen geht was über die Bühne.«

Na endlich, dachte Brandt. Jetzt kam dieser Ganove mit der Wahrheit heraus. »Das bräuchte ich schon genauer.«

Genauer hatte Markus nicht im Köcher, schließlich war es gelogen. Er log sich ein Stück weiter voran und traf durch Zufall ins Schwarze bei Brandt, als er sagte: »Sie werden am Eifeltor Granatwerfer und Maschinengewehre verladen. Container wechseln den Besitzer. Radlager gegen Waffen. Vom Gewicht her tut sich da nicht viel. Ist ein Hütchenspiel. Aber ich bin in der Sache nicht drin. Ich muss mich erstmal umhören.«

»Ich brauche die Uhrzeit, Ort und Namen.«

»Mein Name darf nirgends fallen«, vergewisserte sich Markus. »Unsere Leute haben Augen und Ohren bei ihren Leuten.«

Brandt nickte. »Manch ein Polizist hat ein zu gutes Gemüth. Du hältst mich auf dem Laufenden und dafür hast du mein Wort, dass ich meine Hand über dich halte … Kann ich das hier liegen lassen?« Der Kommissar zog aus seiner Jackentasche ein Paket *Tempo* und platzierte es auf dem Nachttisch.

Markus schaute verwundert: »Was ist damit?«

»Tempos. Das siehst du doch. Lass sie einfach da liegen.«

»Äh.«

»Hast du damit ein Problem?«

»Nein, aber …«

»Solange du mir gegenüber ehrlich bist, wird dir nichts passieren.« Daraufhin verließ Brandt das Zimmer. Und Markus war sich sicher, dass im Paket eine Wanze sein musste.

29

MARKUS IM VISIER UND DER ZIPFEL
DER MACHT IN OMAS HAND

Caroline wohnte direkt gegenüber des Westfriedhofs. Auf diesem Friedhof lagen die Normalos, nicht die Reichen und Prominenten wie etwa auf Melaten. Nein, auf dem Westfriedhof hatten die Namenlosen ihre Heimat, und direkt gegenüber der Namenlosen wohnte Caroline. Das Horrortelefonat, bei dem sie hatte mit anhören müssen, wie ihr Freund angeschossen worden war, ging ihr nicht mehr aus dem Kopf. Und das ganze Gerede von Markus' Glücksbringer machte sie völlig fertig.

Sie schaute auf das rot gepunktete Trikot, das sie teuer hatte rahmen lassen. Ob sie schuld daran war, dass ihr Freund angeschossen worden war? Es war eine dumme Idee gewesen, es auszutauschen. Dabei hatte sie ihm nur eine Freude zum Geburtstag machen wollen. Schließlich wusste sie, wie sehr er daran hing. Der Rahmen aus gebürstetem Aluminium und das gute Glas hatten sie über 400 Euro gekostet. Edel sah der Rahmen mit dem Trikot jetzt aus, wie er so auf ihrer Eckbank stand. Markus hätte sich garantiert ein Loch in den Bauch gefreut, hätte ihm dieser Irre nicht fünf in den Körper geschossen.

Markus schrieb, dass er sie vermisse. Sie entgegnete ihm das gleiche, nahm sich eine Tasse Kaffee und setzte sich gegenüber vom Rahmen auf den Stuhl. Maaaarceeeel Wüüüüst. Am Ende seiner Unterschrift war da ein großer Schlenker wie ein S. Sie hatte diesen Schlenker 100-mal geübt, ehe sie damit das falsche Trikot signiert hatte. In der nächsten Sprachnachricht mokierte er sich darüber, dass es keine vernünftige Nachtschwester gebe, machte einen Punkt und ein Zwinkersmiley.

Chauvi, schrieb sie zurück, Daumen nach unten und Kuss.

Sie nahm Markus' Getue nicht ernst, schließlich kannte sie jede seiner Schwächen, von denen er mehr hatte als ein Dalmatiner Punkte. Wieder ein Kuss mit Herzchen und noch ein paar Herzchen. Dann hatte sie eine Idee – eine grandiose Idee: Sie ließ die halb volle Tasse stehen, nahm den Rahmen mit dem Trikot und packte ihn in eine Decke. Das Ganze wickelte sie wieder in Packpapier und das wiederum in knallrotes Geschenkpapier. Ganz schön schwer war nun das Paket, mit dem sie in ihren kleinen Subaru stieg und sich auf den Weg zum Sankt Franziskus-Hospital machte. Auf dem Handy tippte sie: »Schlaf, Schatz. Du brauchst Ruhe und Kraft!«

Ein Küsschen, Küsschen und noch ein Küsschen kehrten prompt zurück. Markus war digitaler Romantiker. Und hoffentlich hatte er auch Verständnis dafür, dass sie ihm das Trikot hatte klauen müssen, um es mit dem Rahmen zu verschönern. Ein wenig Bauchweh machte ihr die Aktion schon. Doch irgendwann müsste sie es ihm ohnehin zurückgeben.

Zehn Minuten später bog sie ins Krankenhausparkhaus ein.

Etwas früher war schon Karl Kühnert aus Morschenich losgefahren. Kein Paket unterm Arm, sondern seine Pistole im Gepäck. In einer Stadt wie Köln geschehen viele Dinge gleichzeitig, viele Geschichten passieren nur wenige Meter voneinander entfernt, und manchmal gehören sie zusammen. Dazu gehörte auch, dass Rita und Hannes heute Abend auf Loreley aufpassten, damit Marlon und Smilla im *Das Veedel* ungestört essen konnten. Zuerst hatte Marlon gar nicht ausgehen wollen, eigentlich hatte er nur seine Ruhe gewollt, er wollte entspannen und schlafen. Aber Rita hatte darauf bestanden, ihm und Smilla eine Freude zu machen. So saßen Oma und Opa im Wohnzimmer und schauten im Fernsehen *Ein Herz und eine Seele*. Sie hatten die Serie schon so oft geschaut, dass sie die Dialoge herunterbeten konnten. Fünf bunte Luftballons schwebten derweil erwartungsvoll an der Decke. An einem hing der Entwurf für die künftige Einladungskarte zur Hochzeit. Marlons Idee war eingeschlagen wie eine Bombe. Er hatte Smilla die Karte ausgedruckt, sie hatte diese wieder fotografiert und Rita per SMS geschickt, die daraufhin die Idee gehabt hatte, den Liebenden einen freien Abend und ein Abendessen zu schenken. So saßen sie also da, und Loreley lag in ihrem Bettchen im Kinderzimmer. Das Babyfon war on, aber Loreley off – sie schlief.

»Das wird nicht leicht mit dem Hochaltar«, sagte Rita.

»Das mit dem Präputium ist eine Schnapsidee von dir«, erwiderte Hannes.

»Der Dähmel is nit dämlich, der Dähmel hat längst angebissen.«

»Und? Wo is dann dat Problem?«

»Er will doch dat Präputium dafür haben. Mensch, Hannes, wozu häss du dinge Kopp. Zum Vergessen oder wat? Wir haben den Brief geschrieben. Erinnerst du dich?«

»Ja, und?«

»Und jetzt liegt die Vorhaut im Safe vom Marlon.«

»Wo?« Hannes schwante Böses. Rita hatte diesen Blick, der sagte: Ich-will-dat-unbedingt-haben-egal-wat-et-koss. Er versuchte, sie sofort umzulenken. »Ich weiß, woran du denkst, aber wir sind heute hierhergekommen, um auf unser Enkelchen aufzupassen.«

»Genau das tun wir auch.« Sie sagte es und erhob sich, während Ekel Alfred im Fernsehen seine Frau zusammenfaltete und er sich am Tisch dreist die Fußnägel knipste. Das waren noch Männer gewesen, echte Kerle. Hannes hingegen fühlte sich wie ein Waschlappen. Er sah, wie sie den Raum verließ. Er folgte ihr nicht. Warum? Er hatte einen eigenen Willen. Für eine Sekunde dachte er wirklich, er könne seinem Schicksal entkommen. Und für zwei Sekunden glaubte er an seinen eigenen Willen.

Die Tür öffnete sich erneut, und Rita sagte: »Ich brauche dich. Ich hatte gedacht, ich hätte die Kombination, aber sie war falsch.«

»Du kannst die Vorhaut nicht einfach klauen, Rita. Dat merkt der Marlon doch.«

»Na und? Wenn dat mit der Hochzeit im Dom klar is, verzeiht der mir alles.«

»Das glaube ich nicht.«

»Ich aber für dich mit.« Rita war selbst klar, dass die Sache mit dem Verzeihen Blödsinn war, aber sie hatte noch keine Lösung für das Problem. Daher trieb sie die Geschichte erst einmal voran. Manchmal musst du das Ende nicht kennen, es wird zu dir kommen. Schon oft hatte sie sich als junge Frau unerreichbare Ziele gesteckt – und wie war es stets gekommen? Anders! Einfach anders! Doch zum Schluss war es immer gut gegangen.

»Mach dir keine Sorgen«, sagte sie zu Hannes. »Sach mir lieber die Kombination für dat Schloss.«

»Ich hab nix dabei, um dat Ding zu knacken. Noch nicht mal abhören kann ich es.«

Rita zog das Stethoskop hinter ihrem Rücken hervor. Sie hatte es in der Handtasche mitgenommen – für alle Fälle.

»Ach näh«, stöhnte Hannes. »Ich habe dat schon so lange nicht mehr gemacht. Ich hör doch kaum noch wat. Dat ist ein neues Klümpchen.«

Rita blieb hart. »Früher hass du sogar ohne Stethoskop gearbeitet.«

Das wusste Hannes selbst. Früher hatte er aber auch sämtliche Tresorvarianten gekannt.

Rita ließ nicht locker, und so hielt er sein Stethoskop oberhalb des Zahlenrades und versuchte, die letzte Zahl der Kombination herauszuhören, schließlich würde er das Tor dafür zuerst hören. Stift und Blatt hatte sie ihm auch schon besorgt. Beides lag auf dem Tisch der Kindersitzgruppe, und Loreley schlief. »Könnte zwischen 18 und 20 sein«, sagte er. »Könnte. Außer es ist ein gefälschtes Tor.«

»Quatsch nicht.«

Die linke Hand am Hebel, den er immer wieder ein Stück nach rechts legte, mit der anderen drehte er das Rädchen, und mit der dritten Hand hielt er das Stethoskop gegen die Panzertür. »Dat is schwer. Dat Klümpche hat schon ein paar tausend Euro gekostet.«

»Beeil dich«, sagte Rita. »Ewig brauchen die auch nicht fürs Essen. Du weiß doch, wie dünn dat Smilla is'.«

Doch so schnell war ihr Mann nicht mehr, zu viele neue Fabrikate waren auf dem Markt, und dieses kannte er noch nicht. Während Hannes also an dem Zahlenrad drehte, schob sich die Glastür im Sankt Franziskus-Hospital vor Karl zur Seite. Es gab keinen Detektor an der Tür, sonst wäre er mit seiner Waffe hinten im Hosenbund aufgefallen. So aber ging er zielstrebig am Empfang vorbei, wo die beiden Empfangsdamen miteinander redeten und nicht fragten, wohin denn der Besucher wolle.

Er drückte auf den Aufzug. So weit so einfach. Dann kam eine Ärztin und fragte, ob er von der Klinik sei.

Karl sah nicht aus wie ein Arzt.

»Die Besuchszeiten sind längst vorbei«, sagte die Ärztin.

»Wirklich?«, fragte Karl.

»Wollen Sie noch jemanden …?«

Der Aufzug hinter der Ärztin machte Pling, die Tür öffnete sich, geistesgegenwärtig legte Karl der Frau seine Hand auf den Mund, schob sie in den Aufzug und drückte sie gegen die Wand. Alles war eine Bewegung. Wenn Karl tätig wurde, wurde er fließend. Drückte das Stockwerk mit der anderen Hand. Zuerst sah er sein Gesicht im Spiegel des Aufzugs. Glatt rasiert war er. Sie war jung und schlank, rothaarig, und so geschockt, dass sie sich nicht regte. Das empfand er, ein gutes junges Gefühl, erste Liebe, Kuss auf einer Wiese. Sie war schön, aber es war der falsche Zeitpunkt für eine Liebe. Er presste seinen Körper gegen ihren und sprach ihr ins Ohr: »Halt die Fresse, du Fotze.«

Das gefiel ihr, ganz sicher. Der Nervenkitzel muss ein wenig übers Ziel hinausschießen. Es reicht nicht, wenn der Verbrecher die Steuer hinterzieht in einem Thriller, er muss jemanden aufschlitzen. Sein Gesicht überzog ein Schmunzeln. Sein Spiegelbild hob die Mundwinkel. Lächeln geht so, dachte er, während sie wie eine Puppe in seinem Arm lag.

»Halt die Fresse!«

Der Aufzug schloss sich wie eine Zelle.

Sie bekam keine Luft. Seine Hand reichte ihr über Mund und Nase. Er küsste sie aufs Haar. Es roch nach … keine Ahnung … ihr Adrenalin verteilte sich im Käfig. Sie wollte atmen. Das spürte er und drückte fester zu. Die Ärztin begann unter seiner Hand zu schreien, versuchte, ihr Knie hochzuziehen, er stand zu dicht an ihr, da war kein Spielraum, ihr Körper zu dicht an seinem. Sie fühlte ihn. Stark und sehnig war er, austrainiert. Er spürte ihre Lippen, ihren Speichel warm in seinem Handteller. Fester lehnte er sich gegen sie – dann sank sie zu Boden. 55 Kilo, mehr wog sie garantiert nicht, obwohl sie ihm bis ans Kinn reichte, wenn sie stand, doch sie lag, als der Aufzug hielt. Vermutlich hatte sie gerade ausgeatmet, als er ihr die Hand aufgelegt hatte. Ohnmacht ist ein gutes Gefühl, dachte er, Ohnmacht macht dich leicht.

Du kämpfst nicht mehr. Nicht einmal die Schwerkraft, du liegst einfach da.

Die Aufzugtüren öffneten sich. Er schaute in den Flur hinaus, auch dort war kein Mensch. Ruhe herrschte auf Station. Abendruhe. Die letzte Inspektion durch die Schwester längst vorbei. Wer jetzt etwas brauchte, der klingelte stumm. Rote Lampen über den Türen. Die Fahrstuhltür schloss sich wieder, er drückte auf den Halteknopf.

Die Ärztin hatte noch Puls, sie lebte. Warum regte sie sich nicht?

»Du Miststück atmest. Du willst mich wohl verarschen?«

Er war davon überzeugt, sie wolle ihn in Sicherheit wiegen und nach Hilfe rufen, sobald er außer Sichtweite wäre. Er drehte sie zur Seite und zog an ihrem Ärmel, drehte sie zur anderen Seite und zog ihren Kittel ganz unter ihr hervor. Er wollte ihn anziehen. Aber er kam nicht einmal in den ersten Ärmel. Manchmal war sich Karl dessen bewusst, dass das Adrenalin ihm den Verstand raubte, jetzt war sein Kopf leer gespült, kein Gedanke war mehr klar, nur seine Sinne geschärft. Er kniete sich hin, hielt ihr mit der Linken die Nase zu und drückte mit der Rechten auf ihren Mund. Sie zuckte. Vorbei. Sie hätte ihn nicht belügen sollen.

Während all das geschah, konnte Markus in seinem Bett nicht einschlafen. Immer noch grübelte er über die Taschentücher nach, die dort lagen. Er hatte die Nachttischlampe so darauf gerichtet, als wolle er die Packung verhören. Womöglich war ein Mikrofon darin. Oder war so etwas nicht erlaubt? Durfte Brandt das überhaupt? In Filmen mussten Kommissare Tausende Formulare ausfüllen und mit der Staatsanwaltschaft diskutieren, um auch nur eine Kamera irgendwo installieren zu können. »Tempo« stand weiß auf dem blauen Paket. Er griff danach und hob es an. Es war leicht, zehn Stück, vierlagig. Alles normal und verschlossen – als sei es noch nie geöffnet worden. Aber das wollte nichts heißen. Die Polizei hatte sicherlich ihre Mittel und Wege, um eine Wanze in ein solches Paket zu schleusen. Er überlegte, die Packung in die Schublade zu legen, doch falls eine winzige Kamera darin verborgen wäre, dann würde Brandt sofort wissen, was er damit getan hatte. Er würde ohnehin schon jetzt sehen, was er gerade tat. Auf keinen Fall könnte er Albert oder Marlon anrufen. Brandt würde garantiert mithören. Der Arm und der Leib schmerzten Markus kaum noch, aber er spürte, wie ihn Paranoia überkam.

Caroline war unten eingetroffen. Sie ging ums Eck und zur Krankenwageneinfahrt. Kein Krankenwagen da, keine Schwestern, keine Pfleger. Sie schlich sich wie eine Diebin durch die Tür und hinein in die Unfallstation, den Gang entlang, zum Aufzug und drückte die Station. So weit war sie also schon mal. Im Aufzug setzte sie das Paket ab. Es war einfach zu schwer, ihre Arme kamen ihr ohne das Gewicht plötzlich sehr leicht vor. Sie betrachtete sich im Spiegel, rückte die Haare zurecht und machte sie zum Dutt. Das mochte Markus. Falls sie ein Arzt oder Pfleger auf dem Flur erwischen würde, würde sie sicherlich aus dem Krankenhaus komplimentiert. Es würde ein wenig Ärger geben, nicht mehr. Trotzdem schlug ihr Herz kräftiger, als der Fahrstuhl mit einem Ruck hielt.

30

DER SESAM GEHT NICHT MEHR ZU

Nur 200 Meter entfernt lag Loreley im Tiefschlaf in ihrer Wiege, während Hannes den Tresor in der Dunkelheit öffnete. Alles lief stummfilmleise ab. Nur keinen Mucks machen, sonst würde die Babysirene hochgehen. Bald schon hatte er die Kombination mit seinem Restgehör und dem Stethoskop nahezu lautlos geknackt. »Mein Hannes«, flüsterte Rita und lobte ihn mit einem leichten Puffer gegen die Schulter. »Du hast es drauf. Du kommst noch spielend durch den Liebhaber-TÜV. Und Pleite können wir nie gehen, egal ob sie uns die Rente nehmen oder nicht.«

Hannes fühlte sich frisch wie eine Sommerbrise. Rita leuchtete mit dem Licht ihres Handys in den Tresor. Da lag es: das Holzkreuz. Er holte es heraus und hielt es Rita vor wie Van Helsing das Christensymbol dem Vampir. Sie sagte nüchtern: »Nun mach et schon op.«

Er legte es auf den Kindertisch und war enttäuscht. In der Kiste lag nur ein winziges dunkelbraunes Etwas, das Gold wert sein sollte. Rita jedoch schaute verzückt wie ein glücklicher Engel, der endlich seine Wolke hat. »Gut. Dat is et. Jetzt können wir die Hochzeitsglocken läuten lassen.«

»Ich kriech den Sesam nicht mehr zu«, sagte Hannes.

»Wat?«

Hannes konnte die stählerne Tresortür nicht schließen. »Der Bolzen, er geht nicht mehr zurück. Guck.«

»Und jetzt?«

»Ich könnte es mit einem Hammer versuchen.«

»Super Idee. Am besten Presslufthammer. Das wird Loreley freuen.«

Er fand die Hammeridee ohnehin aussichtslos, denn: »Es muss im Hebelschloss klemmen. Ich kann auch den Hebel nicht mehr zurückdrücken. Da regt sich nichts.«

Ritas Blick schweifte zu Loreley. Sie schien im Traum an einer Brust oder einem imaginären Nuckel zu saugen.

»Und jetzt?«, fragte Rita erneut.

»Ich weiß nicht, Liebes. Da braucht es keinen Handwerker, da braucht es Magie.«

Rita deutete ihrem Mann an, er solle sich setzen. So hockte Opa im nächsten Moment schon auf dem Stühlchen in Loreleys Sitzgruppe, und Rita machte in der Küche heißes Wasser für die Magie.

31
SPERRCODE 4711

Pling! Die Aufzugtüren öffneten sich im Franziskushospital auf der Inneren. Caroline sah auf ein Bild mit einem Baum und einer Kuh hinter Glas. Sie war auf Station. In der Mitte des Flurs lag Markus' Zimmer. Vorsichtig schaute sie aus dem Aufzug heraus. Von der anderen Seite des Flurs kam ein Mann über den Gang, der sie sah, aber nicht reagierte. Hager war er, und ein breites Kreuz hatte er. Er wirkte nicht wie ein Pfleger, eher wie ein Arzt ohne Kittel. Vermutlich nahmen die Ärzte es in der Nachtschicht nicht so genau mit der Kleiderordnung. Sein Gesicht war schlank wie ein Totenkopf.

Caroline überlegte. Sollte sie ihm entgegengehen? Und ihm von ihrem anstehenden Überraschungsbesuch bei Markus erzählen? Nein. Stattdessen lehnte sie das rote Paket an die Wand, bückte sich und schnürte sich die Turnschuhe. Der Mann bog in Markus' Zimmer ein.

Sie schrieb Markus eine Nachricht: »Hi, wie geht's?«

In der nächsten Sekunde ärgerte sie sich über ihre Botschaft. Wie sollte er ihr antworten, wenn der Arzt bei ihm war? Sie ging zu Markus' Tür, überlegte, ob sie anklopfen sollte, aber sie ging weiter. Wartete. Vielleicht ging es Markus nicht gut, vielleicht musste er mit dem Arzt reden? Sie stand vor dem Stationszimmer mit der riesigen Scheibe und der Glastür. Normalerweise war es hell erleuchtet wie ein Aquarium, jetzt war es dunkel. Da sah sie durch die Scheibe die Schemen einer Gestalt, die am Schreibtisch auf dem Boden lag. Gleichzeitig hörte sie, wie sich die Tür zu Markus' Zimmer öffnete. Geistesgegenwärtig huschte Caroline samt Paket durch die angelehnte Tür des Stationszimmers und duckte sich neben den reglosen Körper. Er gehörte zu einer Krankenschwester. Auf dem Kittelschildchen stand »Josi«. Nein, tot war sie nicht. Caroline konnte Josis Brustkorb sehen, wie er sich in der Dunkelheit hob und senkte. Sie hatte Angst. Ob da draußen Kühnert war? Auf dem Fahndungsfoto hatte er einen Vollbart gehabt. Der Mann da draußen war rasiert gewesen. Aber was bewies das schon? Ihr wurde übel. Sie lugte über den Schreibtisch. Niemand zu sehen.

Das Paket ließ sie liegen und schlich sich auf den Flur. Vorsichtig drückte Caroline die Klinke zu Markus' Zimmer hinunter. Ein gedimmtes Licht brannte über der Sitzgruppe. Markus lag im Bett. Er starrte sie nur an, wortlos.

»Markus? Was ist?«

Da packte sie von hinten eine Hand, und die Mündung des Schalldämpfers drückte gegen ihre Schläfe. Eine raue Stimme sagte: »Ganz still sind wir.« Und presste sie gegen das Bett. »Setz dich.«

Karl Kühnert überlegte, was er mit den beiden machen sollte. Erschießen? Sicherlich hätte er genau das getan, hätte ihm Markus nicht gerade eben von der Vorhaut berichtet. Die sei eine wertvolle Reliquie, unvorstellbar wertvoll.

»Und wer hat dieses Goldstück?«

Markus schwieg.

Kühnert schlug ihm auf den Beinverband.

Markus wollte schreien, aber er biss die Zähne zusammen.

»Am Ende redest du doch«, sagte Kühnert, er drückte mit der flachen Hand fest auf Markus' Verband.

»Ist ja schon gut … Albert oder Marlon hat das Teil.«

»Verarsch mich nicht.«

»Ich weiß es nicht, aber ich kenne den Reliquienhändler, der ihnen das Teil abkaufen will.«

Kühnert nahm sich einen Stuhl aus der Sitzgruppe, platzierte sich vor die beiden, hob locker die Pistole an und zählte die beiden ab: »Ene ... meine .... muh ... und raus bist du.« Die Mündung der PPK verharrte vor Carolines Gesicht.

Die sagte mit zittriger Stimme. »Bitte nicht. Ich ...«

Kühnert redete weiter: »Raus ... bist ... du ... noch ... lan ... ge ... nicht ... sag ... mir ... erst ... wie ... alt ... du ... bist. Wie alt bist du?«

»Zweiunddreißig«, sagte Caroline.

Er schwenkte mit der Pistole hin und her und zog dann die Zahl zwei ... und ... drei ... s ... sig so, dass die Mündung wieder vor ihrem Gesicht landete und meinte: »Raus bist du.« Er drückte das kalte Eisen gegen ihre Stirn und drückte sofort ab. Es machte klack, aber kein Schuss fiel.

Caroline kippte einfach zur Seite. Der Schock war zu mächtig gewesen. Sie rutschte vom Bett runter wie ein Sack Kartoffeln.

Kühnert sagte: »Ich komme zurück, Markus. Das kannst du mir glauben. Du hast genau zwei Tage, um mir dieses Jesusding zu besorgen. Ist das klar?«

Markus nickte ein »Ja«.

»Und dein Handy nehme ich noch mit.«

Markus reagierte nicht, Das Adrenalin lähmte ihn.

»Dein Handy!«, schrie Kühnert und schlug ihm mit der Waffe gegen den Kopf.

Markus spürte nicht, wie ihm das Blut die Schädeldecke hinunterlief. Es war alles wie in einem bösen Traum. Kleinlaut sagte er: »Schublade.«

Kühnert zog die Lade auf und nahm das *iPhone* heraus.

»Der Sperrcode?« Wieder keine Reaktion von Markus, und wieder schrie Kühnert: »Der Sperrcode, du Arschloch!«

»471111.«

Karl Kühnert konnte es nicht glauben. Er testete die Kombination und nickte zufrieden. »Und das *Siemens*?« Er musste gar nicht mehr mit der Pistole drohen, sondern Markus schaute sofort nach rechts, wo ein Brustbeutel über der Stuhllehne hing.

»Sperrcode?«

»4711.«

Kühnert schüttelte ob all der Unvorsichtigkeit bei der Wahl der Geheimzahlen von Markus den Kopf und packte sich die Tasche unter den Arm. Er schritt den Flur entlang. Einige der Hilflosen hatten den Alarm gedrückt, sinnlos leuchteten die Lampen rot über den Türen. »Alarm, Alarm«, sagte Kühnert spöttisch. »Alarm, Alarm.« Vermutlich mussten sie pieseln, lagen schlecht, mussten Verbände gewechselt bekommen oder Tabletten schlucken. Aber keiner würde kommen, Schwester Josi schlief tief.

Markus konnte sich nur mühsam im Bett aufsetzen. Noch mühsamer war es, sich zur Seite zu lehnen, um dann über die Hüfte in die Sitzposition am Bettrand zu gelangen. Seine Caroline lag dort unten zu seinen Füßen. Er stupste sie mit den Zehenspitzen an.

»Caroline!«

Sie kam zu sich und stützte sich mit den Händen am Boden ab. Sie war noch nicht klar im Kopf, doch sie erhob sich, hielt sich an der Bettkante fest und stützte sich auf Markus' Schenkel. Der sagte mit schmerzverzerrtem Gesicht: »Au, pass auf.«

Neben ihm auf der Bettkannte sitzend, fühlte sie ihre Stirn. Kein Loch. Sie lebte. Das war nicht der Tod, das war das Leben. Das dachte sie, so klar und so einfach.

»Ich bin nicht tot«, sagte sie, und er nur kalt: »Du sagst kein Wort von dem, was hier passiert ist.«

Caroline war dicht an ihn herangerückt. Sie wollte nur,

dass er sie in den Arm nahm, aber Markus war in sich gefangen, sein System komplett übersteuert.

Währenddessen verließ Kühnert mit einem großen roten Paket das Krankenhaus und fühlte sich gut und frei. Besser konnte es für ihn nicht laufen.

32

PHILEMON UND BAUCIS VERSUS
HANNES UND RITA

Zur gleichen Zeit lag Smilla mit Marlon im Bett. Die Klimaanlage im Schlafzimmer war geräuschlos, 19,2 Grad, die Kissen Seide, das Fenster fest verschlossen. Die Schwüle der Nacht drang nicht bis zu ihnen. Eben im Restaurant *Das Veedel* hatte sie Veedels Schnitzel vegetarisch – aus Sellerie – und er den Burger mit hausgemachtem Brioche Bun gehabt, medium gebraten mit Steakhaus-Pommes und Salatbouquet. Nur die Waschmaschine, die Smilla eben angestellt hatte, war noch leise bis hierher ins Schlafzimmer zu hören. »Die Mallorquinische Mandel-Tarte war ein Gedicht«, sagte Smilla. »Genau wie der Duft in Loreleys Zimmer.«

Rita und Hannes waren vor einer halben Stunde gegangen. Bedanken und Umarmung. »Trinkt den Tee«, hatte Rita ihnen noch aufgetragen. »Alle acht Jahre gibt es einen besonders magischen Duft vum Meller. Nur alle acht Jahre. Diesmal heißt er ›Sommernachtstraum‹.« Und dann waren die beiden raus nach Hause. Noch nie schien das Verhältnis zwischen den vieren so herzlich. Oma war heute Abend überdies begeistert von Marlons künftiger Einladungskarte zur Hochzeit gewesen. Von ihrem Diebstahl war ihr nichts anzumerken gewesen. Rita war eine gute Schauspielerin.

Smilla fühlte sich wohl in Marlons Arm. Sie war froh, dass er heil und in einem Stück zurück aus den USA gekommen war. Einzig der Brief an Dähmel und der Anruf von Dähmels Sekretär Joseph lagen ihr auf der Seele. Noch nie hatte sie Marlon belogen – oder ihm die Wahrheit verschwiegen. Irgendwie hoffte sie, dass sich alles in Wohlgefallen auflösen würde.

Marlon stellte fest: »Oma nervt mit dem Tee.«

»Er riecht gut.«

»Irgendwie ein bisschen nach Vanille. Soll ein Wundermittel sein.«

»Ich finde, der Duft des Tees korrespondiert mit dem Honig des *Assam*. So richtig kann ich ihn nicht beschreiben. Weiß nicht, was Meller für Zutaten gewählt hat. Es ist eine Mixtur, die auch ein Shakespeare für seinen Sommernachtstraum gewählt hätte.«

Worte wie »korrespondiert« wären Marlon zur Beschreibung des Duftes niemals eingefallen. Er bewunderte seine Frau. Deutsch war nicht ihre Muttersprache, aber sie konnte besser Deutsch als jeder, den er kannte.

»Du hast so schöne Worte. Ich mag das.«

»Findest du?«, sagte sie.

»Ja. Ich bin nur ein BWLer und Präputiumbesitzer.«

Smilla lächelte und stellte nüchtern fest: »Die Uni hat geschrieben. Ich vermute, du wirst demnächst exmatrikuliert, weil du die Scheine nicht machst. Dann müssen wir uns anders versichern.«

»Das gilt es zu verhindern. Zudem wird Oma sauer, wenn ich gar nicht mehr studiere. Ich werde jemanden besorgen, der das für mich tut.«

Smilla stimmte zu, obwohl sie dagegen war. Marlon sollte sich einfach bei Albert einen Minijob besorgen. Dann schlug sie vor: »Die Familienversicherung kann doch über mich laufen. Ich fange nächstes Semester wieder an.«

»Hm. Ich bin müde.« Ihm war das egal, Hauptsache, er musste wenig Abgaben zahlen und die Steuer ließ ihn in Ruhe.

Die beiden waren eben bei Loreley gewesen und hatten der Schlafenden ein Küsschen gegeben, aber den leicht geöffneten Bilderrahmen und die ebenso leicht geöffnete Tresortür hatten sie nicht bemerkt. Schließlich hatten sie kein Licht gemacht, um Loreley nicht zu stören.

Smilla sagte: »Oma und dein Opa sind süß. Die haben echt bei ihrem Enkelchen im Zimmer gehockt, Tee getrunken und Plätzchen gegessen.«

Sie hatten jetzt beide das gleiche Bild vor ihrem geistigen Auge: Hannes und Rita in der Dunkelheit auf der Kinderbank sitzend und den *Sommernachttraum* genießend. Sie wären nie darauf gekommen, was die beiden lieben Alten zuvor getan hatten.

»Philemon und Baucis«, sagte Smilla.

»Philemon und wer?«

»Das ist ein Liebespaar aus der griechischen Mythologie. Sie haben einander geliebt und waren in ihrer Liebe offen für andere Menschen. Aber manchmal überrumpelt mich deine Oma so wie Faust Philemon und Baucis in *Faust zwei*.«

»Ja, okay«, sagte er. Das war ihm jetzt zu kompliziert. Er hatte immer noch niemanden, der für ihn morgen abkassieren konnte. Aber darüber wollte er morgen nachdenken. Jetzt war Nacht. Endlich Nacht.

»Der Kardinal will das Präputium, dafür dürfen wir am Hochaltar heiraten«, sagte Smilla in die betäubende Harmonie hinein.

Ein »Hm«, stieß Marlon hervor, der sich eigentlich schon im Halbschlaf befunden hatte.

»Was sollen wir machen?«

»Hm«, wiederholte Marlon.

»Ich meine es ernst.«

»Was hast du gesagt?«

»Ach, egal.« Sie schien eingeschnappt ob seiner Ignoranz.

Das wiederum regte seinen Geist an. Hatte Smilla gerade gesagt, dass Dähmel das Präputium will? Woher sollte Dähmel davon wissen? Marlon schlug die Augen auf. Er lag auf der Seite und schaute direkt in Smillas Gesicht. Das Halbmondlicht genügte ihm, um Smillas Mimik zu erkennen. Das war kein entspanntes Smillagesicht, auch kein müdes Smillagesicht, das war Smillas kritisches Gesicht.

Er fragte: »Woher weiß der Kardinal vom Präputium?«

»Rita hat einen Brief geschrieben.« Smilla sagte nicht, dass sie diesen Brief nicht habe abschicken wollen, sondern nur, dass Dähmels Sekretär Joseph sie angerufen habe. Hochzeit gegen Vorhaut.

»Warum hast du das mit dem Brief nicht verhindert?« Marlon setzte sich aufrecht und drückte seinen Rücken fest an die Bettlehne. Jetzt war er endgültig wach. Als Smilla nichts sagte, fuhr er fort: »Wir können Dähmel nicht die Vorhaut geben. Das steht fest. Mein Onkel flippt sonst aus.«

Smilla schwieg.

Er redete: »Erst mal ist es ja so, dass niemand die Vorhaut hat – außer uns. Wir haben also alle Optionen im Tresor.«

»Du bist nicht sauer?«

»Ich kenne meine Oma. Ich kann mir vorstellen, was da abgegangen ist, als sie von der Vorhaut erfahren hat. Deshalb hast du eben auch gesagt, dass Oma die Leute manchmal überrollt. Niemand kann sich gegen Rita wehren. Sie ist eine Naturgewalt, dagegen haben normale Menschen wie du und ich keine Chance.« Er wirkte gelassen, obwohl er nicht gelassen war. Er schlug stattdessen vor, Oma eine falsche Vorhaut unterzujubeln. »Dann kannst du mit ihr die angebliche Vorhaut von Jesus dem Dähmel andrehen.«

Smilla war überrascht von der Idee.

Sie sagte: »Aber die Kirche, ich meine Dähmel, wird das Ding analysieren lassen.«

»Hat je ein Kölner Kardinal die Knochen der Heiligen Drei Könige analysiert? Die Kirche würde niemals zugeben, wenn sie die falschen Knochen oder die gefakte Vorhaut hätte. Das Präputium kostet sie nicht einmal etwas, sondern nur eine Stunde am Hochaltar. Einem geschenkten Gaul guckt man nicht ins Maul.«

»Ist das ein deutscher Spruch?«

»Ja«, sagte er und küsste sie. »Lass uns schlafen. Wir werden diesen Dähmel schon zufriedenstellen. Wir brauchen nur eine gute Fakevorhaut.«

»Ich liebe dich«, sagte Smilla, und dann liebten sie sich.

Jedoch nicht lange, denn da blinkte schon der rote Punkt des Babyfons. Ausgerechnet jetzt hatte sich Loreleys Magen gemeldet und Alarm geschlagen.

Augenblicklich war die Lust verflogen. Schon liefen sie über den Flur und in Loreleys Zimmer.

»Lass das Licht aus«, sagte Marlon.

Smilla nahm also im Dunkeln Loreley in den Arm. Doch sie schrie. Dann legte sie die Kleine, auf dem Kinderbänkchen sitzend, an die Brust. Über ihr der halb offene Tresor.

Marlon setzte sich auf ein Stühlchen und sagte: »Der Duft von dem Tee hier im Zimmer ist unglaublich. Ich könnte mich echt dran gewöhnen. Meller at his best. Vielleicht hat Loreley deshalb so lange geschlafen. Oma hat ihr nicht einmal das Fläschchen geben müssen.«

Das stimmte. Das Fläschchen, das Smilla ihr abgepumpt hatte, war noch unberührt.

»Bald geht das sowieso nicht mehr mit der Brust.«

»Ich habe gehört, dass die UNO sagt, man solle drei Jahre stillen.«

»Weil in der Kommission nur Männer sitzen. Soll ich etwa Loreley noch in der Kita meine Brust geben? Wie stellt sich das die UNO vor?«

»Ich glaube, es ging um Länder in Afrika oder so.«

»Haben die keine Kitas?«

Jetzt war Marlon überfragt. Die beiden redeten, und Loreley wurde satt.

»Sollen wir gleich?«

Sie bejahte, denn sie wusste, was Marlon mit der Frage meinte. So griff er sich die Babytasche und den *Maxi Cosi*, legte Loreley hinein, und beide warfen sich kurz etwas über. Von der ein wenig offenstehenden Tresortür hatten sie immer noch nichts bemerkt.

Im Hausflur machten sie kein Licht, denn Loreley schlief schon wieder. Zu ihrer Überraschung stand der Maserati nicht mehr gegenüber, sondern direkt vor ihrem Haus. Die beiden Italiener darin waren eingenickt.

33
ZWEI TOTE IN EINER VIERTELSTUNDE

Karl Kühnert hatte Markus' Handy und damit auch Marlons neue Adresse. Er brachte in aller Ruhe das Paket ins Auto. Neugierig war er nicht. Das Rot hatte es ihm angetan. Ceylans Flokati hatte die gleiche Farbe gehabt. Nur glänzte dieses Rot des Pakets auch noch. Marlons Adresse war nicht weit entfernt vom Krankenhaus. Also wollte er zu Fuß dorthin. Ehe er sich von Markus oder seiner Kleinen bei Marlon verzinken ließe, würde er in dieser Nacht gleich reinen Tisch machen: Er wollte das Präputium und den Tod Marlons. Karl wusste von den Knastphilosophen: »Handle, ehe der Gegner handelt!«

Kaum ein Auto war noch auf der Subbelrather Straße hinter dem Krankenhaus unterwegs. Er lief bei Rot über die Ampel in die Landmannstraße, vorbei am *Buchladen Feussner*, der *Steuerberatung Bischoff*, *Silvias Teeladen*, *Mellers Duftparadies* und rechts ab in die Eichendorffstraße, *Bensons Rösterei* … Hätte Brandt jetzt aus dem Fenster geschaut, so hätte er Karl Kühnert gesehen, wie er an der Restaurantkneipe *Das Veedel*, in dem eben noch Marlon und Smilla gegessen hatten, vorbeilief und in der Ferne am Café den Gürtel überquerte. Endlich kam er zu jenem Haus, zu dem ihn Markus' Handy geschickt hatte – und in dem Marlon Wagner lebte. Den Maserati auf dem Bürgersteig hatte Karl nicht im Blick. Zu sehr war er darauf fixiert, wie er ins Haus eindringen könnte. Werkzeug hatte er keines dabei. Links von der Haustür befand sich eine Souterrain-Wohnung mit vergittertem

Fenster. Ein Maulkorb. Kühnert ging die zwei Schritte über die Platten hinweg darauf zu. Der Raum dahinter war dunkel, und das Gitter davor schien massiv. Er stemmte einen Fuß gegen die Mauer und zog mit einem Ruck am Gitter. Zu seiner Überraschung bewegte es sich. Wieder riss er daran, die Schrauben kamen aus der Wand.

»Hallo!« Er hatte den Mann nicht gehört, der an der Haustür stand.

Karl log: »Ich hab meinen Schlüssel verloren.«

Der Mann hatte Glatze. Oder warum sollte er in der Nacht mit Kappe auf dem Kopf herumlaufen? Er war groß und sportlich. Karl hatte das alles im Blick, als er sagte: »Wir kennen uns doch.«

»Nicht, dass ich wüsste«, entgegnete der Mann. »Sind Sie neu im Haus?«

»Nagelneu.« Karl grinste. Er mochte keine neugierigen Menschen.

Der Mann spürte die Freude an Gewalt, die von diesem Grinsen ausging. Kühnert war ihm körperlich unterlegen, und so sagte der Mann tapfer: »Ich fände es gut, wenn Sie jetzt gehen. Sonst muss ich die Polizei rufen.«

Kühnert sagte daraufhin ironisch: »Polizeiii! Polizeiii! Komm schnell herbei!« Und stellte sich auf Armlänge vor den Mann. Dem wurde das alles unheimlich und er schwitzte. Kühnert wiederholte lauter, obwohl er jetzt direkt vor dem Mann stand: »Polizeiii! Polizeiii! Komm herbei!« Da traf den Mann schon ein wuchtiger Schlag in die Magengrube. Er sackte zusammen und bekam das Kinn von Karl unter den Unterkiefer. Der Mann knallte mit dem Kopf auf den Asphalt und schluckte in seiner Ohnmacht einen seiner Zähne. Kühnert zog ihn zur Seite ans Souterrainfenster in den Schatten, höchstens zwei Meter von jenem Maserati mit den blauen Radkuppen. Dessen beide

Insassen registrierte Kühnert nicht, der wieder zur Haustür schritt und den Schlüssel drehte. Er verschwand im Flur. Ehe die Tür wieder ins Schloss fiel, schlüpfte ein zweiter Mann, unbemerkt von Kühnert, ins Haus. Ebenfalls schlank und gut gekleidet.

Kein Licht sprang an, denn sowohl Kühnert als auch sein Verfolger drückten nicht den Schalter. Einer schlich sich vor dem anderen den verzierten Hausflur hinauf. Der Handlauf war an jedem Treppenabsatz mit geschnitzten Köpfen verziert, und über ihnen schwebten Engel an der Decke. Im fahlen Licht des Halbmondes, das durch die großen Flurfenster schien, wirkten sie mit ihren Schatten wie Teufel. Toni, so der Name des Maseratifahrers, mochte keine Bürgerhäuser. In Rom gab es viele von ihnen, prächtiger und 1000 Jahre älter als jene in Köln, aber sie waren auch Ausdruck einer Bürgerschaft, die einfach zu viel Platz in der Gesellschaft einnahm. Das Bürgertum war ihm ein Gräuel. Es gab nur eine Herrschaft – und das war jene eines gebildeten Menschen an der Spitze eines Staates, der nach den Gesetzen der Kirche handelte. Eine andere Regierungsform als eine religiöse kam für ihn nicht infrage.

Er beobachtete Karl Kühnert, wie der sich im Schein seines Handys an Marlons Wohnungstür zu schaffen machte. Dann zog sich Karl das T-Shirt aus, hielt es an das Türfenster und schlug mit der Faust zu. Zu seinem Erstaunen klappte das Fensterchen einfach auf und knallte nun innen gegen den Türrahmen, aber es zerbrach nicht. Das Geräusch des Aufpralls war nicht sonderlich laut, aber laut genug, um die Schlafenden in der Wohnung zu wecken. Deshalb reagierte Karl blitzschnell, fasste durch die Fensteröffnung, suchte nach dem Riegel, schob ihn zur Seite und drückte die Klinke von innen herunter. Schon stand er in der Wohnung, lauerte auf ein Geräusch, um festzustellen, wo sich etwas regte, um darauf loszustürmen und ihn oder sie mit der Pistole zur Ruhe zu bringen.

Doch nichts regte sich. Stille.

Die Waschmaschine setzte ein und schleuderte. In dem Waschraum neben dem Bad verrichtete sie ihren Dienst. Wieder war der gut gekleidete Kerl hinter ihm in die offenstehende Tür geschlüpft. Er glich einem Virus, der sich einschleicht und seinen Wirt tötet.

Kühnert war überrascht. Wo waren Marlon und seine Frau? Er würde auf sie warten, und dann würde er ihm erst die Reliquie und dann das Leben nehmen. Eines nach dem anderen. Er hatte Zeit. Eines war nicht normal: dieser Geruch. Wo kam der her? Es war ein anziehender Duft, der ihn ein wenig milde stimmte. Er lief die einzelnen Zimmer ab. In Loreleys Zimmer fiel ihm sofort der offenstehende Tresor auf.

»Die Drecksau«, sagte er in dem Glauben, dass Marlon die Reliquie mitgenommen hatte. »Die elende Drecksau.«

Gerade als er sich in die Kinderecke setzen wollte, hörte er ein Geräusch. Er schaute in den Flur, niemand zu sehen. Aber da war jemand, Karl hatte einen siebten Sinn für solche Dinge. Die Jagd im Dunkeln ließ Erinnerungen in ihm wach werden. In den 90er-Jahren hatte er für die Kosovaren in Duisburg gearbeitet. »Nachtjäger« hieß das Spiel. Für 1.000 Mark konnte sich jeder Spieler ein Meerschweinchen kaufen. Das wurde dann in einen hellen Raum gesetzt. Nun erhielt jeder Spieler einen Revolver mit zwei Kugeln, und alle mussten hinter eine Linie zurücktreten. Das Licht wurde ausgeschaltet. Dann durfte der Spieler auf die Meerschweinchen schießen, was in der Dunkelheit nicht so einfach war und höllisch laut. Manchmal erwischte der eine oder andere sein eigenes Meerschweinchen. Dann wurde das Licht wieder angeschaltet und geschaut, wessen Meerschweinchen noch lebte. Der erhielt dann sämtliche Einsätze. Wurden alle

Meerschweinchen erschossen, behielt die Bank den gesamten Einsatz. Und die Bank waren die Kosovaren, für die er das Spiel geleitet hatte.

Karl schlich sich hinüber zur Wiege, dahinter lag auf dem Teppich ein riesiger Kuschelteddy in einer Kissenlandschaft. Karl griff sich das Stofftier und schaute mit dem Teddykopf ums Eck in den Flur. Sofort hörte er ein lautes Plopp, das durch den Teddykopf flog. Die Kugel war aus einem Schalldämpfer gekommen.

Wer lauerte dort im Dunkeln?

»Marlon?«, rief Karl.

Keine Antwort.

Kühnert kletterte auf den Schrank und wartete. Marlon war kein geduldiger Typ. Das wusste Karl und darauf setzte er – und wartete ab. Den Duft im Zimmer konnte er von hier oben noch besser riechen. Er schien ihm nun erfrischend wie ein Sprung ins kühle Wasser in einer schwülen Sommernacht. Karl genoss das Gefühl, das ihm der Duft vermittelte. Da stürmte jemand ins Zimmer, warf sich auf den Boden und schoss nach links in den Raum. Der Riesenteddy bekam mehrere Kugeln in Kopf und Körper. Kühnert feuerte zweimal in die Richtung, aus der das Mündungsfeuer gekommen war. Alles war schallgedämpft und selbst der Schrei, der nun ertönte war unterdrückt. Karl schoss erneut. Die Pistole des Angreifers flog gegen die Wiege. Karl fühlte sich gut. Trotz der miserablen Lichtverhältnisse hatte er Marlon sauber außer Gefecht gesetzt. Der lag jammernd auf dem Boden. Karl stieg über die Wickelkommode ruhig vom Schrank herunter. Er wollte Marlon noch nicht töten. Er wollte erst einmal die Vorhaut.

Als er über dem Liegenden stand, sah er, dass es sich bei dem Angeschossenen gar nicht um Marlon handelte. Zu Karls Überraschung trat ihm der Typ sogleich die Pistole aus der

Hand und brüllte etwas auf Italienisch. Dann trat er Karl gegen das Knie, dass er fast weggeknickt wäre, aber er konnte sich einen Schritt zurückziehen und sich dann auf seine Waffe stürzen, ehe der zähe Typ sie erkrabbeln konnte, hielt Karl ihm die Mündung direkt vors Gesicht: »Wer bist du Sau?!«

Der Mann sagte nichts.

Karl setzte sich auf den Kinderstuhl und zog den Kerl an den Haaren hoch, legte den Kopf auf seine Knie. »Wo ist das Präputium?«

Der Kopf antwortete nicht.

»Dann schauen wir mal nach.«

Karl griff ihm in die Hosentaschen, aber keine Spur von dem Kreuz, in dem angeblich das Präputium sein sollte. »Wo hast du Mistkerl das Ding? … Du wirst schon noch reden.« Er zog ihn an den Haaren hinüber zum Fenster und öffnete es.

Dann zog er ihn hinauf zur Öffnung des Fensters. Genau jetzt rief der Kerl aus dem Fenster: »Leonardo! Leonardo! Leonardo! Leonardo!« Was sollte das? Karl verstand die Welt nicht mehr. »Wo ist die verfickte Vorhaut? Los!« Er hatte ihn zum Fenster geschleppt, um ihm mit dem Abgrund zu drohen, und jetzt schrie der Typ »Leonardo!« Wer war dieser Leonardo? »Ich lass dich fallen. Rede! Wo ist die scheiß Vorhaut?«

Dann ließ Karl los. Er wusste selbst nicht einmal, warum. Schließlich wusste er immer noch nicht, ob der Kerl etwas von dieser Vorhaut wusste. Und was er überhaupt in Marlons Wohnung gesucht hatte. Der Körper fiel schnell, und es gab kurz Lärm dort unten, denn er knallte auf das Dach des Maseratis, und die Windschutzscheibe zerbarst. Ein zweiter Mann drückte die Autotür von innen auf. Als er es geschafft hatte, stieg er aus. Er sah genauso aus wie jener auf dem Dach. Gehörten die beiden zusammen? Karl sah, wie der Kerl den Kofferraum öffnete, den Toten hineinlegte und zurücksetzte.

Mehrere Lichter waren in den Fenstern der Straße angegangen. Ganz unbemerkt war der Vorfall also nicht geblieben.

Karl schloss das Fenster, als sei er hier daheim und als solle alles seine Ordnung haben. Er setzte sogar den Teddy so hinter die Wiege in die Kissenecke, dass die Einschusslöcher nicht sofort ins Auge fielen, falls jemand den Raum betrat.

34
ENDLICH BETTRUHE

Es dauerte nicht lange, bis der Parkplatz in der Eichendorff-straße wieder besetzt war. Marlon hatte ihn sofort erspäht. Schon als er parkte, irritierte ihn das Glas auf dem Bürgersteig. Er stieg sofort aus. »Denen muss die Windschutzscheibe kaputtgegangen sein.«

Smilla war derweil hinten mit dem *Maxi Cosi* beschäftigt. Der Gurt hatte sich verhakt.

»Was meinst du, Smilla?«

»Was soll ich meinen? Soll ich die Kleine etwa tragen? Oder willst du mir helfen?« Sie hatte ihm nicht zugehört und wollte nur eines: Die Sirene Loreley schlafend ins Bett hoch-transportieren. Wenn Smilla müde war, war sie ungenießbar.

Marlon spürte ihre Ungeduld, die in Aggression umschlug.

»Nein, nein«, sagte er. »Ich nehme sie.« Schon stand er neben ihr und packte den *Maxi Cosi* am Griff. »So, ich habe sie.«

»Pass auf. Wackle nicht so«, befahl sie.

Smilla legte ihm noch die Wickeltasche um.

Der Wagen verschloss sich wie von Geisterhand.

»Der Maserati ist weg«, sagte Smilla. Sie hatte tatsäch-lich gar nichts mitgekriegt vor lauter Angst, ihr Töchterchen könnte aufwachen und Stress machen.

»Die haben scheinbar aufgegeben«, sagte Marlon. »Obwohl ich mir das nicht vorstellen kann. Marco ist zäh. Nur weil die Windschutzscheibe kaputtgeht, zieht der nicht alle seine Leute ab.«

»Windschutzscheibe.«

»Ach egal, lass uns beeilen.« Kühnerts Mordopfer, das im Schatten des Hauses nur wenige Meter von ihnen entfernt an der Mauer lag, sahen die beiden nicht.

Oben in der Wohnung war alles wie immer. Smilla musste nur schnell ins Bad, und Marlon ging in die Küche. Er machte sich einen doppelten Espresso, um besser einschlafen zu können. Währenddessen hatte Loreley entdeckt, dass sie alleingelassen auf dem Stuhl im *Maxi Cosi* schaukelte.

Sie schrie.

»Alles ist gut. Ich gehe schon!«, rief Marlon Richtung Bad.

Er nahm Loreley auf den Schoß und wiegte sie hin und her. Dann kippte er seinen Kaffee runter.

»Was hat sie denn?«, wollte Smilla wissen, während sie den Flur betrat.

»Nichts. Sie fühlte sich nur allein.«

»Ich bin dafür, wir nehmen sie zu uns ans Bett.«

Marlon stimmte zu. Die Fahrt über die Ringe und in einem Bogen durch die Südstadt und an der Rheinuferstraße, am Niehler Hafen vorbei, hinauf zum Fühlinger See und dann heimwärts über Longerich hatten ihn ermüdet.

»Frisch gewickelt ist sie«, sagte er. Schließlich hatte er ihr eben noch im Wagen eine frische Windel angelegt.

Er klemmte das Bettchen auf Smillas Seite an den Bettrahmen, damit Smilla Loreley sofort stillen konnte, falls sie aufwachte. Alles war jetzt gut. Von dem Sturz mit Todesfolge aus ihrem Fenster hatten die beiden nichts bemerkt und immer noch nichts vom Diebstahl. Es war so, als sei nichts geschehen. Die Welt war in Ordnung. Und der Duft eines Sommernachtstraums lag in der Luft.

35

SHOWDOWN IN GHOSTTOWN

Karl Kühnert zog sich im *24/7 vollautomatischen Kiosk* Ecke Subbelrather und Gürtel eine Cola. Angeblich sollte der Zuckerersatz die Birne trüb machen und Alzheimer auslösen. Das konnte er jetzt brauchen, eine trübe Rübe. Das würde das Leben erleichtern. Er überlegte, ob er noch einmal ins Sankt Franziskus-Hospital gehen sollte, um Markus endgültig den Strom zu nehmen. Aber er war müde. Zu müde, um sorgsam vorzugehen. Und als habe ein himmlischer Richter für ihn entschieden, rasten gleich mehrere Einsatzfahrzeuge der Polizei mit Blaulicht, aber ohne Sirene, die Subbelrather entlang an ihm vorbei und blieben vor dem Krankenhaus stehen. Ja, sein Besuch war nicht unbemerkt geblieben.

Er lief an der Sparkasse und am *Buhmann* vorbei Richtung Venloer, an der sein Wagen stand. Immer noch waren hier Leute auf der Straße, obwohl selbst der letzte Dönerladen die Rollos schon runtergelassen hatte. Karl schaute auf das rote Paket auf dem Beifahrersitz und ließ die Zündung kommen. Das Paket sollte sein Geschenk für die Nacht sein. Eine Überraschung. Und die alte Karre setzte sich in Bewegung. Köln war seine Stadt. Er fuhr den Gürtel entlang, machte einen Bogen am Rehchenpark vorbei, wo er früher mit seiner Mutter oft die Ziegen und Rehe gefüttert hatte, und steuerte über die Dürener Straße auf die A1 und die A4. Der Opel klapperte an allen Ecken und Enden. Die neuen Opel hatten die gleiche Plattform wie Peugeot und Renault, aber das alte Teil unter seinem Sitz war noch ein wirklicher

Opel. Alles hatte sich verändert, alles lief darauf hinaus, dass am Ende alle Firmen nur noch eine Firma waren. Für ihn war das Klappern wie Musik, wie ein Lied aus alter Zeit, als das Wünschen noch geholfen hatte. Um Markus und diese Caroline würde er sich morgen kümmern. Niemand würde damit rechnen, dass er noch einmal dasselbe Krankenhaus aufsuchen würde. Niemand. Jetzt ging es zurück nach Morschenich in sein Haus an der ruhig gelegenen Straße – und heute wollte er sich mit den Schwarzen aus dem Niger treffen und mit ihnen essen. Die Männer waren Gold wert. Es musste sich doch aus der Situation der Asylbewerber Geld herausschlagen lassen. Es gibt immer Profiteure, wenn jemand auf der Flucht ist.

Die letzten fünf Kilometer Straße nach Morschenich waren schwarz, so als würde er durch eine Röhre fahren mit seinen Scheinwerfern. Selbst die Reflektoren an den Pollern waren weg. Ob Aktivisten sie abgeschraubt hatten? Nach der Einfahrt nach Morschenich hätte er vor lauter guter Laune fast die Verkehrsinsel überfahren. Er schaute nach links, wo die Ruine der Kirche gegen das Mondlicht unheimlich wirkte. Karl war früher selbst einmal Messdiener gewesen. Niemals hatte ihn den Pfarrer angefasst. Er schaltete den Wagen in den Leerlauf, er rollte unhörbar durch die Nacht. Es war schön, in einem Dorf zu leben, das dem Untergang geweiht war. Alles besteht, um zu vergehen, zu verwehen, nichts ist ewig, alles wird vergessen so wie der Wind. Davon war Karl überzeugt. Und davon, dass es genauso sein sollte, um gut sein zu können. Er bog in die Stichstraße, in der sein Haus stand, und an deren Ende die dreieinhalb Männer wohnten. Vielleicht würde er die Toten im Jenseits einmal wiedersehen. Vielleicht war es besser, früher tot zu sein, um das Jenseits früher genießen zu können. Der Tod ist kein Feind. Hätte sein Vater nicht Krebs bekommen und seine Mutter sich nicht auf Ceylan eingelassen, dann hätte aus Karl ein anderer Mensch werden können. Karls Gedanken baumelten hin und her, während der Wagen langsamer wurde. Kein Auto stand in der Straße, nur seines, das er direkt vor seiner Tür parkte. Noch ein Vorteil einer Geisterstadt. Es gibt kein Parkplatzproblem.

Er warf die Tür hinter sich zu. War da ein Schatten hinter dem Fenster, der sich bewegt hatte? Karl zuckte zusammen, aber er ließ sich nichts anmerken. Vielmehr ging er um den Wagen herum, nahm das Geschenk heraus und klemmte es sich unter den Arm. Dann ging er auf die Tür zu, um sie gleich aufzudrücken. Waren etwa die Männer aus dem Niger in seinem Haus? Wollten sie ihn überfallen? Spontan änderte er seinen Entschluss, stieß nicht gegen die Tür, sondern klopfte ans Fenster und rief: »Maurice? Ich habe etwas für euch.« Er hielt das Geschenk hoch.

Das würde die drei verwirren, falls sie in seinem Haus wären. Es würde sie zu einer Aktion zwingen.

Nichts geschah. Er klopfte erneut: »Maurice?«

Hinter ihm ein Geräusch.

Karl reagierte blitzschnell, ließ das Geschenk fallen, Glas splitterte unter all dem Rot, er zog die Pistole und schoss in die Richtung, aus der das Geräusch gekommen war. Ein dumpfer Knall. Das klang nach Schutzweste. Es war dieses stumpfe nichtssagende Geräusch, wenn eine Kugel auf eine Schutzweste trifft.

»Hände hoch!«, rief eine Stimme. »Polizei!«

Karl dachte gar nicht daran und machte zwei schnelle Schritte zurück zum Wagen.

»Bleiben Sie stehen!« Die Stimme kam aus dem Dunkel.

Er riss die Beifahrertür auf und stieg ein. Kein Schuss fiel. Er kroch hinüber auf den Fahrersitz, noch immer kein Schuss. Wo waren die scheiß Bullenschweine? Er ließ den Wagen an, wollte losfahren, und dann platzten die beiden Vorderreifen. Karl gab Gas, Vollgas. Der Wagen fuhr schneller, es platzten die beiden hinteren Reifen. Er knallte gegen den Bürgersteig, gegen eine Hauswand.

Karl stieg aus, die Waffe in der Hand rannte er. Ein »Bleiben Sie stehen!« drang aus der Dunkelheit von irgendwoher. Er blieb nicht stehen. Stehen bleiben ist sich ergeben. Sich ergeben hatte er noch nie. Und er wollte nur eines: nie wieder in den Knast. Also lief er und schoss um sich. Eine Kugel erwischte ihn am Bein, ein Streifschuss, es schmerzte wie der Biss einer Schlange, er strauchelte, fiel, wollte wieder hoch …

»Legen Sie Ihre Waffe weg!«

Niemals würde er das tun.

»Legen Sie Ihre Waffe weg!!«

Er hockte auf dem immer noch warmen Asphalt und fühlte den Schmerz. Diese Schwarzen hatten ihn verraten. Dafür würde er sie töten. Um ihn herum tauchten Schutzschilde aus der Dunkelheit auf, die sich ihm näherten.

»Lassen Sie die Waffe fallen!!!«

Es wurde schlagartig hell. Scheinwerfer blendeten ihn. Er hielt sich die Hand vor die Augen.

»Werfen Sie die Waffe weg!!!!«

Er dachte nicht daran und schoss direkt auf eines der schwarzen Schilde, die vor ihm waren. Er sah noch den Funken, der sich auf dem kugelsicheren Metall entzündete, und die Kugel prallte ab. Sie traf zwischen einem Schild einen der Polizisten direkt schräg von unten in den Unterkiefer, der nur von der Sturmhaube bedeckt war. Die Kugel bohrte sich in seinen Kopf, trat schräg oben wieder aus, worauf Blut von innen gegen sein Plastikvisier strömte. Die Kollegen waren geschockt, Karl schoss liegend gegen ihre Füße und Beine, die von Schienen gepanzert waren. Die Kugeln konnten nichts durchdringen. Doch der Schock über den toten

Kollegen und der alles überströmende Hass Karl Kühnerts führte dazu, dass er durch einen Tritt einen der Polizisten wie einen Baum fällte, aufspringen konnte und sich in den Hauseingang am Straßenrand rettete. Karl hatte seine Waffe: vier Schuss mussten noch im Magazin sein. Er lief hinunter in einen Kellereingang. Zu seinem Glück konnte er hinten hinaus in den Garten des Häuschens und von dort in die nächste Häuserreihe.

Wen er nicht sehen konnte, war der Polizist, der das eingerissene rote Paket vor Kühnerts Haus betrachtete – und aus dem ein Zipfel des Trikots hervorlugte.

Sein Kollege stieß ihn sofort an. »Los, los. Was machst du da?«

Der Polizist zog das Trikot aus dem ganzen Rot und den Scherben heraus.

»Bergtrikot«, sagte er. »Das ist ein Bergtrikot der Tour de France. Das kriegen die, die die meisten Punkte bei den Bergwertungen geholt haben. Das ist ja irre.«

»Wir müssen weiter«, sagte sein Kollege genervt, während sich Nick fragte, wer das Trikot getragen hatte. Er konnte die Unterschrift nicht lesen und sein Kollege ließ ihm keine Ruhe. Sicherlich war es ein Original, sonst wäre es nicht in einem solchen Rahmen gewesen. So steckte sich Nick das Trikot vorn in die Beintasche und folgte den anderen. Seine Kollegen waren im Jagdfieber. Einer der meistgesuchten Verbrecher war irgendwo hier unterwegs, und sie hatten ihn laufen lassen.

36
O-SAFT AM MORGEN

Kommissar Brandt war von Einsatzleiter Möller in Morschenich in einer Nachricht um 4.47 Uhr über die gescheiterte Festnahme Karl Kühnerts informiert worden. Um 6.13 Uhr wachte Brandt auf, weil seine Tochter Lärm in der Wohnung machte. Sie hatte eine Freundin mitgebracht – Lana. Sie hatte schon mehrmals bei ihnen übernachtet. Wie so häufig konnte er nicht wieder einschlafen, wenn er einmal wach war. Daher ging er in die Küche, braute sich einen *Fat Cat*, setzte sich und schaute auf den Laptop. Früher war das mit dem Wiedereinschlafen kein Problem für ihn gewesen, aber jetzt war nichts mehr wie früher, jetzt war er 47 Jahre alt. Er steckte Schlafmangel und Alkohol nicht mehr so leicht weg. Mit dem Alkohol hatte er daher ganz aufgehört. Demnächst müsste er mehr Sport machen und weniger Süßes essen. So wurden die Räume im Leben enger, bis du dich am Ende nur noch gesund ernährst. Und dein *Kölsch* Wasser heißt. So in etwa gingen Brandts Gedanken, während er auf dem Laptop Marlons Gesicht großzog.

Es klackte, seine Tochter betrat die Küche.

»Lass dich nicht stören, Papa.« Das Wort Papa klang nach gestern, nach der Zeit vor Köln und vor der Scheidung. Damals waren sie noch Mama, Papa, Kind. »Ich nehme mir nur ein Glas.« Sie nahm den O-Saft aus dem Kühlschrank.

»O-Saft?«, fragte er.

Er konnte sie nicht einfach in Ruhe lassen, er musste kommentieren.

»Trink ruhig«, schob er nach. »Trink.«

Das tat sie auch, und zwar direkt aus der Flasche. »Ich nehme den Rest mit rüber. Mara hat auch Durst.«

Er nickte.

»Kenn ich den?«, fragte sie mit Blick auf den Laptop. »Fotografiert ihr einfach die Leute?«

»Nur, wenn sie am Organisierten Verbrechen beteiligt sind.«

Sie kam, die O-Saft-Flasche in der Hand, er klappte den Laptop zu.

»Vor mir musst du nichts verbergen. Ich bin Polizistentochter.«

»Ist nur Arbeit.« Er sah streng aus.

»Ja, Papa. Ich mach mir gleich die Lashes ab.«

»Nein, deshalb habe ich dich nicht angeschaut. Ich sehe nur, du hast Ringe unter den Augen.«

Sie gab ihm einen Kuss auf die Wange. »Ich habe dich lieb, Papa. Ich muss zu meiner Freundin.«

Er schaute ihr nach. Das war seine Tochter. Eine hübsche junge Frau, die tat, was sie wollte – und wann sie es wollte. Wie viel einfacher wäre es, wenn seine Frau Sandra noch bei ihnen sein würde. Brandt machte sich Vorwürfe, obwohl sie ihn wegen eines anderen verlassen hatte, wegen eines Mannes, der eigentlich nichts hatte – außer Zeit für sie. Es war alles so unlogisch, zum Kotzen unlogisch. Wieder öffnete er den Laptop und schaute Marlon an. Glatt und jung, ein leichter Schnauzbart würde ihm gutstehen.

Genau einen solchen Bart trug Nick und zwar in Rot, so rot wie seine Haare. Und jetzt war er müde von der erfolglosen Jagd nach Kühnert. Aber etwas tröstete ihn: das Trikot. Er konnte es kaum glauben. Das wäre sicherlich was Wert. Zumindest für seinen Onkel Bernd. Der war nämlich Trödler und kannte sich aus mit wertvollen Dingen. So schickte er ihm sogleich ein Foto vom Trikot und zu seiner Überraschung erhielt er trotz der Uhrzeit sofort eine Antwort: »Da habe ich schon eine Idee. Der Stoff mit den Punkten ist echt Gold wert, Junge. Lass dich überraschen. Das wird ein Tag fürs Poesiealbum.«

»Was hast du denn vor?«, tippte er zurück.

Doch die Antwort war ein Rätsel. »Rot und weiß ist die Antwort.«

Nick überlegte, ob er das Trikot vielleicht beim FC-Spiel versteigern wollte. Seinem Onkel traute er alles zu und der FC spielte am Samstag gegen Leverkusen. Sein Onkel traute Nick übrigens wenig zu, da sein Neffe nicht gerade die hellste Röhre auf der Sonnenbank war. Aber hier und jetzt hatte er mit dem Trikot einen fetten Fang gemacht.

37

PINGPONG MIT KOMMISSAR

Es klingelte. Marlon schreckte hoch. War noch Nacht? Nein, Smilla hatte nur die Rollos heruntergelassen, deshalb konnte die Sonne noch nicht Tag im Raum spielen. Es klingelte erneut. Marlon sagte, sie solle liegen bleiben. Loreley schlief zwischen den beiden.

Leicht benebelt lief Marlon, nur mit der Unterhose bekleidet, durch die Wohnung. Vor der Tür stand Brandt, der ebenfalls noch müde war. Geschlafen hatte er genauso wenig wie Marlon. Ihm fiel sogleich der angenehme Duft auf, der aus der Wohnung drang.

Er fragte: »Darf ich?«

Brandt wollte in die Wohnung, aber Marlon war noch nicht bereit: »Worum geht es?«

»Um die Leiche vor dem Haus.«

Marlon war erstaunt. Brandt glaubte ihm sein Erstaunen. Das war nicht gespielt.

Marlon sagte: »Ja gut, dann warten Sie bitte noch einen Augenblick.« Er schritt durch den Flur Richtung Schlafzimmer. Brandt schaute ihm durch den Türspalt hinterher. Der Rücken des jungen Mannes war voller Muskeln, nicht zu fleischig, nicht zu sehnig, schlanke muskulöse Waden, fast italienisch, leicht gebräunt. Brandt war aufgeregt. So hatte er ihn noch nie betrachtet.

Marlon zog sich im Schlafzimmer unbemerkt von Smilla und Loreley Shirt und Jeans an und ging zurück zur Haustür.

Brandt stand schon halb in der Tür, als Marlon zurückkehrte. Nie wäre er darauf gekommen, dass Brandt ein Auge auf ihn geworfen hatte. Über Brandts Privatleben wusste er ohnehin nichts. Nur, dass der Kommissar geschieden war und seine Frau jetzt in Bonn lebte.

»Kommen Sie rein.«

Die beiden gingen in die Küche. Vom Fenster aus konnte Marlon sehen, dass die Polizei den Bürgersteig mit Flatterband bis dicht an seinen Wagen abgeriegelt hatte.

»Es handelt sich um diesen Mann«, sagte Brandt und zeigte ein Foto.

»Kaffee?«, fragte Marlon.

»Espresso?«

»Kein Problem. Und den Mann kenne ich.«

»Er wohnt schließlich in Ihrem Haus, Parterre.«

»Mag sein«, sagte Marlon. »So genau beobachte ich meine Nachbarn nicht.«

»Heute Nacht gab es einen Krach, und Nachbarn haben eben ausgesagt, dass ein Maserati vor Ihrem Haus geparkt hat. Später war er wohl mit eingedelltem Dach und herausgebrochener Scheibe losgefahren. Sie«, er schaute Marlon dabei in die Augen, »haben direkt vor der zertrümmerten Windschutzscheibe, die auf dem Boden lag, geparkt. Verbundglas sollte man meinen, springe nie auseinander. Aber anscheinend ist dem Wagen etwas wirklich Schweres aufs Dach gefallen, etwas sehr Schweres, ein Sandsack oder ein Mensch.

»Der Mann aus dem Parterre?«

»Vermutlich nicht. Ich würde gerne von Ihnen wissen, warum der Wagen dort unten parkte und die Insassen anscheinend Ihr Haus beobachtet haben.«

Es wäre sinnlos gewesen, dies zu leugnen. Irgendein Nachbar hatte sicherlich beobachtet, wie sich Marlon mit den Männern im Maserati unterhalten hatte. »Zwei Männer waren im Wagen. Sie trugen sehr gepflegte Kleidung. Ich habe sie gefragt, was sie wollten. Eine Antwort habe ich nicht bekommmen. Sie waren Italiener, da bin ich mir sicher.«

»Wir haben die Kamera an der Kreuzung ausgewertet. Der Maserati trug ein Vatikan-Kennzeichen. Wissen Sie irgendwas darüber? Warum sollte ein Wagen des Vatikans sie überwachen.«

»Ein Vatikankennzeichen?«

»Ja, SCV, eine Abkürzung für *Status Civitatis Vaticanae*, was so viel heißt wie *Staat der Vatikanstadt.*«

»Großes Latinum?«, fragte Marlon.

Brandt nickte. »Und Sie?«

»Nur Latinum. Es gibt heute keine Unterscheidung mehr in Groß und Klein.«

»Aber zurück zu meiner Frage: Warum sollte ein Wagen des Vatikanstaates Sie überwachen?«

»Das frage ich Sie«, konterte Marlon, der für sich einen Milchkaffee machte und feststellte: »Sie sind neu in der Straße.«

»Was wissen Sie sonst noch über mich?«, wollte Brandt wissen.

»Soweit ich erfahren habe, mögen Sie keinen Klüngel.«

Brandt stellte fest: »Das ist keine Tugend in Köln.«

»Das ist gefährlich in Köln«, erwiderte Marlon. »Wer nicht mitmacht, ist nicht sympathisch.« Er gab dem Kommissar das kleine Tässchen und sich schäumte er noch die Milch auf. »Wir waren gestern Abend im *Veedel* was essen, meine Frau und ich. Heute Nacht sind wir noch einmal mit dem Wagen durch die Stadt gefahren, damit Loreley einschläft. Sie schreit sonst ohne Ende.«

»Das habe ich früher auch mit meiner Tochter gemacht. Heute ist sie die halbe Nacht wach. Sie schreit nicht mehr, aber sie hält mich auf Trab.«

Marlon hielt dies für einen Scherz, und beide lachten.

Der Kommissar nippte an der Tasse, ohne umzurühren. Er sagte: »Lassen Sie mich raten … Sie holen auch den Kaffee von *Benson*?«

»Schmeckt man. Oder?«, sagte Marlon und zog aus seinen Jeans eine geknickte Visitenkarte der Rösterei. Dann steckte er sie wieder ein.

»Sonst hätte ich nicht gefragt.«

»Sie rühren nicht um?«

»Jeder Schluck ist anders, wenn man nicht umrührt.«

Marlon rührte um. »Ich mag es lieber homogen. Alle Aromen durcheinander.«

»So wie die Menschen in dieser Stadt.«

Das Gespräch war wie ein Pingpong-Spiel. Kaffee ist eine Kultur und eine Kunst, von der Brandt ein wenig mehr verstand. Der Kommissar fragte nach Marlons Lieblingskaffee.

»Ich mag Kaffee mit einem hohen Anteil *Robusta* – hat mehr Punch als der *Arabica*. Das mag ich.«

»Guatemala oder Uganda?«

Marlon sagte: »Ich mag Berggorillas. Aber so genau kenne ich mich nicht aus.«

»Die Leute denken immer, so ein *Robusta* macht mehr Crema. Doch wenn man einen *Arabica*-Espresso richtig zieht, dann hat auch er eine schöne Crema.«

»Mag sein. Ich mag den *Fat Cat*.«

»Schon wegen des Namens?«

»Wieso?«

»*Fat Cat* … fette Beute. Abzocker werden doch auch so genannt … *Fat Cats*.«

»Halten Sie mich für einen Abzocker?«

»Nein. Ich glaube, dass Ihr Großonkel Albert Nagel ein ehrenwerter Mann ist, der …«

»… Freunde unter Ihren Kollegen hat. Albert ist nämlich sympathisch.«

Brandt schmunzelte, und Marlon schmunzelte mehr.

Die Sätze flogen nur so hin und her, und fast hätten die beiden Männer vergessen, dass dort unten ein Toter gelegen hatte, der eben erst abtransportiert worden war. Sie verstanden sich auf Anhieb. Der junge Mann verstand etwas von Kaffee und schien ihm ehrlich, obwohl er nicht ehrlich sein konnte. Aber es war für Brandt auch überraschend, wie eloquent der junge Mann war. Er hatte studiert, das stand in seiner Akte. In der fand sich ebenfalls der Vermerk, dass er eine Germanistin geheiratet hatte: Smilla. Dass die zwei eine gemeinsame Tochter hatten: Loreley. Die Ehefrau hatte sicherlich einen guten Einfluss auf seine kulturelle Bildung. Und was dachte Marlon über sein Gegenüber? Er mochte, dass Brandt Kaffee liebte, schnell im Kopf war und ein ehrlicher Mann zu sein schien, obwohl das nicht sein konnte. Schließlich war er Polizist. Und Polizisten lügen immer. Davon war er überzeugt. Polizisten spielen immer ein Spiel. Für sie war *Räuber und Gendarm* ein Spiel. Sie bekamen später Pension und der Räuber meist Gitterkost. Darauf hatte Marlon keine Lust.

Brandt fragte: »Darf ich mich noch ein wenig bei Ihnen in der Wohnung umschauen?«

»Nur nicht im Schlafzimmer. Meine Frau und die Kurze schlafen noch. Sie möchten nicht, dass Loreley aufwacht.«

Wieder lachten Marlon und der Kommissar gemeinsam.

Das Kinderzimmer war lichtdurchflutet. Draußen war der Himmel blau und klar, und hier drinnen sah Marlon sofort, was passiert war. Jemand hatte den Tresor geknackt und das Präputium gestohlen. Marlon schwitzte im Nacken – sofort. Das hier war sein Reich, war das Zimmer seiner Tochter. Jemand war einfach eingedrungen. Noch nie hatte es jemand gewagt. Er musste ruhig bleiben. Schließlich war Brandt hier. Auch dessen Blick fiel sofort auf den offen stehenden Tresor, und Brandt sagte spitz: »Kommt da der Schmuck für Loreley hinein?«

»Es ist das Zimmer meiner Tochter«, sagte Marlon.

Brandt schluckte. Er merkte Marlons Unbehagen über das Zimmer.

Dann sagte Marlon: »Bislang ist es nur Holzschmuck, der im Tresor landet. Für die Brillanten brauchen wir noch den passenden Patenonkel.« Er machte gute Miene zum bösen Spiel.

Und Brandt spielte mit: »Sie ist doch schon getauft.«

»Aber Platz für einen Patenonkel bei der Polizei ist immer. Gemüth war immerhin heimlicher Pate von David. Aber das wissen Sie ja.«

Augenblicklich pulsierte Brandts Pumpe. Nein, das wusste er nicht. Das Herz schlug ihm hoch bis in die Halsschlagader. Er hasste diesen Gemüth, der bis zur Schädeldecke klüngelte. Wäre das hier nicht Köln, so würde man es schlicht korrupt nennen.

»Scherz«, sagte Marlon.

Wieder gemeinsames Lachen.

Marlon fiel auf, dass Brandt hinter der vorderen Zahnreihe oben rechts eine kleine Lücke hatte. Da Kommissare privat versichert sind – im Gegensatz zu ihren Widersachern wie Waffenschiebern, Zuhältern oder Entführern, konnte der Makel beim Lachen nicht in mangelndem Geld, sondern nur in Feigheit begründet sein. Dieser Brandt hatte offenkundig Angst vorm Zahnarzt. Hart wie eine Hyäne war er also nicht. Für eine Sekunde war er von all dem Chaos im Zimmer abgelenkt gewesen. Aber jetzt hatte er nur noch eine Frage: Wer war hier? Wer hatte das gewagt? Doch er sagte etwas ganz anderes zu Brandt: »Sie haben Markus Binder im Krankenhaus besucht.«

»Die Dinge sprechen sich schneller rum, als man denkt.«

»Nicht nur die Polizei hat überall Augen und Ohren.«

»Das war doch nur ein Scherz. Markus Binder ist einfach zu leichtgläubig.«

Marlon wusste nicht, wovon der Kommissar redete. Er hatte einfach ins Blaue hinein spekuliert, dass Brandt schon bei Markus gewesen sein musste.

»Ich meine die Packung *Tempo*«, sagte Brandt, der merkte, dass er sich verquatscht hatte. »Ich habe es ihm aufs Nachtschränkchen gelegt – und Markus Binder hat sofort befürchtet, darin könnte ein Mikro sein.«

»Wirklich? Mir hat er nichts davon erzählt.«

»Sie hatten gar keinen Kontakt mehr?«

Marlon grinste, und dann schüttelte er den Kopf.

Der Kommissar schritt voran zum Fenster. »Können Sie das bitte mal öffnen.«

Marlon tat ihm den Gefallen – Griff nach rechts zur Seite und dann am Fenster ziehen. »Das hätten Sie auch selbst gekonnt. Oder wollten Sie Ihre Fingerabdrücke nicht darauf verewigen?«

Brandt starrte ihn stumm an, und dann schauten beide die Hauswand hinunter auf den Boden, wo keine Leiche mehr lag und das Flatterband nicht flatterte. Nur die Sonne schien auf eine sich schneller als gedacht erwärmende Welt.

»Von hier ist er nicht hinuntergefallen«, stellte Brandt fest. »Er hätte sonst andere Verletzungen gehabt. Warum sollte er in Ihre Wohnung eingedrungen sein und den Tresor geleert haben? Ich wundere mich nur, warum das Dach des Fahrzeugs so arg eingedrückt worden war. Einer der Anwohner hat erklärt, er habe einen Menschen aus dem Fenster fallen sehen.« Mit dieser Information hatte sich Brandt Zeit gelassen. Er stand nah bei Marlon Wagner, zu nah für einen Kommissar, der einen Verbrecher befragt.

In Marlons Kopf wollte sich kein klarer Gedanken formen. Das war alles nicht logisch. Sondern alles unlogisch.

»Wie heißt denn mein toter Nachbar?«

»Killmann.«

»Wirklich?«

»Sehr wirklich. Was war denn im Tresor, das er hätte stehlen wollen.«

»Die Vorhaut von Jesus«, sagte Marlon.

Brandt hielt den Scherz für sehr gut. Er sei katholisch. Aber jeder wisse doch, dass die Juden – und ein solcher sei Jesus gewesen – stets ihre Vorhäute vergraben wie Piraten die Schätze.

»Deshalb auch der Tresor«, scherzte Marlon.

»Macht es Sie nicht nervös, dass jemand in das Zimmer Ihrer Tochter eingedrungen ist?«

»Doch«, sagte Marlon, und Brandt wusste, dass er jetzt ehrlich war.

»Wir werden denjenigen finden, der hier war. Glauben Sie mir.«

Marlon nickte. Der Kommissar schien zu denken, was er sagte.

Brandt verließ die Wohnung, ohne Smilla und Loreley zu wecken. Die beiden schliefen noch klimatisiert und hinter Rollos tief und fest und ahnten nichts von der Aufregung auf der Eichendorffstraße. Noch im Treppenhaus hatte Brandt das Bild von Marlon im Kopf, wie der im Flur gegangen war, den Rücken ganz durchgedrückt und …

Kaum hatte der Kommissar das Haus verlassen, machte sich auch Marlon auf den Weg. Smilla und Loreley sollten schlafen. Passieren konnte ihnen nichts. Wer würde schon in ein Haus einbrechen, in dem die Polizei jetzt ein und aus ging? Einen besseren Schutz konnte es gar nicht geben. Zudem war das Präputium weg – und damit auch jeder Anreiz.

38

WER ANDEREN EINE GRUBE GRÄBT

Der Dom stand aufrecht, der Colonius sollte wieder in Schuss gebracht werden, die Ditib-Moschee hatte längst die ersten Risse im Beton, an der Venloer verwandelten sich die Dönerbuden in asiatische Lokale, und die Straße war Einbahnstraße geworden. Das war die wirkliche Revolution. Denn die Stadt Köln versuchte, die Autos aus der Stadt zu drängen. Sie musste sich dabei beeilen. Sonst würde auffallen, wie gnadenlos Bürgermeisterin Henriette Recker die von der Regierung verordnete Umstellung auf Elektromobilität verpennt hatte. Henriette Recker, schon der Vorname war so modern wie Manfred, Giesela oder Giesbert. Alle die Genannten würden mit dem Verbrenner aussterben, gefolgt von Markus, Ralf, Gabi, Marion und endlich auch Dieter und Otto. Wer künftig in Ehrenfeld sein Auto elektrotanken wollte, der musste Nerven wie Starkstromkabel haben. Jetzt ging das noch alles, denn noch gab es nur wenige E auf den Nummernschildern, weil die Elektrowilligen sich keine Elektrowagen anschafften, da sie Angst hatten, ihre Stromer nicht geladen zu bekommen – außer den Eigenheimlern. Vermutlich baute die Stadt keine Ladestationen, weil es so wenige E-Wagen gab. Da biss sich eine dämliche Katze in den Schwanz. Erst die Zapfsäule bringt die Sicherheit. Das war klar, aber so viel Verstand traute Marlon den Stadtoberen nicht zu. Der heimliche Plan – so seine Überzeugung – war es, die Autos zu verdrängen. Er war eher politikerfeindlich und hielt von Henriette Recker so viel wie von einer Laufmasche.

Marlon fuhr über den Gürtel. Die Richtung war egal. Er brauchte die Freiheit zwischen zwei Ampeln, um denken zu können. Stop n' drive. Stop n' drive. Das war wie Ebbe und Flut. An der Vogelsanger Straße war die Ampel rot. Wer konnte so dreist gewesen sein und das Präputium aus seiner Wohnung stehlen? Marcos Leute? Die Vatikanleute? Aber wie hätten sie überhaupt auf die Idee kommen sollen, dass er einen Tresor in seiner Wohnung hinter dem Bild hatte? Und dass in dem Tresor – und nicht in Alberts Tresor – das Präputium liegen würde? Es ergab alles keinen Sinn. Außerhalb der Familie konnte nur noch Hammed Soylu von dem Tresor wissen. Schließlich hatte der Vormieter schon den Tresor gehabt. Aber stiehlt ein Moslem die Vorhaut von Jesus? Dafür würde Soylu nie das Verhältnis zu Albert aufs Spiel setzen. Vielleicht hatte Soylu es jemandem von der italienischen Mafia erzählt. Vielleicht. Die Ampel schaltete wieder auf Grün, doch der Kopf wurde nicht frei.

Wenn er seinem Onkel vom Diebstahl des Präputiums erzählen würde, er würde ausflippen. Wie sollte er ihm das nur beibringen? Marlon überlegte, ob die Vatikantypen bei ihm in der Wohnung gewesen waren. Aber was hatte es mit dem toten Nachbarn auf sich?

Er bog in die Subbelrather, die Bäcker im *Alanya Firini* hatten alle Hände voll damit zu tun, den Teig zuzubereiten und Brot zu backen, und der Verkehr staute sich wie jeden Morgen vor dem Krankenhaus, in dem Markus in sein First-Class-Brötchen biss. Marlon wählte die Nummer von Jason. Dessen Mailbox verlangte nach einer Sprachnachricht. »Melde dich sofort«, lautete diese. Tatsächlich rief Jason schon 50 Meter weiter in Höhe von *Eiscafé Liliana* an. Marlon erzählte ihm, dass Markus im Krankenhaus und außer Gefecht sei.

»Habe ich gelesen.«

»Wo?«

»In der *Bild*.«

»Dann weißt du ja, was auf dich zukommt.«

»Ich bin auf Lanzarote.«

Jetzt erst erinnerte sich Marlon wieder.

»Ich hoffe, dir geht es wieder besser.«

»Weiß nicht«, jammerte Jason.

Das konnte Marlon nicht leiden und sagte: »Schwing deinen Angestelltenarsch in den nächsten Flieger und komm zurück. Morgen bist du hier. Ist das klar? Du bist hier nicht bei der Kreissparkasse mit 40 Tagen bezahltem Urlaub im Jahr.«

»Ich weiß nicht, ob ein Flieger …«

»Das weiß ich aber für dich mit. Es geht immer ein Flieger, wenn du hier gebraucht wirst.«

Er legte auf. Heute müsste er selbst kassieren. Die Geschäfte brauchten ihre Betreuung. Denn einer musste jeden Tag rundgehen. Es war wie auf dem Bauernhof. Du kannst nicht die Kühe ungemolken lassen, sonst schreien sie, weil ihnen die Euter platzen.

So schaute er beim *Tibeter* an der Venloer vorbei und nahm von *Elektro Marcks* 1.400 mehr als üblich, da Albert dem Chef über einen Mitarbeiter im Dezernat XI zwei Scheinjobs am Ring besorgt hatte. Die Sonne heizte die Stadt auf, und es war Zeit für Giuseppe.

Der drückte Marlon die Hand und setzte sich ihm gegenüber an den Tisch. Das war genau jener Tisch, an dem er hier draußen das erste Mal mit Smilla Eis gegessen hatte. Giuseppe wollte wissen, ob es Neuigkeiten in der Sache Karl Kühnert gebe. Der *Express* habe damit lokal aufgemacht und von einem Rachefeldzug geschrieben. Vom nächtlichen Versagen der Polizei konnte noch nichts in der Zeitung stehen, aber auch online war nichts davon zu lesen.

»Stimmt das mit der Rache?«, fragte Giuseppe.

Marlon schaute kurz auf sein Handy und las in dicken Expresslettern: »Eine Stadt sucht einen Killer.« Er fand es ein wenig übertrieben, aber von Sensationen lebten die Journalisten.

»Sie schreiben, dass Markus im Franziskus-Hospital liegt und jemand heute Nacht dort eingedrungen sei und eine Schwester k.o. geschlagen habe.«

»Da weißt du mehr als ich«, sagte er.

Giuseppe lächelte, als würde er ihm nicht glauben, als würde er denken, Marlon hielte wichtige Informationen zurück.

Markus rief an.

»Ich sitze bei Giuseppe.«

»Ich komm rüber«, sagte Markus.

»Darfst du das?«

»Ich darf, was ich darf.«

Einen Milchkaffee und einen Teufelsbecher später tippte ihm Markus von hinten auf die Schulter. Marlon durfte ihn wegen der Schmerzen nicht umarmen – und Markus sagte: »Lass uns ein paar Meter gehen. Ich kann schlecht sitzen.«

Giuseppe sah von innen, dass die beiden draußen am Tisch standen. Marlon deutete ihm, dass er wegmüsse, woraufhin Giuseppe das Okay-Zeichen machte.

Nur wenige Meter von der Eisdiele entfernt redete Markus. Er berichtete nicht von Karl Kühnerts Besuch, sondern lediglich von Brandts Visite.

Marlon sagte: »Den habe ich heute früh auch schon genießen dürfen. Es gab einen Toten direkt vor unserer Haustür.«

»Wer?«

»Nachbar. Ich habe nichts damit zu tun gehabt, keine Ahnung.«

»Und warum war der Typ tot?«

»Weiß nicht. Jedenfalls hat Brandt in unserer Wohnung herumgeschnüffelt.«

»Brandt ist verdammt spitz darauf, dich einzulochen. Er will dir was anhängen von wegen Waffenschmuggel.«

»Waffenschmuggel?«

»Wie kommt er darauf?«

»Er hat wohl was gegen David in der Hand.«

Marlon schüttelte ungläubig den Kopf. Er wusste davon, dass David mit Waffen handelte, aber es durfte niemand wissen. Würde Albert es herausfinden, er würde womöglich mit ihm brechen. Und Markus sollte vor allem eines: die Klappe halten. Deshalb sagte Marlon jetzt: »Das mit den Waffen kann ich mir nicht vorstellen. Disco ist sein Ding, aber Waffenschmuggel? Brandt blufft. Der hat nichts in der Hand.«

»Aber in letzter Zeit hat er eine Menge mehr Geld gemacht«, sagte Markus. »David hat sich doch sogar ein Grundstück in der Spanischen Siedlung gekauft – hab ich jedenfalls gehört. Oder er wollte es zumindest ersteigern.«

»Was du so hörst. Das Hören kann ich dir ja nicht verbieten, aber das Labern solltest du besser lassen.«

»Na ja, ich mein ja nur«, sagte Markus. »Aber eines ist klar: Brandt mag dich nicht. Er will, dass ich dich verrate.«

Marlon hatte einen völlig anderen Eindruck gehabt. Brandt war höflich, humorvoll und überaus korrekt zu ihm gewesen.

»Der Typ ist gefährlich.« Markus ließ sich vorsichtig auf der Bank vor Sankt Peter nieder. Die Menschen auf der anderen Seite der Straße vor der Eisdiele konnten sie hier nicht hören. »Oh, oh, oh, tut doch ganz schön weh.«

»Kann ich mir vorstellen …«, sagte Marlon, obwohl er es sich nicht vorstellen konnte. »Ich habe gleich gewusst, dass Brandt ein hinterhältiges Arschloch ist. Er hat auch Gemüth verzinkt.«

»Er hat mir einen Deal angeboten.«

»Der wäre?«

»Ich sage gegen euch aus, dafür bin ich raus, falls sie Kühnert erwischen und der gegen uns auspackt.« Mit diesen Worten erhob sich Markus vorsichtig von der Bank.

»Du hättest mir das echt auch alles im Krankenhaus erzählen können.«

»Eben nicht. Brandt hat ein Paket *Tempo* bei mir auf dem Nachtschränkchen liegen lassen.«

»Na und?«

»Da ist eine Wanze drin.«

»Du Idiot. Er hat dich verarscht. Du kannst das Paket wegwerfen. Ich habe heute schon mit Brandt geredet.«

Damit hatte Markus nicht gerechnet. Was für ein Spiel trieb Brandt? Wusste Marlon noch mehr? »Jedenfalls habe ich ihm gesagt, dass ich von einem Deal am Eifeltor gehört habe, der in den kommenden Tagen steigen soll.«

»Was laberst du da?«

Markus spürte, dass er einen Fehler gemacht hatte.

»Deine gefährliche Klappe muss als Sondermüll begraben werden.«

»Meinst du, ich könnte auch ein Eis essen?«, sagte Markus überraschend. Viel plumper hätte er nicht das Thema wechseln können.

Marlon ging darauf ein, denn er brauchte eine Idee. »Ich hol dir eines.«

»So war es nicht gemeint.«

»Egal, und einen Kaffee hole ich dir auch. Du kriegst ja nur noch die Krankenhausplörre.«

Markus ließ sich erneut auf der Bank nieder und den Kaffee kommen.

Als Marlon zurück aus dem Eiscafé kam, fragte er Markus: »Du bist dir sicher, dass du mir alles von dem Gespräch mit dem Kommissar erzählt hast?«

»Ganz sicher.«

Marlon schaute ihm in die Augen. Braun waren diese, und zurzeit wirkten sie ehrlich. Also glaubte er ihm und sagte: »Ich habe Jason Bescheid gegeben, dass er von Lanzarote zurückkommt. Es kann nicht sein, dass ich abkassieren muss. Du bist ja vorerst außer Gefecht.«

»Macht keinen guten Eindruck«, warf Markus ein.

»Das würde ich so nicht sagen. Aber es ist euer Job. Und den macht ihr gut. Und vielleicht habe ich jetzt eine Idee …«

Ehe er noch etwas sagen konnte, stand da schon Lili und freute sich, endlich wieder Markus zu sehen. »Dir geht es aber schon wieder gut. Oder?«

»Ich hab Kaffee. Was macht denn deine Schwester.«

Eigentlich hätte sich Marlon nun unterhalten wollen. Aber es war nicht möglich, denn da winkte schon Lilis Schwester Tamara herüber zu ihnen und rief: »Ich hole nur schnell …« Der Rest war nicht zu verstehen, aber es konnte sich nur um Eis oder Kaffee handeln.

»Ich hab eigentlich keine Zeit«, sagte Markus zu Lili. »Ich und …«

»Ist egal«, meinte Marlon. »Ich muss sowieso weg.« Er drehte sich um und ging zum Wagen, denn er wollte zurück zu Hause sein, ehe Smilla und die Kleine aufwachten.

Im Hintergrund hörte er noch diese Lili sagen: »Ich habe gehört, sie haben dir das Trikot geklaut.«

»Von wem hast du das gehört? Von Caroline?«

»Nein«, log Lili.

»Das kannst du ja nur von ihr wissen.«

Während Marlon zum Auto ging, scheuchte Markus Lili weg. Er wollte Caroline anrufen und sie zur Rede stellen. Warum hatte sie ihren Freundinnen von dem Trikotklau erzählt?

Sie ging ran.

»Doch, du hast es Lili gesagt. Ich weiß es. Ich habe gerade mit ihr gesprochen.«

»Ja, weil ich ...« Für den Bruchteil einer Sekunde wollte sie ihm nun die ganze Geschichte mit dem Trikot und dem Rahmen erzählen. Aber sie tat es nicht. Es hätte verheerend geendet. So beichtete sie nur das, was sie nicht mehr leugnen konnte. »Und ich bin sehr enttäuscht von Lili. Ich dachte, sie kann ein Geheimnis für sich behalten. Schließlich sind sie und ich sonst so dicke. Ich verstehe das nicht. Verstehst du, Markus.«

»Ja, darum geht es aber jetzt nicht. Ich ...«

»Doch, mir geht es darum. Das ist einfach nicht gut von ihr. Ich muss mit ihr reden. Ist sie noch bei dir?«

»Nein.«

»Warum hast du sie einfach gehen lassen«, sagte sie leicht vorwurfsvoll.

Und er halb entschuldigend: »Weil, weil ich wusste ja nicht ...«

39

DER ZERSCHOSSENE TEDDY

Kaum, dass Marlon im TT saß, rief ihn Smilla an.

Sie war überrascht wegen der Dinge, die sich während ihres Schlafs in der Wohnung abgespielt hatten. »Kommissar Brandt war hier? Ich habe nichts mitgekriegt.« Sie ging in Loreleys Zimmer. »Und es gab einen Toten, direkt vor unserem Haus?« Smilla stand vor dem Tresor und schüttelte den Kopf. Dann fiel ihr auf, dass der Teddy nicht an seinem Platz saß.

Marlon fuhr mit Tempo 30 die Venloer Richtung Innenstadt. Links die *Bunt-Buchhandlung*, rechts Billigläden und die Stimme Smillas in seinem Ohr: »Das muss ein Irrer gewesen sein.« Sie war außer sich.

»Was ist denn?«, fragte Marlon.

»Ein Irrer muss das gewesen sein.«

»Beruhig dich«, sagte er nur und versuchte, sich selbst zu beruhigen.

»Wie soll ich mich beruhigen? Jemand war in unserer Wohnung und hat hier rumgeschossen. Da sind lauter Löcher im Teddy. Und in der Wand. Und du sagst, ich soll mich beruhigen.«

»Ist Loreley schon wach?«

»Natürlich. Hast du schon mal auf die Uhr geguckt? Sie ist in der Küche.« Smilla stand so unter Strom, dass eine ganze Flotte Teslas sich an ihr hätte aufladen können.

Noch einmal wollte er sie darum bitten, sich zu beruhigen. Aber er tat es nicht, denn es würde sie nur noch wütender machen.

Sie sagte: »Das waren die Italiener. Deshalb ist der Maserati weg.«

»Die waren aus dem Vatikan«, korrigierte sie Marlon.

Smilla hielt den zerschossenen Teddy im Arm und verstand die Welt nicht mehr.

Marlon erklärte: »Wegen des Nummernschildes. Die Polizei sagt, es sei vom Vatikan.«

»Das sind alles Italiener.«

»Ich komme nach Hause«, sagte er.

»Wozu?«

Auf diese Frage war er nicht vorbereitet. Ja, wozu sollte er nach Hause fahren? Um sich den leeren Tresor anzuschauen? Smilla steckte voller Überraschungen. Eben war sie noch emotional, jetzt kühl und logisch, sie sagte: »Wir behalten alles erst einmal für uns. Dein Onkel muss nichts davon wissen.«

Er parkte am *Allerweltshaus*. Es standen zwei Läden auf seiner Liste, die er hier in der Straße abkassieren musste. Zu Smilla sagte er: »Du hast recht. Die beiden waren sicherlich von Marco. Der hat jetzt das Präputium. Aber verkaufen kann er es nicht. Das würde sofort auffallen.«

Smilla entschied, dass das Präputium zurückgestohlen werden müsse, ehe Albert von dem Diebstahl Wind bekäme.

»Was aber, falls es wirklich Leute vom Vatikan waren? Wenn ihr Auto jetzt kaputt ist, fahren sie sicherlich nicht damit direkt nach Rom, sondern …«

Marlon überlegte und wiederholte lang gezogen »… soooondeeern …«

Und Smilla ergänzte: »Zu Dähmel. Dort können sie den Wagen unterbringen, und dort ist auch das Präputium sicher.«

»Aber wie konnten sie ahnen, dass das Präputium bei uns und nicht bei Albert ist?«

Smilla hatte schlagartig ein schlechtes Gewissen. Denn

eines war klar: Sie hatte Dähmel den Brief geschrieben, und damit war für Dähmel klar gewesen, dass sie das Präputium haben musste. Damit wiederum war es nur logisch, dass auch der Vatikan davon erfahren haben konnte. Sie hatte alles verraten, wenn auch nicht absichtlich. Sie ging in die Küche und nahm Loreley in den Arm. Sie liebte den Duft ihrer Tochter und Marlons Stimme, der noch einmal zusammenfasste: »Onkel Albert darf nichts von dem Diebstahl wissen. Wir müssen das Teil zurückbekommen.«

40
LEUGNEN, LEUGNEN, LEUGNEN

Albert saß in seinem klimatisierten Büro in der Villa und ahnte nichts von Marlons handfesten Problemen. Er versuchte, Christophe Muller zu erreichen. Der Luxemburger Geschäftsmann war wie vom Erdboden verschluckt. Gestern hatte Albert ihn um Rückruf gebeten, doch Muller rief nicht zurück. Er war einer der wenigen wohlhabenden Kunsthistoriker, die sich dem Reliquienhandel verschrieben hatten.

Es klopfte, und zeitgleich stand Silke mit dem Handy in der Tür.

Sie sagte knapp: »Rita is dran.«

»Was will sie?«

»Wird sie dir sagen. Warum gehst du eigentlich nicht ans Telefon? Ich habe versucht, sie zu dir durchzustellen.«

»Ich muss doch mit dem Kunsthändler reden – wegen dem Präputium.«

»Wie schön. Rita wollte dich auch erreichen. Und ich muss durchs halbe Haus tigern.«

»Was redet ihr da?«, hörten beide durch den Handylautsprecher Ritas aufgekratzte Stimme.

»Tschüs, Rita! Ich muss zum Prinzen«, sagte Silke laut. Prince of Dark Moon musste neu beschlagen werden, und sie wollte dabei sein.

Wieder schloss sich die Eichentür.

»Ich muss mit dir reden, Albert.«

Doch der sagte: »Frag mich nicht, wie es mir geht.«

Das hatte Rita nicht vorgehabt, aber jetzt fragte sie ihn.

»Schlecht«, antwortete er. »Ich habe Verspannungen.«

»Warum?«

»Weil ich …«, er stockte. »Ich muss dich zurückrufen.«

Das war ihr Codewort.

Worauf Rita sagte: »Gib mir fünf Minuten.« Sie griff den Wohnungsschlüssel, schlüpfte in ihre Pantoffeln, die mit den Gummisohlen, ging die zwei Treppen hoch und klingelte bei Silvia im dritten Stock. Sie konnte das laute »Bing! Bong! Bing!« sogar durch die Wohnungstür hören, denn Silvia hatte den Lautsprecher auf die höchste Lautstärke gestellt.

»Schön, dass du mal wieder …« Weiter kam Silvia nicht, denn Rita drängte sich schon in den Flur und unterbrach ihre Cousine mit: »Ich muss nur mal kurz telefonieren.«

Immer, wenn die Polizei nicht mithören sollte, ging Rita zu Silvia – und rief von hier auf Alberts abhörsicherem *Siemens*-Handy an – oder umgekehrt. Jetzt war umgekehrt. Vermutlich war Silvia die Einzige im Block, die noch ein Schnurtelefon besaß.

Silvia fragte: »Warum willst du mich kritisieren?«

»Nein, ich will dich nicht kritisieren. Ich will nur telefonieren. TELEFONIEREN!«

»Dann telefonier doch.«

»Albert ruft an, ich nicht ihn. Ich muss deshalb warten.«

Das verstand Silvia wieder nicht, aber sie ging, um mit *Eckes Edelkirsch* zurückzukehren. »So schön, die Farbe. Dass man von all dem Rot blau wird, wenn man davon zu viel trinkt, ist traurig.«

Rita schaute Silvia in die Augen. Tatsächlich hatte sie schon ein paar zu viel intus, und auch ihr lilafarbener Haarturm saß schon nicht mehr ganz so akkurat. Rita stieß kurz und knapp mit Silvia an, sagte: »Geheiligt seien alle Kirschliköre«, und kippte den Kurzen runter.

Die Cousine schmunzelte und nahm Rita mit einem »Einen mehr?« das Gläschen ab.

»Weiß nicht«, sagte Silvia, aber das Glas füllte sich derweil schon wieder. Rita saß nun mit einer Pobacke auf dem Telefontischchen. Der Apparat stand auf einem runden Deckchen.

Während die beiden den nächsten kippten, klingelte es bei Albert.

»Hage. Ich habe nicht viel Zeit.«

Hage war gut drauf und sagte: »Mach bitte mal das Fenster auf und guck nach draußen.«

Albert ahnte schon Gutes. Er lief um den Schreibtisch und schaute hinaus. Dort oben war die Drohne.

»Siehst du, ich habe dich im Blick«, sagte Hage. »Du kannst deinen ganzen Securityschwarm zurückpfeifen. Die sollen sich in der Laube eine Cola genehmigen. Ich sag schon Bescheid, falls sich jemand deinem Grundstück nähert. Hab hier die neueste ukrainische Technik.«

»Was kostet mich der Spaß eigentlich?«

»Wenig. Dafür machst du ein bisschen Reklame für mich.«

»Du bist ein Schlitzohr.«

»Ich hab zwei Ohren. Zwei Schlitzohren, und ich will endlich das neue Bugatti Bike. Der Habetz hat Kontakte. Der kann mir alles besorgen, der kennt auch den Marcel Wüst gut. Ich glaube, der hat sogar bei den Wüsts gelernt. Und der Wüst soll beim nächsten Bickendorfer Radrennen …«

»Jaja.« Albert wollte Hage abwürgen. Wenn der erst einmal von Fahrrad, Rahmen, Bremsen, Carbon, Beleuchtung und Rennen loslegte, war kein Halten mehr. Marlons Onkel hatte keine Ahnung, dass dieser Hans-Jürgen Habetz mit seiner Radfabrik den *Top-Insider-Radladen* im Kölner Westen hatte, und dass ein Bugatti Bike spielend in den fünfstelligen Euro-Bereich ging.

Er sagte nur: »Okay. Schick mir eine Rechnung. Das machen wir offiziell.«

»Ich mach nur offiziell«, entgegnete ihm Hage. »Das Finanzamt Köln-Nord ist so spitz wie Nachbars Lumpi. Da riskier ich nichts.«

»Gut so.«

»Dann bestell ich also schon mal beim Habetz den Rahmen.«

»Tu das.« Albert legte auf und klingelte Rita an, die gerade den vierten Kirschlikör kippte. Albert sagte: »Marco hat angerufen.«

»Wir reden vom gleichen Marco? Dem Marco, der hier die Italiener bei Laune hält?«

»Exakt.« Egal wie oft Albert über Rita schimpfte, am Ende war sie die einzige Frau in seinem Leben, die ihn in- und auswendig kannte. Und die er immer nach einem Rat in Sachen Arbeit fragen konnte. »Marco will etwas von mir, das ihm gehört.«

Rita hörte zu. Eigentlich hatte sie Albert angerufen, um beiläufig nachzufragen, wie es denn um das Präputium bestellt sei. Dabei hatte sie vorfühlen wollen, ob der Diebstahl aufgefallen war. Sie konnte nicht verstehen, warum sie noch keinen Anruf von Smilla oder Marlon erhalten hatte. Schließlich hatten sie gestern Abend Loreley gebabysittet. Sie und ihr Hannes waren die Einzigen, die das Präputium seit gestern gestohlen haben konnten. Das dachte sie zumindest. Im Laufe des Telefonates mit Albert wurde ihr klar, dass Albert noch nichts wusste. So ließ sie sich von ihm die Geschichte vom Pokerspiel, der Reise Marlons nach New York und der Rückkehr mit dem Präputium erzählen. Er ahnte nicht, dass Rita schon alles von Smilla wusste. Im Traum hätte er nicht daran gedacht, dass Rita selbst längst neue Fakten geschaffen hatte. Sie tat erstaunt und mimte die Überraschte. Im Flurspiegel sah sie sich selbst und das verschmitzte Gesicht eines bösen Mädchens, das alle hinters Licht führte. Der große orangenfarbige Hörer war noch einmal von ihrer Cousine mit einem Samtfutteral umhüllt worden. Das wirkte hier alles so 60er-Jahre 20. Jahrhundert, dass sich Rita schon fast wieder wohlfühlte. Was auch am Likör liegen mochte.

»Jedenfalls will Marco nun, dass wir ihm das Präputium geben, damit er es wieder seinen New Yorker Mitgliedern zurückgeben kann.«

»Das klingt kompliziert.«

»Ist es auch.«

»Willst du meinen Rat hören?«

»Deshalb rufe ich an.«

Dabei hatte eigentlich sie ihn angerufen, aber das verschwieg sie ihm nun geistesgegenwärtig. Sie sah, wie ihre Wangen ein wenig rot geworden waren. *Kölsch* vertrug sie ohne Ende, aber so ein *Edelkirsch*, der schlug bei ihr durch.

»Ich würde Marco gegenüber den Ahnungslosen spielen. Schließlich haben die New Yorker das Ding in den Pott gelegt. Wer so was tut, der riskiert, dass er verliert. Das ist das Leben. Und du hast gewonnen, Albert. Freu dich einfach.«

»Das Problem ist aber: Der New Yorker Italiener hat gar nicht verloren. Eigentlich gehört ihm das Präputium.«

»Aber er hat zu viel riskiert. Das reicht. Das ist kein katholischer Umgang mit dem Zipfel vom Jesuskindlein. So was legt man nicht in den Pott. Da musst du dir moralisch keine Probleme machen. Eher musst du es andersherum sehen. Du musst das Präputium vor diesen Typen schützen, es bewahren, als würdest du den Heiland persönlich zu Gast haben. Bei dir ist dieses Präputium sicher. Und das ist gut so.«

»Wenn du meinst.«

»Ich meine nicht, ich weiß.«

Wieder fragte sie sich, warum der Diebstahl bislang nicht bemerkt worden war? Sie dachte an den Duft von Mellers *Sommernachtstraum*. Ein Zauber, der alles ins rechte Lot setzt, der in Köln selbst die Elf gerade sein lässt und jede Wunde heilt.

Zu Albert sagte sie nüchtern: »Ich würde an deiner Stelle leugnen, das Präputium noch zu besitzen. Leugnen, leugnen, leugnen.«

»Du sprichst wie Immel, aber der ist ja auch Rechtsanwalt. Und Leugnen ist sein Lieblingswort. Allerdings hat Marlon das Präputium im Kreuz selbst mitgebracht.«

»Das soll dir Marco erst einmal beweisen.«

»Das kann er sich an seinen zehn Fingern abzählen.«

»Der Kölner hat elf Finger, vergiss das nicht«, sagte Rita. »Und leugnen ist der einfachste Weg. Leugnen, leugnen, leugnen.« Hinter sie trat Silvia, sie hielt erneut zwei Gläschen im Anschlag. Und zwinkerte Rita über den Spiegel hinweg zu.

»Also, was machst du jetzt, Albert?«

»Erst mal gönne ich mir eine *Montecristo* auf der Terrasse. Dann werde ich Marco sagen, dass ich das Präputium nicht mehr habe.«

»So geht Sommer«, sagte Rita und sprach dabei über den Spiegel Silvia an. Die reichte ihr den *Eckes Edelkirsch* über die Schulter. Rita legte auf, und die beiden alten Frauen kippten ihren Schnaps herunter, als sei es gefärbtes Wasser.

Zwei weitere Shots später fragte Rita: »Häss du noch Haargummis?« Sie hatte die Idee, Haargummis anzukokeln und Teile davon als Präputium auszugeben. Schon als sie das Präputium bei Marlon zum ersten Mal gesehen hatte, hatte es sie an einen verkokelten Haargummi erinnert.

Natürlich hatte Silvia Haargummis. So viel Haar, wie sie besaß, und so gerne sie Türme auf ihrem Kopf baute, hatte sie zig Haarnadeln, Klammern und Gummis. Und: Sie hatte noch einen Karton mit Haarspray voller FCKW aus alten Beständen in den beiden Kartons im Kleiderschrank.

»Nein, nur Haargummis«, sagte Rita, die partout die Dose Haarspray jetzt nicht wollte.

»Ich verkauf sie dir auch für 'n Appel un' 'n Ei.« So schlecht Silvia hörte, so gern machte sie Geschäfte, und Ozon-Haarsprays waren ein gutes Geschäft. Wer nach der Umstellung von Glühbirnen auf Leuchtmittel sein Glück im Glühbirnenhandel gesucht hatte, der hatte auf Sand gebaut. Doch das FCKW-Haarspray lief immer bei den Ü8oern. Never change a winning team.

»Ich brauch nur Haargummis.«

Silvia konnte es nicht glauben und sprühte einen Schwall Haarspray in die Luft. »Riech mal. Das riecht doch ganz anders als das neue Zeug von *Wella* und so.«

»Jetzt nicht. Ich hab sowieso noch zwei Dosen von dir daheim.«

Silvia schnüffelte. »Gutes Zeug. Sehr gutes Zeug«, sagte sie, und Rita schnüffelte ebenfalls.

Sie sagte: »Mach noch mal«, woraufhin Silvia wieder die Sprühdose bemühte.

»Geil«, sagte Rita, die jetzt mehr als beschwipst war.

Es gab noch einen Kirschlikör und ein paar kostenlose Sprühstöße ins Haar von Rita, ehe die sich, mit einer Schachtel Haargummis bewaffnet, wieder ins Treppenhaus aufmachte.

41

OPA MUSS BLUTEN

Hannes kam gerade zur Tür herein, als Rita sich an den Küchentisch gesetzt hatte. Er war bei Heinrich gewesen, ein ehemaliger Chemiker von *Gummi Clouth* und Freund der Familie Wagner. Er wohnte gegenüber dem Eingang der *Clouth*-Werke, die heute Wohnungen waren. Über die Jahre hatte er Gummis angesammelt und trieb damit Handel wie die Ü8oer mit Haarspray. Gummiheinrich hatte Hannes ein paar dunkelbraune Gummis so gebrannt, dass sie dem Präputium täuschend ähnlich sahen.

Als Rita nun die Gummis sah und merkte, dass er die gleiche Idee wie sie gehabt hatte, hätte sie ihn am liebsten geküsst. Aber sie war zu aufgeregt und sagte: »Du häss däm Heinrich doch nix vom Präputium gesagt?«

»Ich kenne ihn schon lange.«

Im Klartext hieß das für Rita, dass Ritas Hannes den Mund nicht hatte halten können und Heinrich alles brühwarm erzählt hatte. »Manchmal verstehe ich dich nicht. Bei dir ist wirklich kein Geheimnis sicher.«

»Auch kein Tresor«, sagte er und grinste dabei. In solchen Momenten funkelten Hannes' Augen wie das von einem Kind am Heiligabend, und sein Gesicht wurde wieder spitzbübisch wie früher. Das liebte sie an ihm. Rita konnte nicht anders. Sie lehnte sich ein wenig zu ihm hinüber und dann gab sie ihm einen Kirschlikörkuss.

»Silvia?«, fragte er.

»Ja«, sagte sie und gab ihm noch einen Kuss. »Dann brauche ich ja die Haargummis nicht mehr zu präparieren, besser als Gummiheinrich macht da keiner ein Duplikat von.«

Hannes nickte. Auch er liebte seine Rita und die Energie, die sie ausstrahlte. Ohne ihre Energie würde er selber untergehen – und das wusste er in jedem Augenblick.

»Wie alt is der Heinrich eigentlich?«, wollte sie wissen.

»90 plus irgendwas müsste er sein.«

Heinrich hatte 18 Gummis gebrannt. Keiner glich exakt dem anderen, aber alle könnten als Präputium durchgehen.

Rita schlug vor: »Wir sollten dem Kardinal das Original geben. Die Hochzeit hat Priorität.«

»Meinst du?« Hannes war kritisch. Die einzelnen Präputium-Fälschungen lagen auf der weißen Unterseite seines *FC Köln*-Brötchenbrettchens. »Ich weiß nicht. Wenn Albert dem Reliquienhändler davon eins verkauft, wird der das sicher rauskriegen. Die machen garantiert eine DNA-Analyse.«

»Blödsinn. Dat bringt doch nix. Mit wat sollen die denn die DNA vergleichen? Die haben doch sonst nix von Jesus«, fuhr Rita ihm über den Mund. »Es muss nur Menschen-DNA in den Gummi.«

»Ich ruf mal Heinrich an.«

»Wieso?«

Da hatte Hannes schon die Nummer gewählt.

Er fragte in den Hörer: »Kannst du Menschenblut und Gummi mixen?«

Heinrich verneinte: »Ich weiß, wie mer Flönz macht, aber Mensch und Gummi? Das klappt nur, wenn du es überstreifst.« Kaum hatte er das gesagt, hatte Heinrich auch schon eine Idee. »Du und dein Rita, ihr tunkt dä Gummi, den ich euch mitgegeben habe, einfach in Menschenblut … bis et eine wirkliche Kruste ergibt … Dann sieht dat Ding noch echter aus und hat gleichzeitig Menschen-

DNA. Die werden bei der Analyse sowieso nur ein bisschen an der Oberfläche vom Präputium kratzen, ein mikrobisschen. Die werden gar nicht bis zum Gummi vorstoßen. Verlass dich drauf.«

Ganz überzeugt war Rita nicht von der Sache, aber was sollte sie machen? Es war die einzige Idee, die im Raum stand.

Woher aber sollte das Blut kommen?

»Hannes!«, rief sie. Der besuchte gerade das Pissoir in der Toilette und hatte die Tür wie immer ein wenig offenstehen, sodass ihn das liebevolle »Hannes?« von Rita nun von der Seite erwischte.

»Ja, ich komm ja. Wat is denn? Kann ich nicht einmal in Ruhe …«

»Ich brauch dein Blut.«

»Reicht nicht einfach Dracula-Schorle?« Damit meinte Hannes Johannesbeersaft mit Sprudel.

»Nein, nein. Wir brauchen deinen Saft.«

Hannes war dagegen, dann jedoch waren sie sich einig, dass es Hannes' Blut sein sollte. Eine Spritze hatten sie nicht daheim, um es abzuzapfen. Also saß er eine halbe Stunde später im Wartezimmer seiner Ärztin am Lenauplatz. Eine Stunde später saß er am Schreibtisch seiner Ärztin und sagte: »Ich will mein Blut zurück.«

»Wie?«

»Ich hab doch gestern Blut abgegeben. Haben Sie die Ergebnisse schon?«

»Ja.«

»Und das Blut?«

»Das …«

»… ist mein Blut. Ich hätte es gerne zurück. Zumindest den Rest. Oder haben Sie alles gebraucht?«

»Das geht nicht.«

»Dann nehmen Sie mir jetzt Blut ab für mich. Ich brauch das.«

»Wofür?«

»Das ist meine Sache.«

Die Ärztin war perplex. Wie sollte sie einen solchen Auftrag bei der Krankenkasse abrechnen? »Ich kann Ihnen kein Blut abnehmen? Unmöglich.«

»Hat schon mal einer sein Blut zurückgefordert vor Gericht?«

»Nein.«

»Das könnte sich ändern.«

Die Ärztin überlegte. Sie wusste, dass die Familie Wagner Einfluss im Viertel hatte. Und dass Ritas Bruder Albert Nagel war. Und was das hieß, wusste sie ebenfalls. »Wie viel Blut brauchen Sie denn?«

Hannes hatte einen Becher bei. »Bis zu der Markierung«, sagte er.

»Na gut, dann sollten wir mal ins Behandlungszimmer 2 gehen.«

Smilla konnte nicht wissen, was ihre Schwiegeroma ausheckte. Sie lebten so nah beieinander, aber jeder war auf seiner Schiene unterwegs, und ab und an kreuzten sich die Schienen und gingen wieder auseinander. An Smillas Schiene hing jedoch noch jemand, den Smilla gar nicht mehr auf dem Plan hatte: Sekretär Joseph. Der hatte nämlich gerade Ärger mit Dähmel. Denn ganz im Gegensatz zu Smillas Vermutung, hatte Dähmel das Präputium immer noch nicht in seinem Besitz. Dähmel hatte daher Joseph gedrängt, noch einmal bei Smilla anzurufen. Und das tat er jetzt.

»Seine Eminenz möchte einen Beweis dafür, dass das Präputium in Ihrem Besitz ist, ehe er Ihnen die Erlaubnis für die Hochzeit am Hauptaltar erteilt. Das bedarf alles der Vorbereitung.«

Smilla war erstaunt. Sie konnte kaum glauben, was sie da durch ihre Kopfhörer hörte. Sie fuhr gerade mit dem Lastenrad durch Ehrenfeld, einfach so, weil Loreley ein wenig Gerappel brauchte. Und das Lastenrad war fast so einschläfernd wie der TT. »Wie sollen wir das machen?«, wollte sie wissen.

»Am besten wäre es, wenn Sie möglichst bald bei uns vorbeikämen.«

»Oder ich schicke ein Foto.«

»Das können Sie sicherlich tun, aber warum wollen Sie uns nicht gleich das Präputium bringen? So wie ich es verstanden habe, möchten Sie als Gegenleistung den Hauptaltar, um es einmal so profan auszudrücken.«

»Ich würde Ihnen gerne das Präputium erst danach geben.«

»Vertrauen Sie uns nicht?«

»Ich vertraue Ihnen. Aber es wäre mir lieber.«

Josephs Stimme in Smillas Ohr wurde noch dünner und ein bisschen ungehalten. »Seine Eminenz pflegt einzuhalten, was er verspricht. Er ist von höchster moralischer Integrität. Wie soll ich es ausdrücken: Er *ist* die Moral. Und es käme ihm nicht in den Sinn, eine Frau wie Sie zu betrügen. Daher schlage ich vor, dass Sie das Präputium morgen hier vorbeibringen. Und wir dann alle Formalitäten erledigen. Ich habe bereits geschaut. Am Sonntag in einer Woche können wir zwischen zwei Messen den Dom für Sie freihalten. Dann wäre alles zeitnah erfüllt.«

»Ich brauche aber …«

»Vorlauf?«, unterbrach sie Joseph.

»Ja. Ich denke, dass wir …«

»So viele werden Sie nicht einladen können. Das ist nicht möglich.«

»Aber meine Eltern müssen erst anreisen.«

»Aus Kopenhagen«, sagte Joseph. Er hatte sich genau über Smillas Familienverhältnisse informiert. Joseph war ein guter

Berater seines Herrn. Wäre Dähmel nicht häufig so sorg-
los im Umgang mit Fakten, würde Dähmel häufiger einfach auf Josephs Rat hören, so ginge es der Kirche in Köln
sicherlich besser.

»Am kommenden Dienstag fliegt eine Maschine über Paris
von Kopenhagen hierher. Für Seine Eminenz ist es wichtig,
dass das Präputium so schnell wie möglich in den Besitz unserer Kirche kommt. Da wir großzügig sind, gebe ich Ihnen
noch Zeit bis zu diesem Wochenende.«

42
ES LÄUFT NICHT GUT

Karl Kühnert hatte schon den ganzen Tag und den halben Abend in dem dunklen Raum gelegen. Er musste an sein Versteck im Dach seines Stiefvaters denken. Hier war es ähnlich finster, nur nicht so eng. Es roch ein wenig nach Benzin, und die schmutzigen Gummistiefel stanken. Er wusste nicht, ob er jemals wieder der Finsternis entkommen könnte. Kühnert war vor der Polizei geflohen, in den Kofferraum eines Fahrzeugs der Black Security gestiegen und hatte die Klappe von innen zugezogen. So lag er schon Stunden auf der Seite, die Pistole im Hosenbund, und harrte der Dinge, die da kommen mochten. Ab und an fuhr der Wagen weiter, blieb für einige Minuten stehen und bewegte sich wieder. Seine einzige Lichtquelle war das Handy. Obwohl Kühnert den Schlossmechanismus analysiert hatte und der Fahrer auch schon ausgestiegen war, gelang es ihm nicht, den Kofferraum zu öffnen. Irgendwas klemmte. Auf seinem Handy hatte er nichts über den Polizeieinsatz in Morschenich lesen können. Es schien, als habe die Polizei eine Nachrichtensperre verhängt, als sei er gar nicht auf der Flucht, als habe er nicht das Sondereinsatzkommando überlistet. Die Wunde am Oberschenkel spürte er kaum noch. Sie war schnell verkrustet. Die schmutzige Luft hingegen nahm ihm fast den Atem. Und vor lauter Durst hätte er am liebsten den Benzinkanister oder das Konzentrat fürs Wischwasser getrunken. Irgendwann, so seine Hoffnung, würde einer der Fahrer oder Beifahrer den Kofferraum öffnen …

Zur gleichen Zeit lief es bei Marlon noch schlechter. Er lag in keinem Kofferraum, er saß stattdessen in seinem TT. Seit er den Flug nach New York angetreten hatte, war sein Leben aus den Fugen geraten. Und eben war auch noch der Anruf von Onkel Albert gewesen. Der wollte das Präputium zurück. Eigentlich sollte es noch heute Abend passieren, aber Marlon hatte ihn auf morgen vertrösten können. Nur, wie sollte er das Präputium bis morgen besorgen? Sein Onkel hatte es gut. Er saß satt und sicher in seiner Villa und schwärmte von den Drohnen, die zusätzlich sein Haus bewachten. Und er schwärmte von Hage, der im Handumdrehen den Drohnendienst aufgezogen hatte. Die Autobahn nach Düsseldorf war immer noch belebt, doch Marlon gab unerbittlich Gas. Es war wie auf dem Autoscooter, wenn du rechts und links die anderen liegen lässt und einfach Gas gibst, ohne Rücksicht. Smilla rief an. Er ging nicht ran, las bei 198 Stundenkilometern auf dem Display: »Es ist dringend. Ruf mich bitte zurück.« Nein. Nicht jetzt. Vermutlich ging es um Loreley, die wieder mal einen Furz quersitzen hatte und in den Schlaf kutschiert werden wollte. Nein, nicht jetzt, für Kleinkinder fehlte ihm jetzt die Geduld. 208 Stundenkilometer. Wieder eine Nachricht. Jason schrieb, dass er zurück in Köln sei und einsatzbereit. Marlon antwortete mit einer Sprachnachricht: »Das ging aber schnell. Blitzflug oder was? Dann halte dich bereit. Ich brauche dich und dein Auge womöglich schon heute Nacht.«

Während er auf der Autobahn nicht die Ausfahrt nach Düsseldorf nahm, sondern in seinem TT weiter Richtung Krefeld bei 218 Stundenkilometer den Kopf freirasen wollte, ärgerte sich Smilla, dass sie ihren Marlon nicht erreichen konnte. Sie wollte ihm auf keinen Fall eine SMS oder *WhatsApp* schicken. Die Polizei konnte das *Siemens* nicht abhören, aber falls Albert die Nachricht hören würde, würde er ausflippen. Das wäre noch schlimmer als Polizei. Sie versuchte es erneut auf dem Handy und dann noch einmal auf dem *Siemens*. Vergebens.

43
WELCHES PRÄPUTIUM IST DAS WAHRE?

»Das ist echt Mist von dir gewesen«, sagte Smilla. Neben ihr saß Opa Hannes auf der Couch und Rita im Sessel. Der Fernseher lief. Smilla verstand nichts von Fußball, aber sie hatte verstanden, dass der FC so wichtig für ihre Schwiegergroßeltern war, dass sie nebenher das Spiel unbedingt schauen mussten.

Vor Smilla lagen auf dem Brettchen die gefakten Präputien.

»Ich verstehe dich nicht, Rita. Warum hast du nicht mit Marlon und mir geredet? Wir hätten schon eine Lösung gefunden. Warum hast du uns bestohlen?«

»Übertreib nicht. Und du musst auch gar nicht verstehen, warum ich das getan habe. Opa hat es auch nicht kapiert. Aber ich sage dir, es funktioniert. Und am Ende werden alle glücklich sein. Lass das mal die Oma machen. Du gibst dem Dähmel, was der Dähmel will. Dann gibst du deinem Mann, was er will, und der gibt es seinem Großonkel, der es dem Sammler verkauft, und für die italienische Mafia ist auch noch was dabei. Und jetzt frage ich dich: Welches der fünf Präputien, die du auf dem Brettchen siehst, ist das wahre vom Heiland – und was sind die Fälschungen?«

»Weiß nicht. Warum sind es überhaupt fünf? Wir brauchen doch nur vier.«

»Eines ist zum Ersatz, falls wir eines mehr brauchen«, sagte sie süffisant.

»Ich finde das nicht witzig. Marlon hat echt andere Probleme.«

»Ja, ja, die Männer. Die wissen nicht, was wichtig ist. Wir Mädchen üben das ganze Leben lang schon mit Puppen Hochzeit, da machen die im TT oder Porsche brumbrum oder heutzutage sumsum. Aber wir, wir erkennen, was wirklich wichtig ist. Deshalb sorgen wir dafür, dass der Marlon dich in Weiß am Hauptaltar im Kölner Dom ehelichen darf. Es gehen heute so viele Ehen kaputt, aber die am Hochaltar haben Bestand. Wer da heiratet, der tut das für die Ewigkeit. Ich vermute, dein Marlon sitzt in seinem Brumbrum und saust dumdum in der Gegend rum – und wir tun das Richtige für ihn.«

Hannes schlug die Hände über dem Kopf zusammen, weil FC Stürmer Mark Uth den Ball gerade über das Tor gesemmelt hatte, statt ihn laut Opa »schön flach oben reinzuschießen«.

Smilla fühlte sich sehr einsam hier im Wohnzimmer. Nicht einmal Loreley machte einen Mucks, sondern biss auf einem Plastikring herum.

»Na, nun sach schon, Smilla: Was ist das wahre Präputium?«

Smilla wusste es nicht.

Oma stemmte sich aus dem Sessel, ging zur Schrankwand und zog das Schubfach auf. Daraus zauberte sie mit einem »Trara« fünf Kreuze hervor. »Leg die Präputien schön auf die Kissen und in die Kreuze – und dann sind wir fertig.«

»Toooor!«, schrie Hannes, und sofort war die Aufmerksamkeit wieder auf dem Bildschirm. Durchs Klappfenster hörten sie auch den Torjubel, der aus den umliegenden Häusern drang. Jetzt war die Welt der Kölner wieder in Ordnung. Smilla sortierte derweil die Präputien in die Kreuze ein.

»Is es nicht schön?«, fragte Rita und schaute Smilla zu, wie sie die Kreuze auf dem Glastischdeckchen aufreihte. »Alles hat seine Reihenfolge im Leben, alles seine Ordnung.« Doch dann stockte sie. »Wo is denn jetzt das Original?«

»Weiß nicht«, sagte Smilla und schaute nun ebenfalls auf die fünf Kreuze, die alle gleich aussahen. »Du hast doch ein Foto davon. Oder?«

»Sicher, Kind.« Oma nahm das Handy und zog das Foto groß. Dann öffneten sie die Holzkreuze wieder und verglichen die Präputien mit dem auf dem Foto. »Mensch, dat is gar nicht so einfach. Die sind nicht gleich, aber es kommt auf den Winkel an, dann sind sie doch irgendwie gleich.«

Smilla nickte.

»Nun hilf endlich mal, Hannes. Du sitzt nur vor der Flimmerkiste.«

Hannes war überrascht von der Energie, die sich plötzlich auf ihn richtete. »Ich weiß nicht, wat du wills.«

»Weil du dich nicht interessierst. Da siehst du, Smilla, was ein Mann ist. Komplett ignorant.«

Opa schwieg und schaute auf die Kreuze und die Präputien. »Wir haben doch ein Foto vom Original.«

»Ja, du Schlaukopf. Aber trotzdem kann ich dir nicht mehr sagen, was das Original ist.«

Opa war genervt, aber er ging ins Bad und kehrte mit seinem Kulturbeutel zurück. Dann zog er eine Pinzette daraus hervor und drehte die Präputien auf ihren Kissen. »Stimmt. Je nach Seite sehen sie alle nach Original aus.«

»Ich werde irre. Das sage ich doch die ganze Zeit schon, Hannes.«

Smilla war zum Heulen zumute. Sie liebte diese beiden alten Leute, aber das ging zu weit. Da sagte Hannes unerwartet: »Ist doch egal.«

»Wie?« Rita war erstaunt. »Das ist gar nicht egal, das ist wichtig. Guck dir dat Smilla an, die ist schon komplett fertig wegen dem Präputium.«

Hannes sagte: »Wenn alle wie das Original aussehen, dann ist es egal. Dann könnte ja auch jedes das Original sein.«

Das klang logisch in Ritas und Hannes' Welt, in einer Welt aus »Et hätt noch emmer joot jejange« und »Wat wellste mache«. Und in der Fünfe immer gerade waren. In Kopenhagen hätte das nicht funktioniert. Da hätten die Menschen nachgefragt und überdacht, hier wurde gemacht und dann erst gedacht. »Das Präputium macht doch nur einen Sinn, wenn die Menschen daran glauben. Und die können ja auch glauben, dass die Gummis vom Heiland sind. Der Glaube versetzt Berge, und der FC wird dat Spiel heute gewinnen. Da bin ich mir sicher.«

»Hör ihn dir an«, sagte Rita. »So macht der sich die Welt schön, aber recht hat er. Wir packen die Kreuze weg, und dann geht es los. Komm jetzt.«

»Wohin?«, fragte Smilla.

»Na, zu dir.«

»Willst du das Spiel nicht mehr gucken?«, mischte sich Hannes ein.

»Dein Leben möchte ich haben. FC gucken und den lieben Gott einen guten Mann sein lassen. Ich muss dem Kind helfen. Das weißt du doch.«

»Komm«, befahl Rita erneut. Sie hatte eines der Kreuze schon in das Netz vom *Maxi Cosi*-Transporter gepackt. So gingen sie nun gemeinsam durch die Gottfried-Daniels-Straße und 200 Meter weiter in die Eichendorffstraße.

»Der arbeitet auch immer«, sagte Rita, als sie an *Benson Coffee* vorbeikamen. »Ich glaube, der macht da hinten den Kaffee.« Tatsächlich brannte noch Licht im Laden. Besitzer Benjamin Pozsgai röstete und hörte dabei Kösters whiskeydunkle Stimme, wie er *Der Pate von Ehrenfeld* auf Spotify las. Das Kaffeerösten war die Kunst des Einklangs und der Harmonie. Pozsgais Frau rief an. Er vertröstete sie auf spät in der Nacht. »Ich ziehe das heute durch. Ich muss.« Diese Röstung sollte ein Meisterwerk werden – für Feinschmecker wie Brandt, der wieder einmal auf seine Tochter wartete.

In Smillas Wohnung angekommen, legte Rita das Kreuz zurück in den Tresor. »So, da bleibt et jetz.«

»Und was sage ich Marlon, wenn er es sieht?«

»Du sagst das, was du in solchen Situationen immer sagen solltest: Ich weiß von nix.«

»Das glaubt er mir nicht.«

»Ihr seid verheiratet. Egal, ob es dir glaubt oder nicht, du bleibst dabei: leugnen, leugnen, leugnen.«

»Das kann ich nicht.«

»Sei eine gute Ehefrau. Verschweige deinem Ehemann die Dinge, die ihm schaden. Und jetzt lass uns einen Tee trinken, damit alles in Ordnung kommt.«

44

ENDLICH FREI

Der Kofferraum öffnete sich. Karl Kühnert sah nur einen Schatten über sich. In der nächsten Sekunde trat er dem Schatten ins Gesicht. Dafür wollte er keine Kugel verschwenden. Der Schatten fiel in sich zusammen. Kühnert war blitzschnell aus dem Kofferraum, sah einen zweiten Schatten, der neugierig ums Auto auf ihn zu rannte. Diesen schlug er mit dem blechernen Benzinkanister mehrmals gegen den Kopf. Beide Schatten lagen jetzt in ihren schwarzen Security-Uniformen auf dem Waldweg. Kühnert blickte sich um. Der Wald war dicht, keine Tannen, Mischwald, der Mond schien durch die Blätter. Einer der Schatten schlug die Augen auf und Karl ihm mit dem Kanister ins Gesicht. »Du Sau stehst nicht mehr auf. Du hältst die Fresse!« Wieder schlug er zu, dann auf den anderen ein, bis die Gesichter unkenntlich waren.

Er drückte außer Atem von der Arbeit den Kofferraum zu und setzte sich in den Wagen. Kein Zündschloss, kein Schlüssel, er drückte das Bremspedal und tippte in der Mittelkonsole auf Start. Der Wagen sprang an. Automatik. Er schob den Hebel auf R und setzte zurück über die beiden Körper und dann wieder vorwärts. Die Pistole drückte ihn im Rücken. Er legte sie in der Konsole ab und schloss sein Handy an den Bordcomputer, um Musik zu hören.

Wasser konnte er keines im Wagen finden, nur heißen Kaffee in der Thermoskanne auf dem Rücksitz. »So ein Scheiß!«, fluchte er. »Mit Kaffee kannst du keinen Durst löschen.« Nicht mal Wasser hatten diese »Arschlöcher«. Er schaute auf den Bildschirm des Navis und wendete den Wagen. Sein Ford-Puma, den er vor seiner Verhaftung gefahren hatte, hatte auch schon eine Rücksichtkamera gehabt. Nun ging es vorwärts über die beiden Security-Männer, die ihn garantiert nicht mehr verraten würden. Der Wagen war Allrad. Das gefiel Karl. Endlich mal nicht so eine Schrottkarre.

Er fuhr durch den Wald. Hier mussten irgendwo die Baumbesetzer vom Hambacher Forst leben. Was für eine Tortur für die Leute. Sie machten es fürs Klima und die Menschen, die keinen Bock hatten, was fürs Klima zu tun. Was für Honks!, dachte Karl. Wer ist schon so bescheuert und opfert sich für die anderen? Er lachte und hörte Helene Fischer auf YouTube. Wieder ging es durch Morschenich. Nichts mehr war von dem gestrigen Einsatz zu sehen. Aber es war ja auch schon wieder dunkel und alles einen Tag vergangen. Auf der A4 fuhr er Richtung Köln.

Er wollte zu Marlon. Für ihn hatte er sich die restlichen beiden Kugeln im Magazin aufbewahrt. Albert war zurzeit unerreichbar. Der hatte sich in seinem Haus verschanzt wie ein elender Feigling. Marlon hingegen wäre ein leichteres Ziel. Noch ehe die Nacht zu Ende ging, musste der Pate von Ehrenfeld erledigt sein. Karl hatte den Tempomat auf 120 eigestellt und durchwühlte das Handschuhfach. Darin lag ein kleiner Beutel mit 50-Cent- und Eurostücken. Warum der dort lag, verstand er nicht. Aber der *McDonald's* an der A4 hatte offen. So konnte er sich ein Menü und zwei zusätzliche Flaschen Wasser kaufen. Jetzt war die Welt wieder freundlicher.

Die A4 fiel steil nach unten mit Blick auf Colonius und Dom. Die Stadt lag ihm zu Füßen. Nacht war es, aber Karl Kühnert war hellwach.

45

DIE DROHNENPILOTEN

Was Kühnert nicht wissen konnte: In dem TT, der gerade an ihm vorbeirauschte, saß Marlon.

Der war das Dreieck Köln-Düsseldorf-Aachen-Köln gefahren, sprich: A57 – A46 – A4. Wie eine Hornisse schoss er an der Eintagsfliege vorbei. Marlon war voll Adrenalin, sein Herz eine Maschine, die nicht schnell genug schlagen konnte. Das Gaspedal war sein Freund. Marlon schrie sich selbst an: »Konzentrier dich!« Doch wie sollte er das Präputium zurückbekommen, wusste er doch nicht einmal, ob es die Italiener hatten? Nichts wusste er, nur dass er Onkel Albert im Nacken hatte. Es war, als würde der ihn verfolgen. Und er konnte auch nicht einfach bei Marco vorbeigehen und ihn fragen, ob er das Kreuz habe. Der würde garantiert lügen. Genau wie dieser Kommissar Brandt gelogen hatte. Dieses Schwein hatte auf freundlich gemacht, auf Lachen, und jetzt wollte er Marlon zur Strecke bringen. Doch vorher würde er den Kommissar erledigen. Vielleicht konnte er so auch bei Albert punkten. Vielleicht war das der Ausweg aus der verfahrenen Situation. Marlon streckte die Arme aus, drückte seinen Rücken fest in den Sitz und trat noch stärker aufs Gas. Brandt hatte ihn verarscht – in seiner eigenen Wohnung. Er schlug aufs Lenkrad. »Dafür mach ich dich fertig. Du bist tot, tot, tot!« Wieder ein Schlag aufs Lenkrad. Der Kommissar würde ihn noch kennenlernen. Er nahm den Fuß vom Gas und zog auf der dreispurigen Autobahn nach rechts. Er wollte auf die A1, um in den Kölner Westen zu gelangen. Wäre er die A4 weitergefahren, so wäre er bald schon zum Umschlagplatz Eifeltor gekommen.

Marlon rief Markus im Krankenhaus an. Der schlief, war jedoch beim ersten Klingeln wach, griff beim zweiten Klingeln zum Handy, ein Blick auf die Tempopackung, und dann nahm er das Gespräch an. Marlon fragte, ob alles vorbereitet sei. Markus bejahte. »Dann kannst du 2.30 Uhr am Eifeltor weitergeben.« Das tat er nun auch brühwarm. Er rief Brandt an und erklärte ihm, dass um 2.30 Uhr die Sache am Eifeltor steigen würde – Namen und genaue Koordinaten inklusive und alles gelogen.

Eine Viertelstunde später hörte er Dachdecker Hages Stimme in der Gegensprechanlage.

»Dass du hier vorbeikommst, wer hätte das gedacht? Komm rein.«

Das Tor rollte zur Seite, und Marlon parkte den Wagen neben dem Geräteschuppen. Hages Reich sah von außen bescheiden aus, aber alles war praktisch und durchdacht. Parterre hatte er noch einen Security-Fachmann untergebracht und daneben den Zugang zu seiner Werkstatt, die jetzt auch als Nervenzentrale für seinen Drohnenüberwachungsdienst diente – und über der Werkstatt lebte Hage wie ein Fürst in seinen klimatisierten Räumen. Hage trug Rennfahrerhose und Trikot. Eigentlich hatte er gerade eine Abendrunde mit dem Rad drehen wollen.

»Was kann ich für dich tun?«

»Ich habe mit Onkel Albert geredet. Er hat mir gesagt, dass du jetzt in Drohnen machst.«

Da zog Hage die Werkstatttür auf, und Marlon war baff. Wo früher noch Geräte für die Montage untergebracht waren, hingen jetzt Bildschirme, und davor standen zwei Chefsessel mit Lehnen. »Nur das Feinste für meine Drohnenpiloten. Klaus und Ralf kennst du doch?«

»Natürlich«, sagte Marlon, er hatte sie ein- oder zweimal gesehen, wenn sich Albert mit Hage und den beiden getroffen hatte. Ralf war ihm im Gedächtnis geblieben, weil er ihn irgendwie an Kevin Kostner erinnerte, der Gang, die Geschmeidigkeit, die schlanken Hände, der manchmal strenge Blick.

»Ich müsste heute Nacht eine Überwachung am Eifeltor haben.«

»Na, Jungs? Haben wir für unseren Marlon noch zwei oder drei Dröhnchen frei?«

Die beiden nickten. »Jederzeit«, sagte Klaus, während Ralf austreten musste.

Kaum, dass er in der Tür mit dem Schild »Nur für Jungs« verschwunden war, sagte Hage: »Ja, die Prostata. So ist das, wenn du älter wirst. Einmal im Jahr zwingt uns der Ralf zur Untersuchung. Demnächst schick ich da auch 'ne Drohne rein.«

Marlon grinste: »Wie teuer ist die Geschichte mit den Drohnen eigentlich.«

»Du wirst gerne zahlen«, sagte Hage. »Wenn wir den Auftrag für dich erledigt haben, wirst du für uns einfach ein bisschen Werbung machen und ein Trinkgeld drauflegen.«

»Jetzt erzähl erst mal, was wir genau machen sollen«, sagte Hage.

Ralf kehrte erleichtert zurück von der Toilette, und Marlon redete …

46
»DU BIST KEIN BÖSER MENSCH, MARLON.«

Marlon hatte einen Entschluss gefasst und musste nun schnell handeln. Wieder im Auto rief er sogleich Florian an, einen jungen Mitarbeiter von Markus, der in der Landmannstraße wohnte. Dann verabredete er sich mit Jason und redete mit David.

Letzterer leugnete zuerst, irgendwas mit Waffengeschäften zu tun zu haben. Dann wurde Marlon sauer, und sagte, dass er solche Märchen seinem Vater erzählen könne. Er habe ohnehin schon davon gehört. Und die Polizei habe Beweise. Sie würden nur darauf warten, die Falle zuschnappen zu lassen. Aber er könne aus der Sache rauskommen, falls er wolle.

»Und falls ich das nicht will?«

»Kann ich dir nicht mehr helfen. Hast du denn schon genug verdient?«

David überlegte und sagte: »Eigentlich schon.«

»Dann hör mir zu und tu genau das, was ich dir sage …«

Erst jetzt rief er Smilla zurück und bog auf die Margaretastraße ein. Die Bahn vor ihm quietschte durch die Kurve, als würde einem Wal das Rückgrat gebrochen.

Er fragte Smilla: »Was war denn so dringend?«

»Nichts, nichts«, sagte sie. Schließlich hatte ihr Rita gesagt, sie solle ihn selbst das Präputium im Tresor finden lassen. Ihre Worte »Lass die Männer in ihrem Glauben, Herr der Lage zu sein, dann sind sie glücklich!« klangen ihr noch im Ohr.

»Ich wollte kurz mit dir reden.«

»Wo bist du denn?«

»Um die Ecke. In fünf Minuten bin ich da, falls ich einen Parkplatz kriege.«

Es dauerte länger. Smilla empfing ihn mit einem Kuss. Dann stellte er fest, dass der Kaffee alle war. »Soll ich dir noch welchen holen? Der *REWE* hat noch auf.«

Er winkte ab.

»Tee?«, fragte sie.

Und so probierte Marlon endlich auch Ritas *Sommernachtszauber*.

»Ich muss dir was sagen«, sagte Marlon.

»Das glaube ich auch. Ich frage mich nämlich, warum Loreley und ich solch einer Gefahr ausgesetzt werden. Das geht so nicht weiter.«

»Hier wird keiner mehr einbrechen. Wir haben ein ganz anderes Problem.« Marlon wartete eine Sekunde ab, dann sagte: »Kommissar Brandt. Ich werde heute Nacht Brandt erschießen lassen.«

Smilla war geschockt.

»Das meinst du nicht ernst.«

»Doch. Das meine ich.«

»Das ist doch der Kommissar, der bei uns in der Wohnung war und den du so sympathisch gefunden hast.«

»Genau der. Der ist kurz darauf bei Markus im Krankenhaus gewesen und hat behauptet, ich würde Waffen verschieben, und hat gesagt, dass er mich unbedingt hinter Gittern sehen will. Genau der Kommissar ist das.«

»Aber Mord. So was hast du noch nie getan. Und das solltest du nicht tun.«

»Sonst wird er nicht aufhören. Er scheint ein Terrier zu sein, verbissen gegen mich und Onkel Albert.«

Smilla nippte am Tee, der noch viel zu heiß war. »Oma hat gesagt, ich soll ihn nicht mit kochendem Wasser aufbrühen.

Das könnte seinen Zauber töten, dann würde er womöglich genau die gegenteilige Wirkung entfalten. Und so ein Mordauftrag könnte genau das sein.«

»Quatsch«, sagte Marlon. »Alles Gefühlsduselei. Entweder Brandt oder wir! Ich muss wählen.«

»Es muss immer eine andere Wahl geben.«

»Im Märchen. Aber das hier ist kein Märchen. Das ist Köln, das ist Realität. Wir sind die Bösen, und Brandt ist der Gute.«

»Sag das nicht. Es gehört alles zusammen.«

»Bei Gemüth war das so. Aber Brandt ist nicht von hier. Für ihn gibt es krumme und gerade Zahlen und nichts dazwischen. Schwarz und Weiß.«

»Reg dich nicht auf, wir brauchen einen anderen Weg. Ich weiß nicht, was ich für einen Mann zurückbekomme, wenn erst einmal Blut an seinen Fingern klebt.«

Marlon könnte jetzt schweigen, könnte klein beigeben, könnte den Kommissar am Leben lassen. All das könnte er tun. Aber er könnte auch dazu stehen, dass er mit Schutzgeld und Erpressung sein Geld verdiente. Er könnte dazu stehen, was er tun wollte und was er getan hatte. Es gab nicht immer den Königsweg, von dem Smilla redete. Er legte die Hand auf den Tisch und sie ihre auf seine. »Ich weiß nicht, ob es so einfach ist. Es gibt Dinge, die ich nicht wieder rückgängig machen kann.«

»Was für Dinge?«

»Dass ich damals diesen Freund von Malush mit dem Brett …«

»Das war Notwehr, und du hast ihn gar nicht getötet. Das war Malush selbst. Du bist kein böser Mensch, Marlon.«

Er nickte. Sollte er ihr nun sagen, dass er später Malush erschossen hatte, dass für ihn Karl Kühnert ins Gefängnis gegangen war? Dass dieser Kühnert ihn jetzt töten wollte? Sollte er das alles sagen? Bislang hatte er es vor ihr verheimlichen können. Er nahm ihre Hand, dann stand er auf, und die beiden küssten sich über den Tisch hinweg.

»Versprich mir, ihn nicht töten zu lassen.«

»Das kann ich nicht«, sagte er. »Du und Loreley, ihr seid mir wichtiger. Der Kerl wird nicht aufhören, bis er unsere Familie zerstört hat.«

»Ich will keinen Mann, der vorsätzlich einen anderen Menschen tötet oder töten lässt. Das will ich nicht. Solch einen Menschen möchte ich nicht heiraten.«

»Dann hättest du in Kopenhagen bleiben müssen.«

»Nicht jeder in Köln ist ein Mörder.«

»Ich bin kein Mörder.«

»Noch nicht«, sagte sie und ging aus der Küche.

Marlon schaute ihr nach und roch den Gestank des Tees. Das Wasser war zu heiß gewesen, mit dem er aufgegossen worden war..

»So ein Scheiß«, sagte Marlon und wollte ihr hinterhergehen. Aber es wäre der falsche Weg. Er hatte das Richtige gesagt: Brandt würde nicht aufhören, ehe er, Marlon, im Gefängnis säße. Und dann wäre die Familie kaputt. Marlon musste sich konzentrieren. Er verließ das Haus, stieg wieder in seinen Wagen und rief Jason erneut an.

»Bist du schon bei *Scholzen*?«

»Ich warte. Du hast doch 22 Uhr gesagt.«

»Ich weiß, was ich gesagt habe.«

Was Marlon nicht bemerkte: Karl hatte die ganze Zeit das Haus beobachtet. Und war ihm bis zum Auto gefolgt.

47
WIE MACH ICH EINEM KILLER MUT?

Marlon hatte sich mit Jason im *Haus Scholzen* verabredet. Das alteingesessene Restaurant in Ehrenfeld lag an der Venloer Straße – direkt gegenüber der ehemaligen *4711*-Fabrik, in dem sich nun Appartements befanden. Ebenfalls schräg gegenüber vom *Scholzen* war das *Kaufland* samt Tiefgarage, an die Marlon keine gute Erinnerung hatte. Schließlich hatte er dort den Toten im Porsche gefunden.

Es war 23.30 Uhr. Marlon bestellte Schorle, Jason wollte *Kölsch*, bekam aber auch nur Schorle. »Geben Sie ihm Apfelschorle, das sieht dann so aus wie Kölsch.«

Marlon lachte. Jason nicht.

Dem jungen Mann war nicht klar, warum er hier sein sollte. Jason war ein einfacher Typ, die Haare kurz vor Glatze, und er war schnell beleidigt. Jetzt stand er schon an der Grenze, da er keine Schorle wollte. Marlon kannte diese Charaktereigenschaft, aber es war ihm egal. Jason hatte vor allem zwei Gedanken: Auto und Euro. Und beides sollte er nur haben, wenn er sich fügte. Realschulabschluss an der Dechenstraße mit Ach und Krach, zwei abgebrochene Lehren, keine Lust auf mehr als das Nötigste, rausgeflogen aus der *Schützenbruderschaft* mit 14 Jahren wegen Sauferei und Randale im Vereinsheim, Teilnahme an den Bezirksmeisterschaften im *Rheinischen Schützenbund* mit 15 Jahren. Druckluft, Federdruck und CO_2-Waffen waren in seiner Klasse nur erlaubt, und Jason fand das langweilig. Erst mit 18 Jahren konnte er wirklich loslegen. Das hatte er auch getan. Nach dem Vater starb noch die Mutter – Herzinfarkt, der nicht vom Sport kam. Jason wollte zur Bundeswehr, Panzerführer war sein Traum, aber Mathematik lag ihm nicht. Und so war er von Markus mit Hartz IV an der Landmannstraße entdeckt worden.

Marlon und Jason saßen im *Scholzen* hinten ums Eck allein an einem Tisch für zwölf Personen. Niemand konnte sie hier hören. Niemand hätte geahnt, was sie redeten, denn im *Haus Scholzen* war das Publikum gesittet und das Essen immer schon gut gewesen.

»Du wirst heute um 2 Uhr zu Am Kreuzweg fahren.« Er zeigte ihm auf dem Handy die Straße, die direkt an einem Feldweg nahe Kölnberg lag. »Siehst du den Kasten da?«

»Um 2 Uhr heute Nacht?«

»Hör mir zu. Und guck nicht auf dein Handy.« Aufmerksamkeit war nicht das, was Jason seinen Mitmenschen gerne schenkte. Marlon wurde hier und jetzt klar, wie wenig er von Jason hielt. »Ich frage mich, wie du so ein guter Schütze sein kannst.«

»Weil ich …«

Die Schorle rückte an. Der Mann sah nicht nach einem Studenten, sondern nach einem wirklichen Kellner aus. Das war selten in Ehrenfeld. Die Minijobs hatten den Kellnern den Garaus gemacht. Marlon musste an seinen Onkel denken, der Minijobs für die größte aller Seuchen im Land hielt. »Sie zahlen so gut wie nichts ins System ein, aber sie sollen später auch mal Rente kriegen. Das kann nicht klappen.« Marlon sah auf die Schorle, stieß mit Jason an und hatte nur seinen Onkel vor Augen. Das, was er hier machte, und das, was er heute Nacht vorhatte, durfte sein Onkel niemals erfahren. Marlon war plötzlich nicht mehr wohl bei der Aktion.

Dennoch sagte er nun: »Du kletterst von hinten auf diesen Kasten hier. Das ist ein Fabrikgebäude, und du bringst ein Gewehr mit Schalldämpfer und Zielfernrohr mit.«

»Und dann?«

»Erschießt du diesen Typen.« Er zeigte ihm das Foto von Brandt auf dem Handy.

»Das ist doch ein Kommissar?«

»Das ist ein Toter«, sagte Marlon. »Dafür sorgst du.«

»Ich kenn den, der wohnt irgendwo hier. Ich hab ihn schon am Lenau gesehen.«

»Ja, aber ab morgen läuft der nicht mehr über den Platz, sondern liegt in einer Kiste. Ist das klar?«

Jason nickte nicht, sagte nicht »Ja« oder »Okay«, sondern schaute nur auf das Handy.

»Ist das ein Problem für dich?«, fragte Marlon nach.

»Weiß nicht.« Plötzlich war Jason ernst. »Weiß nicht.«

»Das ist eine Antwort, die ich nicht gerne höre. Ich denke, du brauchst ein bisschen Übung. Markus hat mir erzählt, dass du auf Lanzarote den Mord erst einmal verdauen musstest.«

»Weiß nicht«, sagte Jason wieder, was Marlon nervte.

»Wenn du dir das nicht zutraust, musst du es nicht tun. Es ist ein Ziel, das du treffen solltest.«

Sein Gegenüber schwieg. Marlon erhob sich und stellte sich hinter Jason, legte die Hände auf seine Schultern und machte sie schwer. »Spürst du das?«

»Ja.«

»Das ist der Druck, der auf dir lastet.« Dann nahm er die Hände weg und beugte sich zu Jasons Ohr herunter. »Und so fühlt es sich an, wenn du deinen zweiten Auftrag erledigt hast. Du musst dich daran gewöhnen. Du hast sicherlich von dem Toten geträumt. Das kann dir auch noch nach dem zweiten Job passieren, aber spätestens beim vierten Toten verlierst du ihre Spur, sie sterben und sind weg – und verfolgen dich nie wieder. Verstehst du das?«

Jason sagte: »Okay, ich werde es machen.«

Das hatte Marlon nicht gefragt, aber die Antwort gefiel

ihm, und er ging wieder zu seinem Platz. Dann legte er die Hände hinter den Kopf und meinte: »Jetzt reden wir nicht mehr darüber. Ich werde heute Nacht nicht dort sein. Du musst das alles ohne meine Unterstützung sauber durchziehen. Wir werden nur dafür sorgen, dass der Kommissar allein kommt.«

Jason nickte und nippte an seiner Schorle.

Als Marlon mit Jason *Haus Scholzen* verließ, wurde er von Karl Kühnert beobachtet. Der stand mit dem Daimler am *4711*-Gebäude und lauerte auf den richtigen Moment. Hier war nicht der richtige Moment. Auch als Marlon in den Wagen stieg, war nicht der richtige Moment, genauso wenig, als Marlon wenige Kilometer entfernt am Lenauplatz parkte. Denn wie so oft war der Platz selbst um diese Uhrzeit noch belebt.

48
ALLES ANDERS ALS GEPLANT

Marlon saß im Wagen und hörte Musik. Er hatte alles vorbereitet, alles durchdacht. Er war es gar nicht mehr gewohnt, nachts allein im Auto zu sitzen und Musik zu hören. Für ihn war die Nacht nur noch für Loreley da gewesen.

Hage schickte ihm eine Nachricht: Drohnen in Position.

Marlon: Was seht ihr?

Hage: SEK-Leute in voller Montur schleichen sich auf das Gelände.

Marlon: Wie viele?

Hage: Circa 50.

Marlon: Seht ihr Brandts Wagen?

Hage: Negativ.

Alles lief also wie geplant.

Dann jedoch schrieb Hage: Eine Polizeidrohne ist zu sehen.

Marlon wurde nervös und rief an: »Was machen wir denn jetzt?«

Hages Stimme war ruhig wie immer, wenn er mit Kunden redete: »Ralf weiß, was zu tun ist.«

Was das heißen sollte, wusste Marlon nicht. Doch dann sagte Hage: »Ist erledigt. Keine Gefahr mehr. Ralf hat die Drohne erledigt.«

»Wie?«

»Sie ist explodiert. Ein kleines Feuerwerk. Da zieht übrigens ein Unwetter auf. Das macht mich mehr nervös.«

»Wieso?«

»Weil es schlimm werden soll.«

»Ich merke nichts.«

»Wie ich sehe, bist du am Lenauplatz. Das Unwetter wird Köln nur streifen. Aber selbst wenn es regnet, kriegen wir das hin.«

Wieder war es still im Wagen. Er mochte kein Radio mehr hören. Er wollte nur noch hören, dass Jason ihm mitteilte: Auftrag erledigt. Doch das würde noch dauern.

Am Lenauplatz ebbte langsam das Leben ab. Es war feucht und schwül heute Nacht, von einem Gewitter konnte er nichts sehen. Der Himmel war sternenklar, soweit er das von hier aus beurteilen konnte. Schließlich gab es am Platz Laternen. Er stellte die Rückenlehne weiter nach hinten, um sich zu entspannen, und dachte an Smilla. Sie würde zurückkehren. Schließlich waren sie verheiratet, und sie wusste, auf was sie sich eingelassen hatte, als sie sich im Standesamt das Ja-Wort gegeben hatten.

Fast wäre er eingenickt, da sah er das junge Mädchen, dem er nachts an der Eisdiele geholfen hatte. Sie schien nichts aus dem Vorfall gelernt zu haben, jedenfalls lief sie wie gehabt nur leicht bekleidet über den Platz.

Marlon ließ die Scheibe runter und winkte ihr zu.

Sie schien ihn nicht zu erkennen und beschleunigte ihren Schritt. Was für ein Mist, dachte Marlon, stieg aus und ging ihr hinterher. Sie drehte sich um. Erst war ihr Blick kritisch, aber dann rief er: »Hallo! Keine Angst! *Eisladen Liliana*!«

Das Wort »Liliana« schien geholfen zu haben – und vielleicht auch das Licht der Laterne, unter der er jetzt stand.

»Ach«, rief sie und lächelte ein Lächeln, das so breit war, dass er es von hier aus deutlich sehen konnte. Er ging auf sie zu, und sie sagte: »Danke noch mal.«

Er sagte: »Ich glaube, du hast dich an dem Abend gar nicht bedankt. Bist einfach weggerannt.«

»Stimmt. Ich hatte Angst.«

Wie auf Kommando schauten jetzt beide in den Laden, vor dem sie standen. Es war die *Rösterei Benson*. Marlon spekulierte: »Der Chef scheint noch im Hinterzimmer zu rösten.«

»Kann sein. Mein Papa schwört auf den Kaffee.«

»Ich auch.«

»Wir wohnen gleich da oben«, sagte sie. »Ich glaube, ich hole ihm noch ein Pfund. Dann ist er nicht so sauer, dass ich wieder mal so spät komme.«

Ehe Marlon etwas sagen konnte, hatte sie schon bei Benson angeklopft. Und noch mal fester.

Benjamin Pozsgai kam vor in den Verkaufsraum, Schirmkappe, Brille, Bart. Als er die beiden sah, wusste er, dass es seine Kunden waren. Er kam zur Tür und öffnete sie einen Spalt weit.

»Ich brauche Kaffee für meinen Papa.«

»Hat der Kommissar wieder Durst?«

Jetzt war Marlon klar, wer dieses Mädchen war: die Tochter von Brandt.

»Dein Vater ist Kommissar?«, fragte er.

»Ja. Komm mit rein.«

Marlon schlüpfte mit durch den Türspalt, und dann kauften sie beide mitten in der Nacht Kaffee. »Und« – Benjamin ließ die zwei nicht sofort gehen – »ihr müsst meinen neuen Blend *Der Pate von Ehrenfeld* probieren.«

Marlon konnte sich nicht auf Benjamins Worte konzentrieren. Er wollte nachdenken. Dass dieses Mädchen, das sich ihm nun als Charlotte vorstellte, Brandts Tochter war, machte all seine Rachepläne zunichte. Er durfte ihren Vater nicht ins offene Messer laufen lassen.

»Was ist denn mit deiner Mutter?«, fragte Marlon Charlotte.

»Wieso meine Mutter? Kennen Sie meinen Vater?«

»Ja, den kenne ich. Ich wohne auch hier in der Straße, und wir haben die gleiche Vorliebe für guten Kaffee. Aber deine Mutter kenne ich nicht.«

»Ich habe keine Mutter mehr.«

»Tot?«

»Für mich ist sie gestorben.«

»Sind deine Eltern geschieden?«

»Ja.«

»Ich muss leider los«, sagte Marlon entschuldigend zu Benjamin. »Ich kann den *Paten von Ehrenfeld* leider nicht mehr probieren.«

»Dann kommen Sie in den nächsten Tagen. Und hören Sie sich mal das Hörbuch vom Köster an.«

»Hab ich schon«, sagte Marlon und zeigte mit dem Daumen nach oben.

Schon war er raus aus der Tür. Er musste nachdenken. Es war schon nach 2 Uhr.

Wenn alles so gelaufen war, wie Marlon es geplant hatte, war Florian dem Kommissar mit seinem Fahrrad gegen die Einbahnstraße in der Landmannstraße entgegengekommen und hatte ihn dabei am Kotflügel touchiert. Dann hatte er gejammert und lamentiert und Passanten auf sich aufmerksam gemacht. Dann hatte Brandt versucht, die Sache möglichst schnell zu beenden, da er ja pünktlich zum Eifeler Tor kommen wollte. Doch Florian hatte darauf bestanden, die Polizei zu rufen, um den Unfall aufzunehmen. Brandt hatte daraufhin gesagt, dass er von der Polizei sei, und dann hatte Florian gesagt: »So können Sie sich nicht aus der Affäre ziehen. Nur weil Sie Polizist sind, können Sie keine Fahrerflucht begehen, ohne dass ...« So hatte sich Marlon das vorgestellt. Und dann sollte Markus Brandt unterwegs anrufen, um ihm mitzuteilen, dass sich der Ort der Übergabe verschoben habe. Und da kein Einsatzkommando vom Eifeltor von Zufahrt 4 ohne Aufsehen in so kurzer Zeit bis zum Am Kreuzweg kommen könnte, würde Kommissar Brandt allein dorthin in die Falle fahren.

Marlon versuchte daher nun, den Schützen Jason zu erreichen, um ihn aufzuhalten. Doch der hatte offenkundig sein Handy ausgeschaltet. Ohne auch nur eine Sekunde zu verlieren, gab Marlon Gas. Was er nicht sah, war der Mercedes, der ihm folgte – und in dem Karl saß, er hatte ebenfalls die Automatik auf Sport gestellt. Beide rasten sie am *Eiscafé Liliana* vorbei, am Krankenhaus vorbei, Marlon schaffte noch das Gelb, sein Verfolger bretterte über Rot an der Fußgängerampel, und es ging geradeaus zur Inneren. Wer die Straße mit 60 Stundenkilometern entlangfuhr, der hatte Grüne Welle, Marlon versuchte es mit 130 km/h. Karl tat es ihm gleich. In Höhe der Aachener wurden sie beide von einer Ampel gebremst, und Karl fuhr neben ihn. Marlon schaute zu ihm hinüber, aber er konnte ihn unmöglich in der Dunkelheit erkennen. Karl gab Gas, als wolle er ein Rennen mit Marlon aufnehmen. Der hatte keinen Sinn für solche Dinge und war nur außer sich vor Wut über seinen Mordplan an Brandt. Er musste Am Kreuzweg sein, bevor Jason den Kommissar ins Visier nehmen konnte. Was die beiden nicht sahen, war der Wetterumschwung über Köln. Schwarze Wolken zogen von Süd nach Ost, sie verschluckten die Sterne und brachten das Unwetter mit sich.

Marlon trat das Gas durch, 500 PS auf vier Rädern. Das war zu schnell für Karl, aber er blieb zumindest in Sichtweite. Er würde Marlon eine Kugel in den Schädel jagen. Es ging auf die A4 und direkt wieder ab am Eifeltor. Die Ausfahrten folgten dicht hintereinander: Zufahrt 1, 2, 3, 4 – zwischen 4 und 5 mussten Brandts Leute lauern.

Als hätte das Tief auf Marlon und Karl gewartet, fuhr ein Blitz über den nächtlichen Himmel. Marlon rief Hage an, der ihm mitteilte, dass die SEK-Leute wieder in die Einsatzwagen stiegen. Sie hatten diese so hinter dem Terminal geparkt, dass niemand sie von außen sehen konnte.

Wieder ein Blitz. Und es donnerte. Der Regen prasselte jetzt auf die Windschutzscheibe.

»Ist die zweite Drohne bereit?«, fragte Marlon.

»Ja. Klaus führt sie.«

»Klappt das in dem Wetter?«

»Das muss in der Ukraine auch klappen, also kriegen wir das ebenfalls hin.«

»Und wo ist Brandt?«

»Er hat den Wagen bei *Orion Kalscheuren* auf dem Betriebsparkplatz geparkt und ist nun zu Fuß unterwegs. Mehr als eine Pistole kann er nicht dabeihaben. Aber die Sicht ist schlecht.«

»Wir müssen ihn warnen. Sonst wird er sterben.«

»Wie sollen wir ihn denn warnen? Mit der Drohne?«

Marlon überlegte. »Eine Idee? Wir brauchen eine Idee.«

Klaus hatte keine Idee, auch Hage und Ralf nicht. Vermutlich würde Brandt nicht wissen, was es zu bedeuten hätte, falls Klaus jetzt die Drohne auf ihn niedersinken ließe oder er über ihm fliegen würde. Er konnte ja schlecht ein »Steig wieder ins Auto« in die Luft malen.

»Seht ihr auch Jason?«, wollte Marlon wissen. »Er ist oben auf dem Dach des Ausstatters für Bestatter.«

Hage fragte Pilot Klaus, der sagte: »Wenn das der Typ auf dem Dach mit dem Gewehr ist, dann sehe ich Jason. Ich glaube, er hat den Kommissar schon erfasst. Jedenfalls schaut sein Kopf in dessen Richtung. Der Regen wird übrigens langsam unsympathisch für die Drohnen. Wenn jetzt noch der Wind stärker wird, dann sieht es schlecht aus.«

Hage fragte Marlon: »Soll er die Drohne auf Jason oder den Kommissar zusteuern?«

»Auf Jason«, sagte Marlon. »Ich bin sowieso gleich da. Vielleicht können wir ihn so vom Schuss abhalten.«

Karl, der Marlon immer noch mit dem Daimler verfolgte, hatte die Scheinwerfer des Wagens ausgeschaltet. Als Marlon nun den TT anhielt, hielt Karl ebenfalls unbemerkt gleich in der Einfahrt der *Orion*-Werke.

»Wo ist Brandt?«, wollte Marlon wissen.

Hage sagte, dass er im Schatten des Bestattergroßhandels verschwunden sei. »Er wird sich anschleichen wollen, falls der Laster mit den Waffen kommt.«

Marlon spürte das Wasser im Gesicht. Es floss an ihm herunter. Erneut schoss ein Blitz quer über den Himmel. Aber noch schien das Unwetter nicht wirklich loszubrechen, noch war der Regen kein Starkregen, noch bestand die Chance, dass das Schlimmste über sie hinwegzog. Da knallte ein Donner aus dem Himmel als hätten 1000 Flugzeuge die Schallmauer durchbrochen.

Marlon rannte zu den Lastern, die vor dem Großhandel parkten. Es waren alte Lkws, die mit dem Unternehmen nichts zu tun hatten, denn hier war noch nicht das Werksgelände.

Er konnte Brandt immer noch nicht sehen. Sein Handy vibrierte. Es war Hage, der ihn darauf hinwies, dass noch jemand vor Ort sei. »Der Typ ist vermutlich mit dem Daimler gekommen, der nicht weit von dir geparkt ist.«

Da fiel ein Schuss, und die Drohne stürzte vom Himmel. Dann noch ein Schuss, und jemand schrie laut auf.

»Was ist los?«, wollte Marlon von Hage wissen.

»Wir haben die Drohne verloren. Wir sind jetzt blind. Wir schicken die zweite zu dir.«

Das nutzte ihm herzlich wenig.

Der Kommissar war derweil aus dem Schatten herausgetreten und Marlon verwirrt. Jason war weg, der Schrei von jemandem, den er nicht auf dem Plan gehabt hatte, vermutlich der Typ, der ihn verfolgte. Es wäre am besten, wenn er abwarten würde, denn jeder Schritt konnte tödlich enden. So legte er sich auf den nassen Boden und rollte sich unter den Laster. Von hier aus konnte er zumindest den Platz vor dem Großhandel beobachten, ohne selbst gesehen zu werden. Das Gewitter schien sie tatsächlich nur gestreift zu haben, jedenfalls wurde der Regen dünner. In der Ferne konnte er den Kommissar erkennen, der aus dem Schatten hervortrat. Und er sah seinen Verfolger. Die beiden kamen näher an den Lichtschein einer Laterne, die direkt am Großhandel stand. Nun sah Marlon, wer den Kommissar verfolgte: Es war Kühnert. Der Kommissar hatte ihn noch nicht gesehen, Kühnert aber kam näher, legte auf ihn an und rief: »Brandt! Bleib stehen! Sonst knall ich dich ab!«

Der Kommissar stoppte und blieb wie eingefroren stehen. Vermutlich wusste er nicht, ob er sich umdrehen sollte. Oder ob sein Verfolger ihn dann erschießen würde.

Marlon sah am Eingang zur Halle eine Person auf dem Boden liegen, vermutlich war er von der Security. Marlon kombinierte: Vermutlich war es Karl gewesen, der ihn eben verfolgt hatte. Als der Schuss gefallen war, hatte Karl geglaubt, Marlon sei erschossen oder verletzt worden. Nun dachte er, dass er nichts mehr von Marlon zu befürchten hatte, und war deshalb auf den Kommissar zugegangen. Allerdings hätte er noch Jason auf dem Plan haben müssen. Aber der hatte sich offenkundig zurückgezogen in der Annahme, den Kommissar erschossen zu haben.

Karl näherte sich Brandt: »Dich hier zu treffen, damit hatte ich nicht gerechnet.«

Jetzt erkannte Brandt ihn an der Stimme. »Ich hätte dich auch nicht hier erwartet.«

»Halt die Fresse«, unterbrach ihn Kühnert. »Halt einfach

die Fresse. Du hättest mich damals nicht verhaften sollen, du hättest damals Marlon hinter Gitter bringen sollen. Du hast einen Fehler gemacht. Und du weißt es.« Kühnert drückte Brandt die Mündung seiner Pistole gegen den Hinterkopf.

»Knie dich hin!«

Brandt gehorchte.

»Du und Marlon, ihr beide werdet kein Unheil mehr anrichten.«

Der Kommissar hatte sich schon in sein Schicksal ergeben, da gab es einen Knall, und Marlons Kugel traf Kühnert direkt in die Stirn. Der fiel nach vorne auf Brandt.

Marlon kroch wieder unter dem Laster hervor, und ehe noch Brandt sich von dem Schock und der Last des toten Kühnert auf seinem Körper erholen konnte, lief Marlon zu seinem TT. Sein Handy vibrierte. Es war Hage, der ihm mitteilte, dass die zweite Drohne nun im Einsatz sei.

»Was siehst du?«

»Warte mal«, sagte Hage. »Kannst du bitte mal dein Handy ausschalten? Und es kurz darauf wieder einschalten? Klaus muss ein bisschen zaubern.«

Marlon tat, was Hage wollte, und stieg in den Wagen. Er ließ ihn an und fuhr das Handy wieder hoch. Es dauerte ein wenig länger als sonst. Oder bildete er sich das nur ein? Als er wieder an Zufahrt 4 des Eifeltorgeländes vorbeifuhr, kamen ihm die Einsatzfahrzeuge entgegen. Es war eine unwirkliche Szene. Links die Einsatzwagen, rechts die Wohnwagen, die hier überall am Seitenrand standen und in denen die Lastwagenfahrer übernachteten. Alles war ruhig, der Regen längst abgeklungen. Und auch in Marlon breitete sich ein Gefühl von Frieden aus. Kommissar Brandt atmete und Karl nicht mehr.

Das Handy hatte er mit Kabel an den Bordcomputer angeschlossen. Auf dem Bildschirm sah er die *iPhone*-Apps. Hage rief an: »Pass auf, was jetzt passiert.« In diesem Moment sprang sein Bildschirm von *iPhone*-Apps auf Nachrichten um, und dann erschien ein Stream auf seinem Bildschirm.

»Hörst du mich?«, fragte Hage.

»Ja. Was ist das?«

»Die Drohnenperspektive. Klaus hat ihn dir über das Handy auf den Bordbildschirm gespiegelt.«

Marlon konnte aus dem Auge der Drohne zuschauen, was Am Kreuzweg geschah. Die Polizisten trafen ein und fast zeitgleich schon ein Rettungswagen. Die beiden Sanitäter aus dem RTW wollten Brandt versorgen, der wollte nicht, er ging geradewegs auf den Laster zu, unter dem sich Marlon eben versteckt hatte. Kurz vor dem Fahrzeug bückte sich Brandt. Zwei SEK-Beamte kamen und drückten mit Eisenstangen die Türen des Lasters auf. Während Marlon auf die A4 bog, ließen sie eine Kiste aus dem Laster ab, öffneten diese, und darin lagen Maschinenpistolen.

David hatte Wort gehalten. Damit war jetzt Schluss mit dem Waffenspuk. Marlon war zufrieden. Er fuhr den Umweg über die A1 durch den Autobahntunnel unter der Aachener Straße und direkt auf die A57. Alles war anders gelaufen als geplant, und es war gut so. Daheim schlich er sich in die Küche. War es jetzt zu spät oder zu früh für Kaffee?

Die Tür öffnete sich, Smilla trat ein und schaute ihn müde und fragend an.

»Er lebt«, sagte Marlon. »Du hast recht. Ich hatte unrecht.« Und er nahm sie in den Arm.

»Willst du noch einen Kaffee?«, fragte Smilla. »Ich war bei Benson.«

Da fiel Marlon ein, dass er sein Pfund im Laden vergessen hatte. »Kaffee? Jetzt? Finde ich gut«, sagte er, schlafen wollte er nicht mehr.

49
ZWEI LEBEN GERETTET

Fast eine Stunde später erschien Brandt zu Hause. Die High Heels seiner Tochter lagen im Flur. Endlich war er mal der Letzte, der in der Nacht die Wohnung betrat. Charlotte wartete nicht auf ihn, aber wie Smilla hatte sie Kaffee gekauft. Eine Tasse wollte er sich zur Feier der Nacht genehmigen. Bald schon würde die Sonne aufgehen, dann würde er es schwarz auf weiß im Netz und in der Zeitung lesen. Heute Nacht hatten sie in Köln den ersten großen Fang in Richtung geschmuggelter Waffen aus der Ukraine gemacht. Er setzte sich mit dem Kaffee in seine Ecke am Erker und zog die geknickte Karte von Benson aus seiner Hosentasche. Er hatte sie eben auf dem Boden vor dem Laster gefunden – und er wusste, wem sie gehörte.

Die Worte der Oberstaatsanwältin, die eben noch in ihrem jugendlichen Elan eigens zum Tatort gekommen war, klangen ihm noch im Ohr. »Wissen Sie, wer den tödlichen Schuss auf den Wachmann und Karl Kühnert abgegeben hat?«

»Nein«, hatte er gelogen, denn zumindest einen der Schützen kannte er.

»Dann fahren Sie jetzt erst einmal nach Hause. Ruhen Sie sich aus.«

Nur war er zu Hause und nicht mehr müde, eher aufgekratzt.

Er schlug seinen Laptop auf und schaute sich Marlon an. Ihm hatte er sein Leben zu verdanken.

Wie eben Smilla in die Küche zu Marlon gekommen war,

so betrat nun wenige Häuser entfernt Charlotte die Küche und fragte: »Schmeckt's?« Und bezog sich auf den Kaffee.

»Immer«, sagte ihr Vater.

»Wo warst du, Papa?«

Doch ehe er etwas sagen konnte, fiel ihr Blick auf Marlons Foto. »Ich kenne den Mann.«

»Er wohnt auch in der Eichendorffstraße, hinter dem Gürtel.«

»Ja, das weiß ich. Aber ich kenne ihn auch von woanders her.«

»Disco?«

»Nein. Ich …« Sie stockte.

»Der hat mir geholfen.«

»Marlon Wagner?«

»Weiß nicht, wie er heißt. Aber ja. Ich war vor ein paar Tagen nachts unterwegs. Da kamen drei Kerle und wollten was von mir. Da hat er mit dem Auto angehalten. Wegen mir hat er von einem der Typen was aufs Maul gekriegt.« Brandt hasste die Ausdrucksweise, aber sie redete unbeirrt weiter. »Der Besitzer vom Eisladen hat sie dann alle drei weggehauen.«

»Weggehauen? Welcher Eisladen?«

»Der an der Kirche.«

»Welche Kirche?«

»Bin ich Fremdenführer?«, sagte sie. »Nerv nicht, Papa.«

Brandt spürte, dass die Situation jetzt eskalieren konnte. Daher sagte er freundlich: »Welche Kirche meinst du denn, die Kölner haben so viele.«

»Die mit dem Abenteuer-Reisebüro gegenüber und dem *Rewe*. Du weißt doch. Wir haben da schon mal Eis gegessen.«

»*Liliana*«, sagte er. »Und dieser Mann« – er zeigte wieder auf Marlon – »ist für dich eingetreten?«

»Ja, echt cool hat er das gemacht. Der hat ein Kind. Das hat geschrien. Um das Kind hat er sich dann gekümmert. Er ist ein Guter und er sieht echt gut aus.«

Brandt nickte.

»Gefällt er dir auch?«

»Hä?«

»Du wirst doch nicht noch schwul auf deine alten Tage.«

Er zuckte mit den Schultern.

»Willkommen im Klub«, sagte sie und grinste. Es war ein Spiel, das sie spielte, und er wusste nicht, was davon ernst gemeint war. Glaubte sie wirklich, dass er schwul sei?

»Auf alle Fälle hat er mir das Leben gerettet. Also sei gnädig mit ihm. Was hat er denn gemacht?«

»Noch können wir ihm nichts nachweisen.«

»So ist's recht, Papa. Ich muss jetzt schlafen.« Sie sagte ihm nicht, dass sie Marlon noch einmal in der Nacht bei Benson gesehen hatte. Sie brauchte Geheimnisse vor ihm, um ihr eigenes Leben leben zu können.

50

WENN PRÄPUTIEN DIE BESITZER
WECHSELN

Am nächsten Tag schrie Loreley.

»Ich guck mal, was sie hat«, sagte Marlon zu Smilla. »Bleib ruhig noch liegen.«

Die war noch gar nicht richtig wach, als sie auch noch Marlon rufen hörte: »Smilla!« Er war lauter als Loreley, die ihr Schreien aufgehört hatte. Nicht, weil sie nicht spielend mit Papa den Kampf hätte aufnehmen können, sondern weil Papa sie und das Kreuz mit dem Präputium im Arm schaukelte und Papa so beruhigend glücklich war, als er das Schlafzimmer betrat.

Er sagte: »Es lag im Tresor. Einfach so.«

Smilla schaute Marlon an – und der ahnte sofort: »Du wusstest es.«

Also erzählte sie ihm alles, vom Kontakt zu Dähmel, Omas Diebstahl und Ritas Fake-Präputien.

»Warum hast du mir das nicht gestern gesagt?«

»Gestern? Weißt du, was gestern los war? Du wolltest den Kommissar umbringen lassen.«

»Er lebt ja noch.« Marlon schaute auf das Kreuz, öffnete es und fragte: »Ist das das Original oder eine von Omas Fälschungen?«

»Wer weiß? Die Fälschung ist jedenfalls so gut, dass keiner sie so schnell erkennt.«

»Das können wir nur hoffen. Ich muss jedenfalls los.«

»Wohin?«

»Onkel Albert. Er trifft doch heute den Käufer aus Luxemburg.«

»Wann?«

»In etwas mehr als einer Stunde.«

Smilla fragte sich, warum Marlon nicht schon früher aufgestanden war. Aber dann schluckte sie die Frage herunter und streichelte ihrer Tochter über den Kopf.

»Iss noch was, ehe du dich aufmachst.«

»Keine Zeit«, sagte er.

»Doch Zeit«, sagte sie.

»Einen Tee sollten wir noch trinken.«

»Tee?«

»Omas Tee. Ich habe gestern Abend einen getrunken – und es scheint mir, dass es dir geholfen hat. *Sommernachtstraum* halt.«

Ein wenig abergläubisch war Marlon schon. So machte er sich schnell einen Kaffee und wartete noch Smillas Tee ab, der jetzt bei der richtigen Temperatur gezogen war.

Wenige Minuten später saß er im Wagen. Eines hatte Marlon immer noch nicht verarbeiten können: Kühnerts Tod. Er schaute im Wagen aufs Handy und las auf *Express Online* genau wie beim *Stadtanzeiger*, dass Kühnert wirklich tot war, dass ein Wachmann getötet worden war, dass es noch keinen Verdächtigen gäbe, dass der ermittelnde Kommissar als One-Man-Show gehandelt hatte und die Ukrainer ihre Waffen wieder zurückerhalten würden. Die Hintermänner würden noch gefasst werden, aber der Drahtzieher und brutale Killer Kühnert sei schon tot.

Während Marlon zu seinem Onkel fuhr, rief Rita bei Smilla an. Sie wollte wissen, wie Marlon auf das Präputium im Tresor reagiert habe.

»Gut«, sagte Smilla – und dass sie ihm alles erzählt habe.

»Und wie hat er darauf reagiert?«

»Er ist jetzt unterwegs zu Albert.«

»Gut. Dann kümmere dich jetzt bitte darum, dass mit Dähmel alles über die Bühne geht.«

»Nicht so schnell, Oma.«

»Nicht so schnell ist was für Schnecken. Wir Wagners haben Ziele. Oder soll ich bei Dähmel anrufen?«

»Nein, bitte nicht.«

»Gut, Mädchen, dann ruf du an.«

»Das ist Erpressung, Oma.«

»Ich sage dir, die Zeit ist reif. Genau jetzt, sonst passiert wieder irgendwas mit dem Dähmel. Sonst bekommen wir nie den Hochaltar.«

Gegen ihre Oma war kein Kraut gewachsen.

So rief Smilla den Sekretär an, packte Loreley und das Kreuz ins Lastenrad und fuhr los.

Marlon hatte unterdessen Alberts Villa erreicht. Immer noch parkte der blaue BMW in der Nähe. Ob es noch die gleichen Italiener waren, die darin Wache hielten, wusste er nicht.

Die Türen zur Auffahrt öffneten sich – und schlossen sich nicht hinter Marlons TT, denn hinter ihm fuhr noch ein Rover auf den Kiesweg zur Villa. Darin saß der Kunsthändler Muller.

Marlon parkte, und Muller parkte ihn zu.

Albert kam aus dem Haus. Er empfing Muller wie einen Freund, umarmte ihn und führte ihn ins Haus, ohne groß von Marlon Notiz zu nehmen. Der fühlte sich unwohl. Es gab eine *Kristo* und einen Whiskey auf der Terrasse.

»Du hast das Kreuz dabei?«

Marlon nickte.

Die beiden Männer saßen am Tisch, jeder auf einem Strandsessel. Jetzt erst fiel Marlon auf, dass nicht einmal Dolce und Gabbana anwesend waren.

»Gut. Dann zeig das Kreuz unserem Gast.«

Marlon legte die Kiste auf den Tisch und hob den Deckel ab.

»Das ist es also«, sagte Muller. Er hatte eine Lupe dabei und betrachtete das Präputium sehr genau. »Darf ich?«, fragte er Albert. Muller trug ein lupenweißes Hemd und eine schwarze Stoffhose. Er schien Marlon unnahbar, was gar nicht zu der Herzlichkeit der Begrüßung gepasst hatte. Auch waren seine Finger so feingliedrig, dass sie fast schon zerbrechlich wirkten.

Muller drückte mit einer Pinzette, deren Kopf nadelspitz war, gegen das Präputium. Marlon blieb fast die Luft weg. Was hatte der Kunsthändler vor?

Er nahm aus der Herrenhandtasche ein Fläschchen und tunkte die Pinzette in das Fläschchen. Dann lehnte er sich wieder zurück und zog an der *Kristo*. »Das muss so lange ziehen wie schwarzer Tee. Am Ende wissen wir, ob du dir da einen Fake hast andrehen lassen.« Dabei schaute er Albert an und grinste. »Oder hast du die Echtheit schon untersucht?«

»Ja«, log Albert und ließ den Whiskey in seinem Glas kreisen. Er legte den Kopf kurz in den Nacken, schluckte und warf einen Blick zu Marlon, der innerlich schwitzte.

Das Wasser im Fläschchen wurde ein wenig bräunlich.

»So muss es sein«, sagte Albert.

Muller pflichtete ihm bei. »Ja, wir haben es hier mit dem Original zu tun.«

»Dann steht der Überweisung ja nichts im Wege«, resümierte Albert.

Muller zückte sein Handy und rief jemanden an, der das Geld überweisen solle. Kurz darauf ging Albert in sein Arbeitszimmer und kam mit einem Tablet zurück. »Das Geld ist da. Und das Präputium bleibt wie verabredet unter Verschluss.«

»Wie verabredet. Mein Käufer hat kein Interesse, es an die Öffentlichkeit zu bringen.«

Genauso herzlich, wie Albert den Mann im weißen Hemd empfangen hatte, genauso herzlich verabschiedete er ihn jetzt in seinen Rover.

Marlon und sein Onkel schauten ihm hinterher. Dann deutete Albert nach oben. Marlon sah sofort die Drohne.

»Hage?«

»Wer sonst?«, sagte Albert. »Es gibt noch eine zweite. Komm mit.«

Marlon folgte ihm ins Arbeitszimmer. Dort lief der Rechner. Albert klickte sich auf ein Programm und hatte den Drohnen-Livestream von Hage, wie Marlon es vom Handy kannte. Es ging um eine Drohne, die die Straße vor der Villa überwachte und nun dem blauen BMW folgte, der wiederum Mullers Jeep folgte.

Albert sagte: »Marcos Leute haben es geschnallt. Sie wollen ans Präputium.«

Marlon hörte, wie sein Onkel Hage mitteilte, dass es nun so weit sei.

»Okay. Ich gebe Ralf Bescheid«, sagte Hage.

Der steuerte die Drohne, die den blauen BMW verfolgte. Sie flog ihm nicht direkt über der Straße hinterher, sondern nahm die Abkürzung über die Dächer.

»Jetzt pass auf«, sagte Albert. »Da vorn ist Muller, und dahinter stehen unsere Italiener bei Rot an der Ampel.«

Die Drohne flog direkt auf den BMW zu und landete auf der Motorhaube.

Es wurde grün, Mullers Wagen fuhr an.

Dann brach das Bild zusammen.

»Explodiert«, sagte Albert nüchtern. »Kamikazedrohne. Vom Ukrainer lernen, heißt siegen lernen. Kostet wenig, ist aber sehr effektiv.«

»Ist jetzt der BMW explodiert?«

Marlon war sich nicht sicher, was er von der Taktik halten sollte.

»Ne, Hage ist ein Weichei. Der tötet nicht. Der macht nur alles ordentlich, damit die Welt sich drehen kann. Er mag Dächer, damit die Menschen nicht nass werden, und er mag Drohnen, um die Guten vor den Bösen zu schützen.« Wie Albert dies sagte, lachte er und schlug Marlon kumpelhaft auf den Oberarm. »So muss es sein, mein Junge. Wir müssen mit der Zeit gehen, jetzt sind die Drohnen dran. Wer weiß, was als Nächstes kommt.«

Was als Nächstes kam, war klar: zumindest für Muller. Der hatte am Flughafen Köln ein Treffen mit seinem italienischen Auftraggeber verabredet. Und es war niemand anderes als der Überlebende der beiden Maseratifahrer des Vatikans. So wechselte das Präputium erneut seinen Besitzer und hob mit einem Linienflug Richtung Vatikan ab.

Smilla traf sich fast zeitgleich mit dem Sekretär Joseph an der Kardinal-Frings-Straße im erzbischöflichen Haus.

»Seine Eminenz ist nicht zugegen«, sagte Joseph und holte sie schon vor dem Gebäude ab. Er trug ein langärmeliges schwarzes T-Shirt und eine schwarze Hose. Sein Gesicht war nicht schmal, es glich eher einem Strich. So jedenfalls schien es Smilla, die sich sofort unwohl in seiner Gegenwart fühlte. Marabu war der Vogel, der ihr zum Vergleich mit ihm einfiel.

Das Lastenrad durfte sie auf den Hof schieben.

»Niemand stiehlt hier.«

Dann führte er Smilla, die Loreley, in ein Tuch gebunden, dicht am Körper trug, durch eine schlichte Tür in einen schlichten Flur in ein schlichtes Zimmer. Über dem Rahmen hing ein Kreuz ohne Heiland.

Am Tisch standen zwei Stühle, und der Sekretär bat sie, Platz zu nehmen.

Smilla kam gleich zur Sache und zog das Kreuz aus dem Tuch.

Sie legte es auf den Tisch.

Er fragte: »Darin ist also das Präputium?«

»Ja.«

»Wie sind Sie daran gelangt?«

»Über einen Mittelsmann.«

»Wir haben davon gehört. Eine Pokerrunde in Newark.«

»Woher wissen Sie ...?«

»Gott hat Augen und Gott hat Ohren, und er sieht die Dinge, die geschehen.«

Smilla schaute sich intuitiv um, ob irgendwo im Raum Kameras hingen.

»Sie müssen keine Angst haben. Eine ehrliche Seele kommt in den Himmel. Eine mafiöse Seele kommt ...« – und er schwieg. »Sie wollen also Marlon Wagner heiraten. Habe ich das richtig verstanden?«

»Warum?«

»Es war nur eine Frage. Wir müssen ja wissen, worauf wir uns einlassen.« Mit diesen Worten griff er nach dem Kreuz, aber Smilla kam ihm zuvor. »Ich werde es öffnen. Sie werden ein wenig Abstand halten.«

Der Sekretär war erstaunt.

»Ich würde es gerne Kardinal Dähmel zeigen. Eigentlich war ich mit ihm verabredet.«

»Eigentlich. Aber Seine Eminenz hat keine Zeit.«

Sie nahm das Kreuz, erhob sich und ...

»Was machen Sie da?«

»Ich gehe.«

»Gut. Ich werde sehen, was ich tun kann.«

Kurz darauf kehrte er mit Dähmel zurück.

Nun fehlte ein Stuhl im Zimmer, sodass Joseph stehen musste.

Dähmel redete kaum, sondern ließ Smilla den Vortritt. Die legte erneut das Kreuz auf den Tisch.

»Darf ich?«, fragte Dähmel und hob den Deckel der Schachtel an. »So habe ich es mir vorgestellt. 2000 Jahre altes göttliches Fleisch.« Er nahm das durchsichtige Kästchen aus dem Kreuz und betrachtete das Präputium. »So wurde es beschrieben, ehe es verschwand.«

»Es gehört Ihnen.«

»Es gehört niemandem, wir werden es nur bewahren«, sagte der Kardinal.

»So wie die Gebeine der Heiligen Drei Könige.«

»Exakt. Joseph hat Ihnen bereits mitgeteilt, wann die Möglichkeit für eine Hochzeit am Hochaltar besteht?«

Smilla nickte.

Wieder schaute Dähmel auf das Präputium und verstaute es im Kreuz, um es in Josephs Obhut zu geben. »Du weißt, wo es hingehört.«

Joseph verließ den Raum.

»Wir sind dann auch soweit fertig?«

Smilla bejahte. »So weit schon. Ich werde die Hochzeitsgäste einladen. Werden Sie uns trauen?«

»Es ist mir eine Ehre. Der Dom wird eine halbe Stunde für Sie und Ihre Gesellschaft zur Verfügung stehen. Ich bitte Sie jedoch, den Vorgang diskret zu behandeln.«

In dem Moment löste jemand Alarm aus im Kardinalshaus.

Sofort stürmten Dähmel, Smilla und somit auch Loreley aus dem Zimmer. Letztere suchte jetzt den Wettkampf mit dem Alarm und schrie.

Offenkundig war Sekretär Joseph überfallen worden. Jedenfalls war das Kreuz weg. »Euer Eminenz, Diebe haben mir aufgelauert und mich niedergeschlagen.« Er hatte eine kleine Wunde am Hinterkopf, die ein wenig blutete.

»Weit können Sie noch nicht sein«, sagte Smilla, die trotz der schreienden Loreley ganz klar im Kopf war. Wenn das heute schieflief, würde Rita ausflippen. »Pscht, Loreley, ganz ruhig.« Sie schaukelte sie hin und her, während die Angestellten des Kardinalshauses wie aufgescheuchte Hühner herumliefen. Keiner wusste, was zu tun war. Der Alarm war wieder verstummt, und auch Loreley hatte sich beruhigt, denn sie lag nun vorne bei Smilla im Lastenrad und war mit Mama unterwegs nach Hause.

Mama telefonierte während der Fahrt mit Oma. Es würde nichts bringen, jetzt zu lügen.

»Das ist doch kein Problem, Mädchen. Im Mittelalter gab es jede Menge Vorhäute vom Jesus. Ich habe auch noch zwei daheim.«

Keine Stunde später saßen Rita und Smilla im Taxi auf dem Weg zum Kardinalshaus. Wieder landeten sie vor dem Sekretär, und Smilla sagte: »Wir haben es zurück.«

»Wie haben Sie das gemacht?«

»Gott hat Augen und er hat Ohren. Aber unsere Familie hat nicht nur Ohren und Augen, sondern auch noch Kontakte.« Dabei zwinkerte sie Joseph zu. Dähmel wunderte sich ebenfalls, nahm aber das Wunder gerne entgegen.

Zurück im Taxi, saßen die beiden Frauen hinten.

»Ich glaube, der Sekretär ist ein krummer Hund«, meinte Rita. Sie konnte einfach nicht mit ihrer Vermutung hinterm Berg halten, obwohl da vorne der Taxifahrer saß und ebenfalls Ohren hatte. Hinter vorgehaltener Hand meinte sie: »Es wird vermutet, dass die katholische Kirche selbst das Präputium aus der Kirche nahe Rom gestohlen hat, um dem Reliquienglauben den Garaus zu machen.«

»Das heißt?«

»Ich glaube, dass der Sekretär unseren Kardinal bestohlen hat.«

»Das kann nicht sein.«

»Ist auch egal, Hauptsache, es kann geheiratet werden. Und zwar schnell.«

51
ROTE PUNKTE FÜR MARCEL

Es gibt einen Ort, an dem auch schnell wertvolle Dinge in Köln ihren Besitzer wechseln. Damit ist nicht Ebay gemeint, nicht das Auktionshaus Lempertz und auch nicht der *REWE* an der Venloer Straße, sondern das TV-Studio mit dem rot-weißen Einhorn in Ossendorf, gleich neben dem größten Ikea Deutschlands. Denn genau dort wird auch »Der Trödel-Check – live« gedreht mit Dieter Dunkel als Moderator. Ob alte Uhren oder ältere Nippesfiguren, alles kommt hier fürs TV und mit hoher Einschaltquote unter den Hammer. Während gerade Dunkels Sendung live lief und Smilla immer noch ein schlechtes Gewissen hatte, betrat Hage die Radfabrik an der Wilhelm-Mauser-Straße – knapp fünf Kilometer entfernt vom Studio. Er wollte wissen, wie es um die Bestellung seines Fahrrads stand. Hans-Jürgen Habetz hatte Besuch. Marcel Wüst war da und die beiden redeten von heute und gestern, schließlich kannten sie sich schon so lange wie Simon und Garfunkel.

»Du bist echt ungeduldig, Hage. Die Rohre müssen doch erst von Mund geblasen werden«, sagte Hans-Jürgen scherzhaft und zentrierte wie nebenbei ein Hinterrad. Millionen von Speichen, zigtausende Schläuche und ebenso viele Kettenblätter und Kränze waren schon durch seine Finger gegangen. Es gab kein Kugellager, dem er nicht schon chirurgengleich auf die Kügelchen geschaut hätte, und es gab keinen Abend, an dem er sich nicht die Finger an einer Kette schmutzig gemacht hätte, er war nicht einfach ein Zweiradmechaniker, er war ein Zweiradfanatiker. Egal, ob es sich um den Stahlesel von Opa handelte oder um einen edlen Rahmen von Campagnolo aus Vicenza, für ihn war alles mit zwei Rädern wertvoll. Und alles konnte repariert werden, wegwerfen war nicht sein Ding. Der Kunde war König und der König brauchte einen fahrbaren Untersatz.

Hage hörte den beiden gerne zu. So viel Radsporterfahrung hatte er noch nicht. Der Fernseher lief und die drei ahnten nicht, was gleich auf sie zukommen sollte. Um sie herum waren überall Räder, Werbung für Columbus, die weiße Taube, eine Dartscheibe, Schläuche, Procraft, Mavic-Felgen, die alte Registrierkasse, die neue Registrierkasse und immer wieder die Kaffeemaschine für die Kundschaft und die Freunde, die nebenher manchmal auch Kunden waren – und dann sahen sie im TV in der Sendung »Der Trödel-Check – live« einen untersetzen Kerl namens Bernd. Der trat zu Dieter Dunkel an die berühmte Theke. Zuerst hörten sie nur mit einem Ohr hin, doch dann mit allen sechsen, und Hans-Jürgen stoppte das Zentrieren, als Bernd plötzlich etwas in der Hand hielt, etwas, das alle drei gut kannten und Marcel schon lange vermisste.

Dieter Dunkel: »Mein lieber Bernd. Du kommst von wo weg?«

»Südstadt.«

»Und das liegt wo?«

»Köln.«

»Ah, die Kölner Südstadt? Das mögen wir Kölner.«

»Genau.«

»Was hast du uns denn da Schönes mitgebracht? Du bist ja bei uns in der Domstadt am wunderschönen Rhein ein recht bekannter Trödler. So darf ich doch sagen?«

Bernd nickte.

»Also, was hast du uns mitgebracht?«, wiederholte Dunkel die Frage mit der gleichen Launigkeit wie schon beim ersten Mal.

»Ja, ein Trikot ist das.«

»Und das hast du woher?«

»Von meinem Neffen. Er hat es mir geschenkt.«

»Und warum ist es jetzt hier? Geschenke gibt man doch eigentlich nicht weiter.«

»Weil ich weiß, dass mein Neffe Geld braucht.«

»Das können wir alle gebrauchen. Dann schauen wir doch erst einmal, was das denn für ein Trikot ist, dass du in Händen hältst. Wir haben extra dazu einen Tour de France-Kenner eingeladen: Klaus Zander. Er hat für unserem Sender schon oft die Tour kommentiert. Was sagst du dazu, Klaus?«

Die drei Radsportfreunde in der Radfabrik konnten nur staunen, was sich da gerade live im TV abspielte. Habetz sagte zu Wüst: »Das ist doch dein Trikot.«

Marcel nickte. Ja, das war eindeutig. Wie kam der Bierbauch Bernd im Fernsehen an sein Trikot? Der Kerl sah nicht aus wie ein Einbrecher, eher wie ein speckiger Schreiner-, KFZ-Mechaniker- oder Lackierermeister.

Der Tour de France-Experte wusste sofort, dass die Unterschrift nur von Marcel Wüst sein konnte. »Soweit ich mich erinnere, ist das Trikot vor langer Zeit aus dem Hause seines Masseurs gestohlen worden. Eine Sauerei war das.«

Dunkel schaute seinen Kölner Kollegen kritisch an. Dabei drehte er seinen Schnäuzer. »Was sagst du dazu, Bernd? Kann das sein? Bist du etwa ein Spitzbube?«

»Ich hab es von einem Polizisten«, verteidigte er sich. »Ich kann mir nicht vorstellen, dass der klaut.« Dass sein Neffe gleichzeitig auch der Polizist war, verriet Bernd nicht. So dachten alle, es gehe um zwei verschiedene Personen.

»Das wollen wir auch nicht hoffen, dass ein Polizist stiehlt«, sagte Dunkel.

»Ja, aber es ist eindeutig das gestohlene Trikot von Wüst«, beharrte der TV-Experte.

»Falls du, Marcel, uns irgendwo auf dem Planeten siehst«, sprach Dunkel in die Kamera, »und du ein Handy oder ein Telefon in der Nähe hast, so ruf uns doch bitte sofort an.«

»Ruf an«, sagte Habetz. Er war aufgeregter als Wüst selbst. »Marcel, dass musst du klarstellen. Ruf an.«

Der Griff zu seinem Handy und wählte die eingeblendete Nummer.

Eine Frauenstimme checkte seine Daten und dann war er schon auf Sendung.

»Ich höre, wir haben Marcel Wüst in der Leitung«, sagte Dunkel.

Hage konnte es nicht glauben, was er gerade miterlebte, und Habetz war ebenfalls erstaunt. Vor allem als Wüst nun sagte: »Ich würde das Trikot gerne spenden. Es soll unserem Bickendorfer Radrennen vom VCS, dem Verein Kölner Straßenfahrer zugutekommen.«

»Und was ist mit dem Masseur?«, fragte der Schnäuzer spitzbübisch.

»Der ist sicherlich auch damit einverstanden. Ich habe ihm schließlich schon ein anderes Trikot gegeben, ein grünes.«

»Das ist doch für den besten Sprinter der Tour. Oder täusche ich mich da etwa?«, erkundigte sich Dunkel – und Marcel gab ihm Recht.

Hage hörte Marcel neben sich reden und hörte ihn im Fernsehen reden. Und er überlegte: Eigentlich könnte er sich auch mal ein Geschenk machen. Jetzt, wo sein Drohnenladen gerade richtig abhob. Das ganze Geld, was man verdient, ist ja nichts wert, wenn es nicht ausgegeben wird. Ehe noch Marcel auflegen konnte, sagte er daher: »Weißt du was, ich kauf das Trikot.«

»Was willst du denn zahlen?«

»Mehr als genug.«

Was die drei und auch der Schnäuzer nicht ahnten: Markus lag zur gleichen Zeit im Krankenhausbett und sah ebenfalls den Trödelcheck. Und er war nicht sonderlich amüsiert darüber, was er gerade im TV gesehen hatte. Hatte ihm etwa ein Polizist das Trikot gestohlen? Das durfte nicht wahr sein. Was noch verheerender war: Er kannte Dachdeckermeister Hage. Der würde garantiert das Trikot nicht mehr freiwillig rausrücken. Und er war obendrein ein Duzfreund von Albert. Das Trikot konnte sich Markus also abschminken. Am liebsten hätte er eine Träne aus Selbstmitleid geweint.

Stattdessen rief er Caroline an, die sofort ins Krankenhaus kam, aber nicht um ihm die Wahrheit zu sagen, sondern um ihn zu trösten. Sie sagte: »Weiß du was, das Trikot bei dir an der Wand ist doch vielleicht das echte. Überleg mal. Niemand weiß es. Vermutlich nicht mal mehr der Marcel.«

Markus überlegte: »Meinst du?«

»Ganz sicher. Du musst nur daran glauben. Wenn Menschen an etwas glauben, wird es Wahrheit. Weißt du, was ich mache? Ich lass dir das Trikot einfach rahmen – so richtig schick.«

»Das würdest du für mich tun?«

»Ja, sicher dat. Für dich tue ich alles. Soll uns doch nur mal einer beweisen, welches das richtige Trikot ist.«

»Aber es wissen doch so viele von dem Diebstahl.«

»In Köln wissen auch alle vom Klüngel. Aber ändert das was? Nein. Das Trikot hing schon so lange bei dir. Das hat Tradition. Morgen kommst du hier raus. Und in gut zwei Wochen heiratet der Marlon die Smilla. Das wird super. Was hältst du eigentlich von Hochzeit?«

Eine Antwort gab er nicht, sondern er küsste sie und sagte: »Ich werde es allen zeigen und das Rennen in Bickendorf gewinnen.«

»Ja, ganz sicher, Schatz. Das wirst du. Aber bis dahin ist schon viel Wasser den Rhein runter geflossen.«

52

AM ABEND VOR DEM TAG DER TAGE

Marlon musste bei Albert schlafen. Morgen war Hochzeit, und er sollte Smilla vorher nicht im Brautkleid sehen. Die beiden Männer saßen auf der Terrasse. Es waren 32 Grad für den morgigen Sonntag angesagt. 32 Grad waren zu warm für Hochzeit und Hochzeitskleid.

Albert sagte: »Du wirst dich nach der Hochzeit ändern müssen.«

»Ich bin doch schon mit Smilla verheiratet.«

»Ne, Jung. In Weiß heiraten ist anders als Standesamt.«

»Smilla hat auch auf dem Standesamt ein weißes Kleid getragen.«

»Das ist ein anderes Weiß.«

Marlon hustete, denn der Wind wehte Alberts Zigarrenrauch zu ihm herüber.

»Du wirst es spüren. Du wirst irgendwann expandieren. Du bist zu groß für Ehrenfeld und das bisschen Nippes.«

Er ließ seinen Onkel reden, denn Marlon war bewusst, dass Albert noch drei eigene Kinder hatte, die alle an die Reihe kommen wollten.

Marlon fragte: »Hast du die Gästeliste gesehen?«

»Ne.«

Nur Rita, Silke und Smilla hatten einen Überblick, wer morgen kommen sollte. Die Männer durften nicht mitentscheiden, das war seit jeher Frauensache. Auf jeder Hochzeit, Beerdigung, Taufe und allen anderen Festen bestimmten die Frauen.

Marlon meinte: »Die Italiener, Türken, Araber, Albaner, alle halten uns für bekloppt, dass nur Frauen die wichtigen Dinge im Leben regeln.«

»Es ist kölsch und es bleibt kölsch. Wir Kölner lassen unseren Frauen die Macht. Damit sind wir immer gut gefahren«, sagte Albert, der in die Hände klatschte. Sofort standen Dolce und Gabbana bereit. Albert schritt in die Küche und kam mit einer Hand voll Mettwürstchen zurück. Sie waren von der *Metzgerei Hausmann* und extra ohne Gewürz. »Die Würstchen sind Ausnahme – heute und morgen und übermorgen. Dann fliegt unser Marlon in die Flitterwochen.«

Hochzeitsreiseziel waren nicht die Bahamas, nicht Bali und nicht Rom, sondern es war Tallinn. Smilla wollte es sommerlich wie in Dänemark – also nicht so heiß. Gleichzeitig wollte sie kein Dänemark, um nicht zu nah bei ihren Eltern zu sein. Da kam ihr die Hauptstadt Estlands gerade recht. Sie würden nach Stockholm fliegen und von dort mit der Fähre nach Tallinn übersetzen.

»Warst du schon mal im Baltikum?«, fragte Marlon seinen Onkel.

»Ne, mich zieht es in den Süden. Ich bin da wie die Vögel. Vom Norden halte ich nichts. Ich will Sonne. Aber ich weiß, der Norden ist der neue Süden. Schließlich fackelt uns diese Klimakatastrophe halb Europa ab.«

»Was ist eigentlich mit Marco?«, wollte Marlon wissen.

»Der kommt morgen, weiß ich von Silke.«

»Und hat er das mit dem Präputium verdaut?«

»Er muss. Ich kann ihm nicht helfen. Ich glaube, er wird es uns irgendwann fies zurückzahlen wollen. Aber bis dahin hat der Rhein vielleicht schon kein Wasser mehr.«

»Hör auf, Albert. Was redest du da?«

»Ach, ich hab gestern eine Doku gesehen über den Wirt oben auf der Zugspitze. Das hat mich traurig gemacht. Die

Familie hat schon seit über 100 Jahren das Lokal, und nun haben sie Angst, dass der Permafrost zurückgeht und die Zugspitze auseinanderbricht.«

»In Obererde kann das nicht passieren. Und der Rhein da unten wird ewig fließen. Sonst kannst du dich gleich an die Straße kleben.«

»Ne, da liegt ja schon das Geld – da auf der Straße.« Von einer auf die andere Sekunde hatte sich Alberts klimakatastrophische Schwermut mit dem Rauch der Zigarre aufgelöst. »Falls das mal richtig mit den Cannabis-Klubs anläuft, wirst du das Geschäft übernehmen.«

»Cannabis?«

»Ja, und wir werden Hage einsetzen, damit er das Zeug verteilt.«

»Der ist Dachdecker und kein Dealer.«

»Hage ist flexibel.«

»Ich weiß nicht. Der ist doch satt. Dachdecker sind Handwerker, und Handwerker sind satt.«

»Abwarten. Er wird schon auf die böse Seite kommen und mit seinen Piloten ein bisschen Cannabis von Punkt A nach Punkt B bringen. Der Hage ist da, wo das Geld ist.«

Marlon fand die Idee mit dem Cannabis gar nicht schlecht. Schließlich wäre es legal. Und die Klubs waren eine ideale Basis, um ein bisschen mehr Hanf unter die Leute zu bringen. Bislang hatte er sich noch nicht damit beschäftigt. Aber es gab immer einen Weg, der zum Geld führte. »Jetzt nehme ich doch ein Würstchen«, sagte er. Und tatsächlich drückte sein Onkel ihm eines in die Hand und dazu einen Whiskey.

Albert hob das Glas. »Auf die Zukunft, Jung. Die liegt in den Drohnen.«

Dabei zeigte er in den Himmel.

»Ist dir nicht unheimlich, dass Hage uns jetzt beobachtet?«

»Da sind doch sowieso tausend Satelliten, die uns zuschauen. Wenn Hage es macht, fühl ich mich zumindest sicher. Der Mann und seine Jungs haben die Zukunft im Blick. Ich habe gehört, dass er dir auch geholfen hat.«

»Von wem hast du das gehört?«

»Egal. Ich weiß es. Und ich weiß auch, dass du unseren David auf die richtige Bahn zurückgebracht hast.«

Marlon fragte sich, wer das seinem Onkel alles gesteckt hatte.

»Ich gehe ins Bett«, sagte er und gab Albert die Wurst zurück.

»Du musst nicht sauer sein«, meinte Albert. »Wir sind Familie. Du hättest mir alles erzählen sollen. Am Ende kommt es doch raus.«

Marlon drehte sich nicht um. Er liebte seinen Onkel und er hatte ihm alles zu verdanken. Aber es war nicht einfach mit Menschen zusammenzuleben, die einfach alles weitererzählten – und zwar immer an Albert. Irgendwann würde es knallen. Marlon ging in sein ehemaliges Zimmer im ersten Stock. Nichts erinnerte mehr daran, dass er dort sein halbes Leben verbracht hatte. Albert war nicht sentimental. Er hatte das Zimmer komplett renovieren lassen – und Marlon fühlte sich wie im Hotel.

53
DER TAG DER TAGE

Am nächsten Morgen holte ihn David ab. Als die beiden in die Tiefgarage fuhren, waren schon alle im Dom. Es war nur der engste Kreis geladen. Daher war auch nur das Mittelschiff besetzt. Marlon kam durch den Eingang von der Nordseite über die Bahnhofstreppe. David trug Smoking. Marlon fühlte sich wohl in dem hellen Anzug, der etwas weiter geschnitten war. Der Schneider hatte ihm heute früh noch den *Fedora* von *Borsalino* gegeben. Er müsse ihn unbedingt tragen. Das sei Tradition in der Familie.

»Hey, hey, hey.« Es war Markus, der ihn gleich an der Tür empfing. »Das steht dir. Hat Albert auch getragen, als er damals Silke geheiratet hat.« Marlon wurde klar, wie lange sich Markus und seine Familie schon kannten.

»Kommen Sie bitte.« Es war ein kirchlicher Offizieller, an den Marlon nun übergeben wurde. Der Mann stellte sich als Stephan vor. »Der Kardinal wartet schon. Die Zeit drängt.« Und unversehens stand er am Altar, und Dähmel ergriff das Wort.

Im Dom wurde es still. Nur die Stimme des Kardinals war noch zu hören. Er musste im klassischen Singsang der Dompriester reden, da seine Worte sonst vom Hall der eigenen Stimme erschlagen worden wären. Der Kirchenraum war so groß, dass er einem Berg glich, in den er hineinsprach. Er redete von der Kirche und dem heiligen Bund der Ehe, sprach von Köln und Kopenhagen. »Die beiden Weltstädte beginnen nicht nur mit dem gleichen Konsonanten, sondern enden auch auf dem gleichen Konsonanten. Und die beiden Menschen, die sich hier in wenigen Minuten ihr Ja-Wort geben werden, haben ebenfalls mehr Gemeinsamkeiten, als sie vor zwei Jahren noch gedacht hätten.«

Marlon schaute sich um: Smillas Mutter saß in der ersten Reihe, daneben noch Smillas beste Freundin, Ida. Auf der anderen Seite hockte Marlons Familie. Zuvorderst war da Rita in ihrem hellroten Kleid, in dem sie aussah wie eine Oma aus einem russischen Märchen, und daneben Hannes, der nur schmückendes Beiwerk genannt werden konnte. Der Anzug war unmodern eng geschnitten, die Krawatte ungeübt gebunden und ein wenig schief. Silke und ihre Kinder saßen ebenfalls dort und dann die ganzen Tanten und Onkel von Wagners und Nagels Seite. Heraus stach noch Lady *Eckes Edelkirsch* mit ihrem Haarturm. Während Dähmel redete und sich in all den Vergleichen zwischen Dänemark und Deutschland verfranzte, hörten sie aufgeregte Stimmen am Haupteingang.

Die Braut und der Brautvater konnten das nicht sein.

Dann endlich wurden die Stimmen leiser, und ein schlanker Mann in einem graublauen Anzug betrat die Kathedrale. Es war Giuseppe, der sich freigemacht hatte, obwohl im *Liliana* heute bei der Hitze Hochbetrieb herrschte. Seine Frau, seine Tochter und sein Sohn waren für ihn eingesprungen und arbeiteten die nie enden wollende Schlange vor dem Eisladen ab. Rita hatte Giuseppe nicht auf die Liste genommen, da er kein Familienmitglied war. Doch diesen Tag würde er sich nicht entgehen lassen. Schließlich hatten sich Smilla und Marlon in seinem Café getroffen, und er kannte den Jungen seit seinem ersten Pinocchio-Becher.

Ehe der Kardinal wieder Fahrt aufnehmen konnte, setzte schon die Orgel ein, und der Hochzeitsmarsch von Mendelssohn Bartholdy führte dazu, dass die ganze Gesellschaft sich erhob und Dähmel ausgebremst wurde.

Marlon schaute auf die Tür, und dann war er hin und weg. Am liebsten wäre er einfach auf Smilla zugelaufen und hätte sie geküsst. Denn eine solche Braut hätte er sich schöner mit Photoshop nicht schnitzen können. Sie trug keine weitgreifende weiße Brautrobe, sondern ein weißes figurbetontes Kleid mit ein wenig Spitze in italienischer Länge, sodass bei jedem Schritt ihr Knie aufblitzte. Marlon liebte ihre Knie, ihren Gang und ihre leichten Hände, er liebte dieses Gesicht unter dem Schleier und den Duft ihrer Haare. Ihr Vater, der sie begleitete, war ein großer breitschultriger Kerl in einem Zweireiher, der sofort an Küste und Kopenhagen denken ließ. Sein Bart war dicht, und seine ganze Person hell und ein wenig rotstichig.

Wie Smilla so auf den Altar und Marlon zuschritt, breitete sich ein Duft im Dom aus, der betörend war, den Marlon kannte und der mit dem Hochzeitsmarsch verschmolz.

Markus stupste Marlon an und deutete mit seiner Krücke nach oben. Die letzte Drohne flog gerade durch eines der oberen Fenster in die Kathedrale hinein. Der Duft kam von dort. Eigentlich herrschte Drohnenverbot im Dom, aber Hage hielt sich nicht daran. Ralf und Klaus saßen in der Werkstatt und hielten die Fluggefährte oben in der Luft. Oma Rita hatte zwei davon mit Möllers Duft *Sommernachtstraum* betankt – und so legte sich die Magie auf die Hochzeitsgesellschaft.

Der Kardinal bemerkte all dies nicht, aber er sprach: »Jetzt, wo wir alle hier beisammen sind, um in unserer schönen Kirche gemeinsam ...« Er redete davon, dass Köln ein Dorf sei und der Dom die Dorfkirche des riesigen Dorfes Köln ... und endlich kam er zu der Frage, die jeder nur mit »Ja« beantworten darf. Marlon küsste Smilla, als es vom Himmel rote und weiße Rosenblätter regnete. Gegen Hages Willen hatte Rita einige der Drohnen damit bepackt. Hage hatte es zu kitschig gefunden. Doch Rita fand zu viel gerade genug für ihren Jung. »Wenn der schon mal heiratet, dann muss das in rut-wieß gegossen werden. Wegen Köln gibt es doch rote und weiße Rosen auf der Welt. Das hat der Herrgott so bestimmt.«

Also regnete es Rosenblätter, und die Menschen auf den Bänken waren entzückt, und selbst Kardinal Dähmel brachte seine Freude zum Ausdruck, indem er den beiden seinen Segen gab und hinzufügte: »Rot und Weiß sind die Farben der Stadt, sind die Farben vom FC und sie sind …«, er stockte, denn es fiel ihm nichts mehr ein. Aber das war auch egal.

Nun machte sich das Paar auf den Weg hinaus aus dem Dom, wo nicht nur die Presse, sondern auch Schaulustige warteten. Darunter waren Marlon zwei Gesichter besonders lieb: der Kommissar und seine Tochter. Mit ihnen hätte Marlon nicht gerechnet. Brandt trat kurz an den Bräutigam heran und hielt ihm die geknickte Visitenkarte von Benson hin.

»Kein Problem«, meinte Marlon. »Wir sehen uns.«

Marlon und Smilla winkten, und der Brautstrauß flog in die Menge. Dann stiegen sie in die Limousine vor dem Fremdenverkehrsbüro, und der Fahrer fuhr an, Blechdosen klapperten, und Marlon küsste Smilla auf der Rückbank. Alles war, wie es sein musste.

Ein Teil der Familie war allerdings schon wieder unterwegs nach Neuehrenfeld. Es war ein wichtiger Teil, der dort im Taxi saß und den Fahrer drängte: »Haben Sie eine Schnecke verschluckt oder warum geht das nicht schneller?«

Der Taxifahrer schaute in das Gesicht der alten Frau, die ihn angrinste. »Ist nur ein Witz, aber fahren Sie trotzdem schneller. Wir müssen gleich wieder zurück zum *Gürzenich*, schließlich wird da gefeiert.«

Hannes verstand seine Rita nicht. Warum wollte sie unbedingt noch mal zurück in die Eichendorffstraße? Und warum hatte sie sich von Smilla den Schlüssel zur Wohnung besorgt?

»Ich muss da was an die Wand nageln«, sagte sie, »direkt über die Küchentür. Da gehört das hin. Denn in der Küche ist das Zentrum des Lebens.«

Das war Hannes zu verrückt, aber er stieg mit hinauf in die Wohnung, während unten der Fahrer wartete. Dann sah er, was Rita aus ihrer Handtasche zog. Es war eines der Holzkreuze.

»Sag bloß, du willst das Ding jetzt nageln.«

»Ich nicht, das machst du.«

»Ist da das Präputium drin?«

Sie nickte.

»Das echte?«

»Ich glaube schon.«

Er stieg auf den Stuhl, sie hatte sogar Hammer und Nagel in ihrer Handtasche dabei.

»Glaubst du oder weißt du?«

»Ich denke, ich glaube, dass ich weiß, dass da das richtige da drin ist. Jetzt mach endlich.«

Da klopfte es am Türrahmen, und die beiden alten Leute erschraken fast zu Tode.

»Was machst du hier?«, stotterte Rita.

Vor ihnen war wie aus dem Nichts Albert auf dem Flur aufgetaucht. Er hatte schon in der Wohnung auf die beiden gewartet und sagte verschmitzt: »Mensch, Rita, ohne dich wäre alles nix und wir alle wären verloren.« Er nahm sie in den Arm und drückte ihr einen festen Kuss auf die Wange. Dann meinte er zu Hannes. »Komm runter vom Stuhl, lass mich das machen.«

Kurz darauf fuhr er mit den beiden zum *Gürzenich* Richtung Hochzeitsfeier.

Und als am Abend das Brautpaar samt Nachwuchs in den Norden abflog, waren alle zufrieden – und vor allem Dähmel. Der saß in seiner Wanne und träumte seinen Traum vom Megadom.

Weitere Titel finden Sie auf den
folgenden Seiten und im Internet:

WWW.GMEINER-VERLAG.DE

Alle Bücher von Manfred Theisen:

GMEINER SPANNUNG

WWW.GMEINER-VERLAG.DE
Wir machen's spannend

Olaf Müller
Endstation Rursee
Kriminalroman
248 Seiten, 12,5 x 20,5 cm,
Paperback
ISBN 978-3-8392-0586-0

Eine tote Frau liegt in einem Aachener Pferdestall,
die Katze einer Lektorin wird entführt und ein Ver-
leger unter Druck gesetzt. Die Spuren führen Kommissar Fett nach Simmerath, Zülpich, zur RWTH
Aachen und nach Lüttich. Dort braucht Kollegin Ka-
lumba seine Hilfe, denn jemand erpresst die Stadt mit
einem Anschlag auf die Feiern zum 120. Geburtstag
von Georges Simenon. Hängen alle Fälle zusammen?
Die Jagd nach dem skrupellosen Täter führt die
Kommissare zum Rursee. Als eine Schiffskatastrophe
droht, greift Fett zum letzten Mittel.

GMEINER SPANNUNG

WWW.GMEINER-VERLAG.DE
Wir machen's spannend

Thomas Maria Claßen
Felgenkiller
Kriminalroman
288 Seiten, 12,5 x 20,5 cm,
Paperback
ISBN 978-3-8392-0588-4

Manfred »Manni« Hanraths lebt in der Großstadt
Grawenhorst am schönen Niederrhein. Jede Woche
führt er eine sportliche Abendradtour durch Wald
und Feld. An diesem Mittwoch fährt ein Neuer mit –
und stirbt nach einem mysteriösen Unfall auf einem
schmalen Waldpfad. In den Tagen danach kommen
weitere Menschen ums Leben – immer waren sie mit
dem Rad unterwegs. Dezimiert ein Wahnsinniger
die Fahrradfahrer der Stadt? Die Kriminalpolizei
ermittelt in alle Richtungen. Auch Manfred wird
verdächtigt.

GMEINER SPANNUNG

WWW.GMEINER-VERLAG.DE
Wir machen's spannend

Gabriele Goslich
Flammender Himmel über Köln
Historischer Roman
384 Seiten, 12,5 x 20,5 cm,
Paperback
ISBN 978-3-8392-0591-4

Köln, Mai 1910: Als der Halleysche Komet zum
ersten Mal über der Stadt gesichtet wird, macht sich
Panik in der Bevölkerung breit. Zur gleichen Zeit
sterben in einem einsamen Haus im Ursulaviertel ein
reicher Immobilienhändler und eine junge Fern-
sprechgehilfin. Ein erweiterter Suizid aufgrund der
herrschenden Kometenfurcht? Kriminalkommissar
Martin Ehrmanns nimmt die Ermittlungen auf.
Rätselhafte Spuren führen ihn durch die rasant wach-
sende Metropole am Rhein. Da taucht eine weitere
Leiche auf …

GMEINER SPANNUNG

WWW.GMEINER-VERLAG.DE
Wir machen's spannend